黯夜之光

娄霄鹏 著

中国工人出版社

目录

第一章 十三年

1

陆行知一到现场，看见那个被杀的女孩，就有种隐隐的不安。

早上七点刚过，他就从刑警队出发，八点十五才到现场，路上堵车了。2010 年，这座人口近千万的大城市，人们买车的热情正处于爆发期。每个工作日的早晨，一到上班时间，大小车辆就迅速填满了每条干道。

陆行知带队，两辆警车一前一后加入了大路上的车流。警灯开着，警笛响着，陆行知坐在打头警车上的副驾驶，开车的是年轻刑警赵正明。陆行知是江北区公安分局刑侦大队长，三十七岁，眉目英朗，短发，面无赘肉，但眼角已有细纹。一上车，他就靠着椅背闭目养神，闭上眼睛，他的面相又显得有些文气了。

江北区是南都市最大的区，有三百多万人。市政府等机关单位虽不在本区，但江北是经济发展最快的区，发展快，麻烦就多，江北刑侦大队也是全市最忙的大队。陆行知常常忙得脚不沾地，两三天不合眼是常有的事，因此他常常抓住机会就打个盹儿，回回神。

早上出门，赵正明说他路熟，能避开堵车路段。谁知走了没多远，车就慢慢停下了。赵正明骂了一句，有点儿自责地说，陆队，堵上了，这路平时不堵。陆行知睁开眼睛，目光如鹰般向前一探，街道不宽，是双向车道，中间没有隔离带，前面车流已经堵成了长队。他拿出步话机，简短地交代一句，老朱，去疏通一下。后一辆警车下来两名便衣警察，小跑经过陆行知的车窗，开始挨个儿敲前面汽车的驾驶位玻璃，让它们靠边儿。赵正明心气不平地嚷嚷，听见警笛也不让，现在这人懂不懂法啊，让老朱把他们车牌号都记下来，罚款扣分儿！车队堵成一条瘫痪的龙，他们在龙尾，看不见龙头部位。前方一百米外是堵车的源头，一辆大众辉腾打着双闪占了半个行车道，来去的车都艰难地绕着它走。

卫峥嵘提着用尼龙绳捆好的几棵葱，穿过堵车的街道，像是早上刚从菜市场出来。他看上去五十来岁，头发斑白，穿着朴素的灰夹克，脚上一双旧皮鞋，一副居家男人的打扮，不过他眼神锐利含光，冷不丁一抬眼，就让人感觉像踞在深草里盯着猎物的猛兽一般。他听见后方的警笛声，扫了一眼车流，马上推断出了堵车的要害位置。他走到打双闪的辉腾车边，敲敲驾驶位的玻璃，隔着玻璃劝司机，您往前开开，路就通了。但车里没反应，车窗玻璃也没降。卫峥嵘不急不躁，耐心地接着敲。车门开了，蹿下来一个壮年男子。卫峥嵘个子不矮，年纪大了缩了点儿，但也有一米七八，这男的比卫峥嵘还高半头。他被敲烦了，粗声地嚷嚷，敲什么敲，你城管啊！卫峥嵘还是态度和蔼地说，您往前开开，后面有警车。男子没打算讲理，说，警车又能怎么样，又不是我堵的！说罢他不耐烦地推了一把卫峥嵘。男子膀大腰圆，这一把力气不小，可卫峥嵘只略微晃了晃，没挪步，顺手把葱移到左手提着。男子有些诧异，自己莫不是推滑了。他运了劲再推，手刚伸到卫峥嵘肩膀，卫峥嵘就把他的手指拿住了。后车的人奇怪地看着这个人高马大的男子满脸痛苦地弓下了腰，然后又乖乖坐回了车里。卫峥嵘微笑着帮他把车门关上，又敲了敲玻璃，始终和颜悦色像个城市志愿者。

瘫痪的车龙复苏了，关节一点一点舒展，慢慢向前蠕动。陆行知看见前面的车流开始渐渐松动，又闭上了眼睛。

他们赶到江门家具大市场时，辖区派出所的民警已经等了快一个小时。家具大市场坐落在城市新区一条新开发的商业街上，周围都是新建的卖场、写字楼，大多尚未开业。这附近没有居民区，行人稀少。绿化带的树苗还很细弱，努力生长着，追赶城市迅猛的发展步伐。玻璃面的楼群在清冷中静立着，反射着早晨还没有热力的阳光。

距离大市场二三十米，拉起了警戒线。陆行知远远看见有警察在维持秩序，劝试图通过的汽车绕道。看到警车驶近，警察招手放行，陆行知降下车窗，朝他们点点头。家具大市场也是新建，洁净整齐，外立面贴着大幅广告，市场前方的小广场上建有一座两三层楼高的“城堡”，是用简易的泡沫建材临时搭建的，造型有些像简化了的莫斯科圣母大教堂，通体粉色，上面披挂着大红色的促销标语。

陆行知下了车，同车来的法医老吕带着助手小郑提着勘验箱匆匆走向“城堡”。陆行知环顾四周，心里对环境先有了个底。民警领着一个干练的中年女人走来，给陆行知介绍，这是负责这里的孟经理。陆行知跟她握了手，寒暄了一句，问，有监控吗？孟经理反应了一下说有，伸手向充气城堡指了指又说，在后面，挡住了。陆行知望了一眼，那边挡得严实，根本看不见。旁边赵正明叹了口气，低声发了句牢骚。

陆行知走向“城堡”，遥遥看见粉色的门洞里露出两条惨白的小腿。走近了，还能看见涂成亮蓝色的脚趾甲。陆行知稍稍弯腰走进门洞，法医老吕端着相机，正在拍照，闪光灯嚓嚓响。

死者是个年轻女孩，长发，全身赤裸着侧卧在粉色橡胶地面上。她身材匀称，皮肤白皙，浑身上下不见伤痕，然而四肢僵直，姿势有些奇怪，像个商场里的假人模特，被不经心地丢在了地上。虽头发挡住了她一半脸，但看得出来人长得漂亮。

赵正明清清嗓子，有点儿尴尬。他刚当上刑警不到一年，还没有女朋友，虽然出过凶杀现场，但没见过这个样儿的。虽然他平时咋咋呼呼，显得脸皮颇厚，但突然见到这么一具毫无遮挡的身体，还是受到了冲击。

陆行知扫了几眼，觉得不太对，问老吕，她本来是坐着的？法医老吕点头，指指泡沫墙壁，靠着这儿。两人戴着塑胶手套一起将女孩扶起来。女孩靠着墙壁坐着，嘴半张，双眼无神地看着地面。她的双臂半抬，呈一个慵懒的姿势，像伸懒腰伸了一半，一条腿微屈，一条腿伸直，脚趾甲蓝幽幽的，衬得脚面雪白。

赵正明镇定心神仔细观察，看出了不对劲儿，问陆行知，陆队……她是不是让人摆成这样的？陆行知没回应。赵正明转头看，陆行知脸上有种不可捉摸的神色，好似有些失神。他很少在这位泰山崩于前而色不变的大队长脸上看到这种神情。赵正明心突地一跳，又问，您认识她？陆行知摇了摇头。

法医老吕也望着女孩，伸手指指女孩脖子上的瘀痕，死因很明显是机械性窒息死亡，不是绳子勒的，而是双手压迫造成的。老吕回头和陆行知对视一眼，脸上也浮起说不出的神情。赵正明不明所以，不知道这两个警队老伙伴在打什么哑谜。

陆行知第一眼就从现场这个画面中看到了熟悉的元素，十三年前，那两个被杀的年轻女人也被摆成了这种怪异的姿势，只不过她们不是在童话似的人工城堡里，而是在破旧不堪的平房里，靠着残垣断壁。这熟悉的感觉像乌云一般侵入他的脑海，搅动了他的肠胃，让他感觉有些轻微的恶心。

陆行知努力驱散这种感觉，朝老吕笑笑说，想多了，老吕，咱们杯弓蛇影了。老吕低头望向女孩身侧，身体突然停止了动作，好似被咒语定住，半晌才慢慢伸出手去。在刚才女孩侧卧时压住的地方，老吕捡起了一根铅笔。

一根普普通通的 HB 铅笔而已，墨绿色，中国生产了几十年，大多数人还是小学生时铅笔盒里都有过的这种铅笔。看见铅笔，陆行知脸色一变，眼中似闪过一道闪电。

陆行知走出粉色“城堡”，赵正明跟在他身后，小伙子有点儿困惑，说，陆队，我语文不好，杯弓蛇影是什么意思？画蛇添足我知道……赵正明有时候有点儿贫，陆行知打断他的絮叨说，小明，你今年二十四了吧？赵正明不大乐意接这个称呼，说对……您能别叫我小明吗？这是他们俩之间一个老玩笑。陆行知说，补补语文吧，还不晚，警察不光是个力气活。赵正明一听又絮叨上了，说，我也想好好学啊，可一打开课本，小明捡了一分钱，小明礼拜天去公园，小明……

陆行知把赵正明的唠叨屏蔽了，他站在家具市场前，抬头望去，突然看到了远处楼群背后露出的塔尖。他刚才背对着没看见，那是一座明代古塔，是本市的标志性历史建筑之一。

陆行知深吸了一口气。他想起来了十三年前，1997 年，也是在这个地方，年轻的自己刚刚从现场出来，吐了一地酸水，脸色发白，茫然地望着远处，满怀愧疚地怀疑着自己到底适不适合刑警这个职业。当时的视线远端，同样的角度，也伫立着这座明代古塔。那时候，塔还没有重新修葺，比现在要破，不过塔身看得清楚，因为那时候塔周围几公里都是平房，没有楼房遮挡。那天他站在这条将要拆迁的巷子里，身后的凶杀现场所在地是一所败落的砖房，塌掉的半面窗里警察们在忙乎着，一具白色的躯体靠坐在墙边，姿势怪异。卫峥嵘突然从他背后冒出来，在他肩上重重一拍，声音不大却带着鄙夷地斥责他，吐完了吗？

而现在陆行知环顾四周，意识到自己正站在和当年同样的位置。他呼出这口气，对赵正明说，小明，1997 年我也是二十四。

2

1997年，陆行知二十四岁，新婚，是个做饭好手，一大早不到七点就在厨房忙活上了。那时他还留着五四青年头，乌黑的头发整齐偏分。他舀一勺面糊进平底锅，眨眼就是一张摊面饼，手法熟练，有条不紊。旁边锅里熬着小米粥，案板上切好了小菜，有小咸菜，也有胡萝卜、白菜心，红绿搭配，营养均衡，程序得当，优化统筹。

陆行知的家是一所紧凑的二居室，地砖白墙，朴素洁净。客厅里有木腿的布面双人沙发，长虹显像管电视机，海尔冰箱的标志还是两个赤膊小男孩。电视旁边玻璃瓶里插了一束假花。客厅墙上挂着大幅结婚照，他穿着土气的西装，打着领带，在穿白色婚纱的杨漫身边幸福地傻笑着。

陆行知匆匆吃完早饭，把碗洗了，剩下的饭菜整齐摆在餐桌上，用小碗一一罩住保温。他穿好了衬衣，打了一条领带——就是结婚照上那条，红蓝相间，丝绸质地，泛着廉价的光。他穿上夹克外套，提着一个人造革公文包正要出门，卧室房门打开，杨漫穿着睡衣揉着眼睛头发蓬乱地出来了，说，怎么不叫我，我要送你呢！她的语气中有些故意的嗔怪。陆行知开玩笑说，起床气那么大，哪敢叫？杨漫眨着眼睛说，你当刑警第一天嘛，贤妻我总要表示表示。杨漫拿起一张饼咬了一口，向陆行知挑起大拇指，她的“表示表示”，大概就是七点半之前起床，赏脸吃口陆行知做的饭。陆行知表示感谢，好意心领了，又看看手表，便急匆匆出了门。

然而他前脚刚出门，杨漫就跟着出来了，一把抱住陆行知，叫道，亲一下！他们家门口是一条长长的楼道，筒子楼，一门十户。上班时间有邻居路过，对这小两口的亲热司空见惯，然而陆行知还没习惯，一脸不好意思把杨漫的手臂解开，正经地说，先记账，晚上还。杨漫说，高利贷哦，利滚利的。杨漫笑呵呵地放开他，陆行知发现自己的领带被杨漫悄悄抽掉了。陆行知表示不解，杨漫用见过世面的口气教导他，又不是去银行上班，你会挨骂的，陆刑警！陆行知愣了下，在这方面，他一贯听老婆的。

陆行知骑着自行车穿过清晨的街道，整个人从里到外都阳光灿烂。1997年的城市还稍显朴素、破旧，不过他是崭新的，幸福、满足、冲劲十足，自行车如燕子般轻巧，在街道上从容掠过。

他和杨漫是四年前认识的。那时他读警官大学三年级，学校里男生以压倒性的比例多过女生，而且女生都是将来的警花，男生们大都惹不起。陆行知同宿舍的哥们儿有个表妹，在外国语学院读书。外国语学院的女生全市著名，漂亮又有气质，才貌双全。这哥们儿想方设法，想跟表妹所在的女生宿舍跨校联谊，屡败屡战，锲而不舍，到大三时终于联谊成功。杨漫就在那个宿舍。

直到和杨漫结婚前，陆行知都不知道，杨漫属于高干子女，父母都是本市局级领导。杨漫是英语专业，一到暑假就到英语国家练口语，看世界。和陆行知好了之后，本科毕业后她到国外待了一年就回来了。本来父母安排她以后就当海外华侨了，杨漫不干，她想陆行知，回来就和爱人结了婚。杨漫家给他们准备了婚房，杨漫也不住，情愿和陆行知住筒子楼。其实陆行知一直不太自信，不知道杨漫究竟喜欢他什么，杨漫的回答很简单，说因为你傻，这一点不能让陆行知信服，因为他不傻，从小到大都是全优生，杨漫哈哈笑着又说，因为你帅，这个理由陆行知又不满足。爱大概就是这样，描绘不出。

陆行知到了江北区公安分局刑侦大队报到，先去见大队长霍强。霍大队的办公室有点儿寒酸，木头桌椅都有年头了，沙发扶手破了，蹦出了海绵，墙上挂着几面红色锦旗，坠着金黄的穗子。霍大队四十多岁，老相，壮实，看起来像五十多，跟办公室的破旧气质挺相配。他不是那种威严的领导，有点儿老好人的样子，不怎么训人，属下并不怕他，敢开玩笑敢顶撞。然而他带的队，凝聚力强，个个都是好手。

霍大队翻着陆行知的档案说，陆行知，名字挺好。张所跟我介绍过你，里外里夸成一朵花，在警校也是尖子，是吧？陆行知还没来得及自谦，霍大队看看档案，来了个转折，就是……陆行知微微一惊，等着下半句。然而霍大队又忽地站起身，说，我找个人带带你，摸爬滚打几年，皮就糙了。陆行知响亮地应了一声，是！霍大队吓了一跳，说，不用这么正规，特别是跟这个人。霍大队说的这个人就是卫峥嵘。

霍大队领着陆行知风风火火走进刑警队的大办公室，刑警们都在这里办公。大队条件简陋，办公室就是水泥地，一人一张桌子，墙面上白下蓝，灰壳多处剥落，顶上吊着日光灯，几盆花草摆在窗台上，刚有人浇过，还滴答着水珠。刑警们的办公桌上多压着一面大玻璃，上面满当当地摆着电话座机、牛皮纸文件袋、笔筒、笔记本，大号玻璃水杯里泡着浓茶，没有电脑这种奢侈品。警察们有的穿便装，有的穿绿色警服，大多坐木头椅子和藤椅，都磨得油光水滑。

霍大队进门就叫，老卫！屋里有四五个人在，但没人应声。霍大队看了一圈，问旁边一刑警，卫峥嵘呢？这刑警姓朱，大名朱学光，三十岁出头，瘦削精干，一脸不正经，一看就是爱开玩笑的人。他端着茶杯回答霍大队说，昨天晚上南市街不是差点群体械斗吗，老卫拦下了，估计正收尾呢。霍大队扬起眉毛说，收尾收一夜？呼他！朱刑警说，呼也没用，老卫嘛，你知道，这会儿可能正……朱刑警在胸口搓了两把，像是搓澡的动作。霍大队一看就明白，但陆行知没看懂，望着他们，有些莫名其妙。

卫峥嵘确实在澡堂子里。大众便民浴池，大池洗大澡。最大的池子一丈方圆，顶个小游泳池。人多时都坐在池里连泡带搓，有不知死的顽皮孩子一个猛子扎下去，池底黑压压的灰泥泛起，又纷纷下沉，十分不卫生。

早上，澡堂子里没人。就一个中号池子放了水，白瓷砖围着，绿汪汪地蒸腾着热气。一个脑袋从水里慢慢冒出来，平头，脸色黝黑，棱角分明，颇有猛将气质，这是三十六岁的卫峥嵘。他伸手抹了一把脸想着，这就痛快了，热汤泡透了，不头疼。

卫峥嵘对面，把着池子两个角还坐着两个男人。其中一位坐水里还穿着白背心的叫白小伟，外号白狼。另一位光膀子，肩上一道长疤，这人叫郭胜利，外号刀哥。两人都年轻，但表情老成，像经过事儿的。

卫峥嵘说，洗浴中心有什么好开的，你也开，我也开，这澡堂子不一样泡？话都说明白了，以后别动手，有纠纷，呼我 BP 机。香港都和平回归了，国与国的纠纷都解决了，咱就别窝里斗了。我说的在理吧？卫峥嵘这是给这次调解做总结发言。白背心恭顺地点头赞同，刀哥没说话，微点下头。卫峥嵘对白背心说，那你先走吧，不送。白背心很江湖地抱了抱拳，说，谢谢卫同志。卫峥嵘不爱搭理他，说我不是你同志，走吧。白背心赔着笑，水淋淋地离开了。

白背心出了门，卫峥嵘看看刀哥，讽刺他说，屁股底下那把刀快吗？别不小心旋下两片脸蛋子肉。我是来泡澡的，可不想吃涮肉。刀哥被看穿了，尴尬地笑笑，慢慢从水里摸出一把菜刀，放在池沿上。卫峥嵘闭上眼睛，舒服地呼了口气。

泡完澡，卫峥嵘开着一辆桑塔纳回了刑警队，进了院子，下车就往楼里奔。其实刚才他一直压着恶心，昨晚上喝得有点儿过量，怕是有一斤半。他一步两级跑上楼梯，拐角遇见朱刑警。朱刑警说了半句，霍队找你……就被酒气冲了一鼻子。卫峥嵘不搭腔，拐进了大队卫生间。

卫生间里瓷砖地面，几个隔间之间是水泥板，隔间上有门。卫峥嵘大步走进，擦过正在洗手池洗手的陆行知，推开一个隔间门，对着便池就吐。陆行知看见了他，觉得眼熟，但只见过照片，不大敢认。看卫峥嵘吐得翻江倒海，他走到卫峥嵘身后，伸手在他背上轻拍。陆行知每次生病呕吐，他爸都会拍他的背，好像这样能让他吐得顺利点儿，其实没什么用。

刚拍了两下，他的手指突然就被攥住了，好像被老虎钳钳住了一般。没人给卫峥嵘拍过背，有人偷袭，他本能的反应就是擒拿。卫峥嵘直腰转头，看了陆行知一眼，问他，你干什么的？陆行知忍着手疼，赔着笑说，您是卫峥嵘吧，我是……哎哟。卫峥嵘手上使了点劲，陆行知扛不住，弯下了腰。卫峥嵘接着追问，你怎么认识我？陆行知疼得咧嘴，抽着冷气回答说，先进栏里有你照片儿。

旁边隔间响起冲水声，霍大队打开门，系着腰带走出来，也不看正僵持着的他俩，介绍说，老卫，新来的刑警陆行知，以后你带他。说完，自顾自洗了手就出去了。卫峥嵘和陆行知都愣了两秒钟。卫峥嵘松开陆行知的手指，突然又弯腰吐了一口后起身到洗手台漱口，叮嘱说，以后别站我身后。

卫峥嵘洗了把脸，正找纸擦，一块手帕递了过来。手帕雪白，一角还绣了颗心，但绣得并不好。杨漫不会针线活，这就是一次心血来潮的作品，以后她也再没绣过任何东西。对陆行知来说，这无疑是个孤品，很珍贵。然而卫峥嵘脸上闪过一丝嫌弃，撂下一句“不用，我风干”就走了。

卫峥嵘回到大办公室，在自己的藤椅上一屁股坐下，还没喝口茶，就看见陆行知在旁边的桌子坐下了。卫峥嵘有些不快，想找事儿。他扫了一眼陆行知的桌面就发现了目标，陆行知和杨漫的合影醒目地压在玻璃下面，像是在公园照的，光线柔和，人美景美。卫峥嵘用下巴点着照片说，收了。陆行知不大明白。卫峥嵘按着太阳穴，不耐烦起来，说，这儿的照片除了犯人的就是死人的，收了。

朱刑警给卫峥嵘端来一杯浓茶，凑近了打量着卫峥嵘，语气幸灾乐祸地说，泡了澡还头疼？卫峥嵘说，疼不疼，看喝多少。朱刑警问，你喝了多少？卫峥嵘说，不知道。一般来讲，卫峥嵘说不知道就是喝到了极限的意思。

这时一名身材发福的中年刑警老杜走到陆行知桌前，此人名叫杜国友，是刑警队老大哥，好脾气，能聊天，一聊像天津人说相声似的搂不住。因为气质土得掉渣，大家有时候叫他“老土”，他对这个称号并不在意，还有点儿自豪，说这证明自己不忘本，始终紧贴苍黄大地。老杜替卫峥嵘向陆行知解释说，他没别的意思，咱们这儿不定带进来什么人，你想让他们看见你老婆长什么样吗？老杜话说得明白，说服力强。陆行知听后，掀起玻璃，把照片放回公文包里。老杜对陆行知印象不错，又低声补了一句，老卫啊，刚离婚，对他也是个刺激。不过他声音大到恰好卫峥嵘也能听见。卫峥嵘恼怒地说，放屁！

陆行知把一个文件袋递给卫峥嵘说，我的档案。卫峥嵘没接，说，不用看，看也白看，你干……朱刑警把他的话头及时截住，说老卫，喝茶吧你。卫峥嵘把后面的话咽了回去，他本来要说“干不长”。卫峥嵘喝了口茶，问陆行知，你派出所干得好好的，干什么刑警？陆行知大概猜出了卫峥嵘本来要说什么，他想说，他能干长，而且能干好。这个回答很重要，他想用最简短的话，概括出自己最深层的意思，斟酌了半天才说，这是……我的理想吧。我想破对人类伤害最大的案子，抓对人类伤害最大的罪犯。这话可能在心里已经转了许多回，然而一说出来就有点儿生硬，连他自己都听出了很像表面套话，拿腔拿调，尴尬的不行。

卫峥嵘马上就有了反应，挑刺说，人类？这词儿用的，你联合国大会上发言呢。你来错地方了，也晚生了六十年，你应该去抓希特勒。陆行知勉力解释说，不是，我的意思是凶杀案，夺取人命……这次朱刑警抢在卫峥嵘之前拦住了话头，厉声喝道，打住！别提那俩字！你刚来，我们可太平一个月了。卫峥嵘斜睨着陆行知问，见识过凶杀现场吗？陆行知摇头。卫峥嵘叹了口气，认为可以盖棺论定了，一介书生。朱刑警对“凶杀”两个字也很敏感，再次喝道，打住！卫峥嵘笑话他说，你以为人人都像你那么乌鸦嘴。

话音未落，接警处的年轻女警小常进了门，一路小跑直奔霍大队办公室，路过时与几名刑警对视一眼，满脸大事将近的神色。这个场景他们都不陌生，已经成了个仪式似的，小常这个步伐，这个眼神，一看就没好事儿。朱刑警眼神发直，嚷道，不会吧！片刻小常从霍大队办公室出来了，又一路小跑离开，像战场上的探马，来去匆匆，预示着敌人已经大兵压境。

突然办公室所有人的 BP 机同时响起。一转眼霍大队出现在了门口，目光扫视了一圈，最后盯住了卫峥嵘。朱刑警看向陆行知的目光很是哀怨。

几位刑警挤上一车，驶向命案现场。路上朱刑警对陆行知又恨又怜，说，第一天就赶上大案，你这运气，唉！陆行知不敢接话。老杜说，也不能这么讲，一直不发案，我心里也没踏实过一天。卫峥嵘闭眼睛揉着太阳穴一声大吼，都他妈别说了！陆行知默默坐在后排，紧张早就压倒了尴尬，第一天报到就出命案现场，他有点儿信心不足，唯恐出洋相。

1997 年，城市里还有着大片大片的平房区，尤以江北区为多。平房除了高度相仿，造型分几类，有的屋顶青瓦起脊，有的就是水泥平顶。还有个别老建筑是有钱人家住过的院落，门楣砖角雕着花饰。房子基本上一色的青灰砖墙，墙皮风化斑驳，一碰就掉灰，墙基爬着尺许的青苔。有的住户房前带个逼仄的小院，主要用来堆杂物，有的打开家门就上了街。有的家则是临街一个小门，里面小道通天井，住了好几户。到了饭点儿，整条巷子都是炒菜味儿。

平房区的交通要道都是巷，宽的能进一辆卡车，窄的两辆自行车都错不开。巷子路边除了树，总是堆放着居民们不想搁在家里占地的各种杂物，纸箱、瓦罐，破破烂烂。打巷子里一走，有打牌下棋的，有扯了绳子晾衣裳的，还有在家门口杀鸡的，一帮孩子围着看。居民们的个人生活在这里藏不住，到处显露出来。

陆行知跟着卫峥嵘走向现场。这条小街破败不堪，住户几乎搬空，墙上隔不远就刷着一个大大的“拆”字。现场有警察在维持秩序，驱赶围观群众，提着菜篮的老太、抱着棋盘的老头、抱孩子的妇女、穿拖鞋的闲人，聚在一起议论纷纷。然而陆行知什么都听不见，越过卫峥嵘的背影，望着前方那一所快要倒塌的平房，一名警察在门口向他们招手。卫峥嵘回头对陆行知交代了句，等会儿哪儿都别碰！陆行知机械地点头。

走进那间平房，只见一个赤裸的年轻女孩靠墙坐着，嘴张着，双眼无神地望着地面，姿势有些奇怪，不自然。房子里乱七八糟，有碎砖头、破报纸、啤酒瓶子、烟头、烂床单等垃圾。这种废弃的房子常常会被乞丐、收破烂的、不法分子或逃学的学生们光顾，当然，还有各种动物。

陆行知看见卫峥嵘在女孩身前蹲下，和法医老吕交换着意见。老吕这时已经谢顶了，仿佛就没年轻过。女孩肤色惨白，呈一种冰冷的青灰色。老吕撩起她的长发，给陆行知看她后脑勺上的打击伤和脖子上的瘀痕。一旁的朱刑警跺了跺脚，咒骂着驱赶着，妈的，老鼠！滚，大白天的！

卫峥嵘向旁边跨了一步，用戴手套的手捏起了什么，是一根铅笔，墨绿色，一端削尖了，尾端两个字母 HB。卫峥嵘拿着铅笔端详了一阵儿，看看老吕，老吕从勘验箱里拿出一个证物袋，敞开了口递过去，只当是个寻常物证。这时他们还不知道，这种铅笔会在此后的凶杀现场反复出现。

陆行知突然看见女孩的脚趾是残破的，有几根趾头显然被老鼠啃去了，露出白色的细小的骨头。陆行知喉结上下滚动，想要弯腰，立刻意识到，要是在现场吐了，以后就别想在警队安生了。他忍住恶心，转身走出去。卫峥嵘看看他，嘴角浮上一丝讥诮。

陆行知出了平房，跑到路边，扶着墙弯腰呕了几口，抹去眼里激出的泪，直起身，向远处望去。他看见了远处蓝天下的明代古塔，伫立在一片青灰色的砖瓦屋顶之上。

卫峥嵘从他身后走来，俯身捡起了什么东西，在他肩上一拍，问，吐完了吗？是陆行知的手帕，不知什么时候从裤兜掉了出去。陆行知接过，一脸惭愧说，对不起，师傅。卫峥嵘说，我不是你师傅，叫老卫！好了没有？好了赶紧去走访群众，知道问什么吗？陆行知看着卫峥嵘，不大自信。卫峥嵘说，跟着我！陆行知跟着卫峥嵘走去，又抬头看了一眼古塔。那时的他想不到，十三年后，古塔还默默原地矗立在这里，见证了又一场凶杀。

3

陆行知将目光从古塔上拉回，将十三年的时光折叠在心底。他看见法医老吕正提着勘验箱从粉色城堡里钻出来，指挥助手将尸袋装车，远远向他打个手势便回队里去了。陆行知吩咐赵正明，走访去吧，尽快确定被害人身份，知道问什么吧？赵正明拿出个小本说，我语文不好，但话会说。陆行知点头说，我去去就来。

他去了十三年前的家。今年六月底，南都市要主办世界贸易博览会，要迎接国际友人的到来。为了改善市容，筒子楼都粉刷了外墙，强装体面，但里面没改造，还是一门十户。楼道里安了声控灯，算是一个改进。楼道墙上贴满了小广告，开锁的、空调加氟的、通下水道的。与十三年前比，他家门上加装了防盗门。还有一个变化，陆行知和杨漫离婚了，已经离了六年。

陆行知轻轻敲门。门开了，开门的是她的女儿陆安宁。女孩身材细高，面容清秀，见了她爸就抱怨道，怎么才来。她等急了似的，反身进了客厅，去拿沙发上的书包和小提琴琴盒。

杨漫在客厅电脑桌前工作，手边放着一本英文书和一部英汉大辞典。陆行知进来，她抬起头，目光与他碰了一下，就又埋头书本了。与十三年前相比，这个家里也有了变化。墙上没了结婚照，家具也更新换代了。地上铺了原色木地板，已经踩旧了。书架上的录音机和磁带换成了组合音响，刑侦书籍都没有了，只剩下中英文小说和一些参考书。书架上摆着的一个小相框里是三口人的合影，海边照的，照片里的陆安宁比现在稚嫩一些。

陆行知跟女儿说，别忙，得让你妈送你了，我来就是跟你说一声。陆安宁瞪起眼睛，发作着不满说，又怎么了？那这个周末还上你那儿吗？陆行知抱歉地说，恐怕也不行了。杨漫已经听见了他们的对话，合上书，匆忙站起身，怪陆行知怎么不早说，我还没洗脸呢！说完急匆匆走进卫生间梳洗打扮。

陆安宁不大高兴，在沙发上坐下，拧着脸。陆行知逗她说，脖子怎么歪了，练小提琴练的？陆安宁不理他。陆行知又说，你本来就嫌我那儿没意思不是吗？也没个电视，没有网。陆安宁叱道，我不看电视！陆行知语气软下来说，爸爸的工作性质，就是这样，老让你失望。陆安宁态度也软下来，语气仍是硬硬的，说，本来一周才见一次！陆行知受宠若惊似的逗她，哟，这是想我了？陆安宁不吃这一套说，别这么肉麻，你的气质不适合！

杨漫收拾利索走出卧室，用皮筋在脑后系个马尾，拎起包发令道，出门！陆安宁背包携琴先出了门。陆行知拉住杨漫，让她缓一步。陆行知说抱歉，今天刚发了个案子，大案，下周能不能接安宁也不保险，你做做她的工作。杨漫低头在包里翻找，并不在意，好似早习惯了。杨漫说行，忙你的吧，她发脾气，还不是因为喜欢你，哎，车钥匙呢？陆行知伸手从沙发缝儿里捞出车钥匙，递给杨漫。

陆行知返回警队，队里已经成立了 4・30 专案组，接下来便是摸排走访，调附近的监控探头，寻找目击者，查访被害人身份。连轴忙了两天，居然一无所获。

一个通宵之后，第二天就是案情分析会，陆行知在警队卫生间洗了把脸，从衣兜里掏出手帕，还是十三年前的那块。十三年过去，手帕已经变得稀薄柔软，几乎透光。陆行知擦了脸，仍把手帕叠得四四方方收了起来。

陆行知紧锁眉头走向会议室，在楼道里走动的身着正装的警察们，身上的绿色制服换成了深蓝色的。与十三年前相比，刑侦大队的办公楼翻新了，敞亮了，也现代化了，窗明几净。办公桌上电脑变多了，硬件软件都有了提高，跟上时代了。会议室里多了大液晶屏等电子设备，桌椅的新漆也闪着光。陆行知刚找座位坐下，赵正明便匆匆跑进来，在他身边坐了下来，脸上一层汗。

案发现场的周边地图被投影仪投到了白墙上。霍大队现在是分局局长，由他主持会议。他看看陆行知，让他先发言。陆行知直入主题，先说这两天的走访下来，没有发现目击者，也没人认识被害人。协查通报已经下发到各单位了，暂时也没有有效信息。还询问过家具市场的一个姓孟的女负责人，会不会是他们的竞争对手或者老板的仇家干了这个事儿，意图破坏。说到这儿陆行知顿了顿问朱刑警，老板姓曲，是吧？朱刑警点了个头。陆行知接着说，姓孟的负责人回答得很肯定，不可能。但是这个调查方向，我觉得还要挖，这个老板据说在外地，回来了我打算见一见。霍局抬了抬手说，这个情况我了解一点，这个方向先不用查下去了。对这个老板，这么说吧，没人敢这么干。陆行知有些诧异。霍局看着他说，凭你的经验，打击报复也不用干这么复杂，你说是不是？陆行知点点头，凭经验，确实没这么打击报复的，没必要弄出人命来，搞出个大案。

陆行知看着大屏幕上的城市地图，接着说下一点，这个案发现场所处的位置，虽然是商业区，但到了晚上，尤其后半夜，人流量很小，找不到目击者。结合现场勘验情况来看，案发现场是不是第一现场现在还很难确定。有可能是凶手盯梢、蹲守或者路遇，当场杀害了被害人，也有可能是在别处加害后到这里抛尸。我觉得，第一种情况的可能性更大。如果是第二种情况，为什么到这儿抛尸，凶手的心理就难解释了。赵正明突然插了一句说，第二种情况也不是不可能吧，变态杀手，故意摆出来给人看，反社会呗。十几年前那个案子不就是这种。

提到十几年前的案子，会议室突然变得很安静。大家都看着桌面，没人接茬。赵正明觉察到了这种气氛，赶紧解释说，我也是听说，不了解，胡说啊。陆行知说没事儿，说说也无妨，什么样的可能性都不排除，但是查案还得一步一步来。家具市场四周的几个路口，监控都看了，车辆也都排查了，发现两个假车牌，但都是最普通的车型，没有突出的特征，这两种车加起来本市得有几万辆，这个路也走不通。

霍局听得直挠头，就是说现在什么有用的线索都没有？陆行知点头默认。霍局说，老陆，遇上对手了啊，让你两天还没一点突破的案子，少吧。陆行知说，所以最要紧的还是尽快确定被害人身份。

散了会，霍局和陆行知单独进了局长办公室。霍局从抽屉里拿出个东西递给陆行知，陆行知接了，是一条好时黑巧克力，但他没吃，给放下了。霍局自己撕开一条，整个塞进嘴里，边嚼边说，老陆……话没说完，陆行知就接上一句，没联系。霍局像是明知故问，什么？陆行知说，这个案子跟十三年前的案子没联系，你不是想问这个？

霍局把巧克力咽了，又把陆行知放下的巧克力拿起来，撕开了吃。陆行知知道，他是在找话。老霍就是这样，不跟你正面冲突，喜欢搞温柔的突袭。老霍囔囔着说，现在爱吃这个，停不住。然后他又问了一句，听说发现了一根铅笔？陆行知早有准备，答道，对，我调查过了。那个充气堡经常有小学生去玩儿，还在墙上签名，有可能是他们掉的。而那个家具市场本来就免费赠送顾客铅笔，画个图记个数，方便，跟那个外国的宜家学的，送的就是这一种铅笔，所以只能说巧合吧。霍局又打岔说，行，哎那个宜家你去过吗？都说好，我看不行。说着双手比出一米见方的大小，有张这么大的桌子，便宜是真便宜，我一只手能举起来五个，纸糊的？

陆行知不接这个茬，还是走正路，接着说，还有，被害人尸体发现时的形态，跟十三年前确实有些相像。但是咱们也经得多了，被害人是年轻漂亮女性的，都会有点儿相像的地方，是不是？陆行知看着霍局，好像在等他的一个肯定。霍局终于把巧克力咽下去了，好像也放了心，拍着桌子说，是！不疑神疑鬼了，这就是个新案子，按部就班破！

陆行知去了法医科。解剖已经做完了，被害人的遗体平放在检验台上，白布盖着，露出脸。法医老吕在一旁洗手。

陆行知皱眉盯着遗体，问老吕，有没有任何标记或是任何容易辨认的特征？老吕说没有，别说胎记了，痣都没几颗。这女孩儿生活条件应该不错，把自己打理得挺到位，身材真好，肯定经常健身。陆行知问，整过容吗？老吕说，没有，双眼皮也不是割的，算天生丽质吧。接着叹道，你说多可恨。

他侧过被害人的脑袋给陆行知看，说，钝器击打后脑，应当是用了包了布的铁锤之类先打晕了，所以没有防御伤，指甲缝里也没有皮肤组织。陆行知大概预见到了结果，还是问，一点儿凶手的 DNA 都没有？老吕说，没有，不过吧……老吕拿起一个证物袋，看起来像是空的。陆行知仔细看，里面是根长头发。老吕说，她身上发现的，但这个颜色不像是她的，验验？陆行知说，那还用问？验！

陆行知也拿起一个物证袋，里面是一片小小的东西，描了花。他不认识这个东西，问老吕，老吕说，这是现场地上发现的指甲。陆行知撩开白布看看被害人的手，指甲完整。老吕说，假的！贴的美甲，没见过？但就发现一片，不知道是不是她的。陆行知明白了，说，拍个清晰照片给我。老吕猜到陆行知要干什么，对这个工作量感到担忧，全市美甲店大大小小成千上百家的，怎么查？陆行知说，你不是说她生活条件好嘛，先从贵的查。老吕一忖度，觉得有理，晃着脑袋说，就怕白忙。接着感叹道，你说怎么卡到被害人身份的确认上了，按说这么一个漂亮女孩儿，都几天了，总该有人惦记吧？我记得十三年前那次第一个案子，几个小时就确认了。老吕话刚出口就后悔了，忙说呸！不提这个。

陆行知知道，不管提不提，大家心里都在想，都在忌讳着，就怕坐实了。他想到十三年前的第一个被害人柳梦，跟老吕说，她是本地人，就住那一片儿。那一片儿巷子谁跟谁都认识，一条条胡同就是个情报网，老头老太都是情报员。现在，楼高了，人跟人远了。

4

1997 年 10 月 18 日，时值初秋，树叶刚开始落，天气还不凉。柳梦被发现后的几个小时，警察们进入案发现场周围的平房区，踏着坑坑洼洼的柏油路或是磨得又滑又光的石板小道，散开了分头行动，挨门挨户走访。路边一个街坊聚集的空场，坐着十来个大爷大妈，有的抱孩子，有的择菜，都望着警察们，满脸好奇，议论纷纷。命案这么大的事儿，早就传得人人皆知了。

陆行知看见卫峥嵘朝这群街坊们走去，很市井气地打了招呼，热络地聊着天，拿着一张纸给他们看。没聊几句，一个大妈愤然站起身，跟卫峥嵘说了句什么，风风火火地离开了。大妈边走，边掏出个红袖箍套在胳膊上。

陆行知走向下一户。这户门口坐着个三十多岁的男人，瘦而猥琐，头发油乎乎的。陆行知拿着的那张纸，是市局专画模拟画像的神笔老贾刚刚画好的被害人肖像，比洗印照片来得快，而且画出来活灵活现的。他画好复印了，调查的警察人手一张。陆行知给这男人看了看画像，问他认不认识。男人看了一眼，上下打量陆行知，皮笑肉不笑地说，有点儿面熟，使劲想想说不定能想起来。陆行知知道遇上油条了，顺着他说，那使使劲儿？男人说，我运运气，哎，警察同志，我这可是为人民政府使劲，政府是不是也给我使使劲？我早饭还没吃。陆行知看看他，从裤兜里掏出钱包，抽出十元钱。男人涎着脸说，我早饭一般吃烧鸭，二十一只。陆行知又抽了一张，递过去。男人刚伸手要接，卫峥嵘突然如神兵天降，一巴掌把陆行知的手打了回去，下一巴掌抽在他的脑门上。卫峥嵘先骂陆行知，你钱多得钱包装不下？派出所两年白干了，看不出来这是个什么货色？又对男人怒目而视说，瓜皮，还想让我再抓你一回是吧？瓜皮揉着脑袋，嘟囔着，断人财路呢。卫峥嵘说，滚你的！然后把画像举到他脸上问，到底认不认识？瓜皮说，我头晕，想不起来。卫峥嵘踢了他迎面骨一脚说，给你定定神儿，现在想起来了？瓜皮“嗷”地一声，抱着腿跳起来，像只火烈鸟。卫峥嵘打算再给他一脚，瓜皮喊道，去王麻子胡同，要不就是柳叶胡同找找！卫峥嵘转身就走。陆行知跟上他，小声解释，其实……这种人，给钱就交代。卫峥嵘骂道，你一个月拿多少工资？有钱孝敬你妈去！陆行知脸色变了变，不再说话。

他们先去了王麻子胡同，问了一圈，无果，又转战柳叶胡同，敲了两户门，没人。刚要敲下一户院门，胡同那头过来几个人，一个年轻姑娘搀着一个五十来岁的阿姨，后面跟着一个同样年纪的大叔。这几人恰是柳梦的妹妹和父母。柳梦她妈神色张皇，脚底下是软的，踉踉跄跄。三人身边，还跟着一位带红袖箍的大妈，不过不是刚刚那位从街坊“情报中心”撤离的红袖箍大妈，大概是同一“战线”的情报员。柳梦的家人从这位大妈处得到消息，急忙赶来。陆行知把肖像给他们看了一眼，柳梦她爸马上就蹲下了，她妈也身子一沉，坐地上了。

他们去了柳梦家，是胡同里的几间平房，没有院子，家门就临着街。因为门前有树，窗户又小，室内光线不好，可能看见摆设虽简陋，但朴素干净，看起来就是普通工薪家庭的样子。柳梦她妈说，柳梦团里要演《长生殿》，天天排练到半夜，明年就能挑大梁了。原来柳梦是昆剧团的。她们家墙上挂着一个老式大相框，里面夹着数张照片，有黑白的，有彩色的，记录了这一家子几十年的岁月。有一张照片上，柳梦穿着昆剧戏服，摆着一个娇俏的姿势。陆行知努力将她与那张毫无生气的脸联系起来。一生一死，原来区别这么大。

卫峥嵘询问着情况，柳梦有男朋友吗？没等家人回答，红袖箍大妈斩钉截铁抢了话说，没有！上个月我还给她介绍过对象，没成。柳梦她妈也说没有。卫峥嵘看看那位年轻姑娘——柳梦的妹妹柳洁。柳洁也摇摇头，说没有。有没有男朋友，姐妹之间比父母知道得更清楚。卫峥嵘又问，你们家有没有跟什么人闹过矛盾？红袖箍大妈又抢着回答，没有！大哥大姐都是电扇厂先进工作者，群众关系没的说！说着她又竖起大拇哥赞道，谁提起来不这样！这可是个五好家庭，模范之家！卫峥嵘被大妈的嗓门震得脑仁疼，揉起了太阳穴，有这么个抢答的，他不想问话了。陆行知礼貌地指出，阿姨，我们的问题，最好让他们二老回答。红袖箍大妈满口答应，行！卫峥嵘问柳洁，你做什么工作？红袖箍大妈又抢着回答，大学生！卫峥嵘看着大妈，有点儿郁闷。

他们告辞时，一直没说话的柳梦他爸嘱咐二女儿，替我们送送警察同志。他没起身，眼神涣散，喃喃道，我心里疼……马上就拆迁了，要换大房子了，你姐从来没住过大房子。陆行知突然有些心酸，想起自己的父亲，中国父亲们的爱总是内敛却深厚，一旦受伤久难痊愈。

柳洁把他们送到门口，问他们是不是要去昆剧团。卫峥嵘说对。柳洁犹豫了一下才说，其实我姐早就不在剧团了，她现在天天到歌舞厅跳舞挣钱。卫峥嵘和陆行知都很意外。柳洁忍着泪又说，她不敢告诉爸妈。

卫峥嵘和陆行知马上去了柳洁说的紫气东来歌舞厅。歌舞厅门头上的霓虹灯恰好在暮色中亮起，大红大绿。二十世纪九十年代中期，歌舞厅几乎是一夜之间遍地开花，都是这种大跳大唱、大鸣大放的气派，就像长期压抑后突然释放的矫枉过正。同样的还有更早些时候在市面上泛滥的卡拉 OK 里的伴唱 MV，画面都是泳装女郎，浓妆艳抹，不是在舞台昂首阔步，就是在沙滩款款而行，动作大胆，眼神挑逗，望着电视机前的小孩们高唱《甜蜜蜜》。

卫峥嵘跟陆行知刚下车，紫气东来的门卫就迎了上来，好像认识卫峥嵘，自来熟地打招呼，卫大队长，您来了！大队长这称呼，听起来像汉奸。卫峥嵘破口大骂，谁他妈是队长，滚一边儿去！门卫只好灰溜溜地带着他们进门。时间还早，歌舞厅里还没有人，有清洁工在打扫卫生，大厅里弥漫着啤酒和烟草混合的气味。舞厅前方有舞台，中间有舞池，围着舞池放了一圈儿桌子，都蒙着白色桌布，每张桌子中间都摆着一个插着假花的花瓶，让人感觉这里挺高雅，表演的节目也是可登大雅之堂的。

门卫把他们一路带到后台，站在一个房间门口，往里指指。卫峥嵘厌烦地摆摆手，让门卫走开。他们进了门，看见几个姑娘正在吃盒饭，有的穿睡衣，有的穿睡裙，都是为了换衣服方便。卫峥嵘问，谁跟柳梦熟？一个穿红睡衣的女孩停下了筷子。

他们把红衣女孩单独带到一个角落，卫峥嵘问她昨晚柳梦的行踪，红衣女孩一边上妆，一边跟他们聊，说昨晚上她们不在这儿，在新星剧院跳舞。卫峥嵘很奇怪，跳舞去剧院干什么，又不是唱戏。在他心里，剧院还有点儿“大雅之堂”的意思。红衣女孩说，给黄家杰伴舞啊。卫峥嵘表示不知道黄家杰是何方神圣。红衣女孩惊讶极了，瞅着卫峥嵘说，这么大的明星你不知道？黄家杰啊！《龙虎英雄传》？陆行知对流行文化有一定了解，解释说，香港连续剧，武打的，黄家杰是主演，去年挺火的。红衣女孩叫起来，对呀！他来南都巡回演出呢，票好难买的！她从包里翻出一盒歌曲磁带，上面是一个表情忧郁的男人，盒子上有个签名。卫峥嵘接过看看，又扔到桌子上，问，他到底是演电视还是唱歌的？红衣女孩把磁带宝贝似的小心收起来，自豪地说，全能呀，影视歌三栖，还演电影呢！对了，柳梦到底怎么了？过会儿就该上台了！

要调查黄家杰是个麻烦事，他属于港澳同胞，又是明星，不能轻举妄动。卫峥嵘请示了霍大队，霍大队说要请示领导，明天回话，于是卫峥嵘让陆行知先下班。

下班路上，陆行知骑着自行车，蹬得不快，与早上的精气神相比，明显疲了。他路过一个公用电话亭，下了车，摸出一张 IC 卡，拨通电话跟他爸说了几句。上班第一天，他怕他爸惦记。陆行知没说第一天就出了命案，只说没什么大事，跟领导同事见见面，大家对他都很好，当然也没提卫峥嵘动不动就骂人。陆行知老家是县城的，十四岁时他母亲就病故了。从他上大学起，他爸就一个人生活了。

回到家时，书房的灯还亮着。杨漫趴在桌子上睡着了，桌上压着一本英汉大辞典，手边的笔记上写满了中英文。杨漫是个翻译，跟出版社合作翻译英文小说，有活就在家自己干，不坐班，算是自由职业。

陆行知推推她，人没醒。陆行知干脆伸手抄到她身下，把杨漫抱了起来，走回卧室，小心翼翼地把她放到床上，刚要起身，脖子却被杨漫勾住了。杨漫问他，陆刑警，第一天顺利吗？陆行知说，一切顺利，我去洗漱。杨漫勾着他没放说，还我啊。陆行知纳闷，还什么？杨漫说，早上记的账。陆行知才想起来，说，等我刷了牙。杨漫还没全醒，迷迷糊糊地说，以后你不会天天这么晚回来吧？我都想你了。陆行知只好回答说不知道。杨漫叹了一声，原来刑警的老婆真的不好当啊。陆行知怔住了，半晌才说抱歉。杨漫笑了，亲他一口说，亲亲就好啦。

5

而单单是想确定 2010 年“4·30”案件的被害人身份，专案组的刑警们就颇费周折，辛苦多了。从前的城市，人际关系像个密闭的有机结构，到处都有连接的地方，现在的城市经历了野蛮疯长，人与人之间都变得分散了。

陆行知从老吕那儿拿到被害人的美甲照片，复印了分发下去。警察们开始走访全市范围内的美甲店，按陆行知的思路，从贵的开始。跑了四五天，被害人是谁没打听到，倒是见识了美甲行业的博大精深。陆行知本以为这就是个服务行业，没想到还是个艺术工种。在一家档次颇高的美甲店，陆行知把放大了的美甲照片给一名店员看，店员转头就叫，费老师！费老师出来了，是个男的，穿着大褂子，一身“仙气”，拿起照片看看，摇了摇头，先给陆行知科普了二十分钟美甲工艺和艺术流派，最后说，这是现代派的，我们专攻古典。

最后还是赵正明打听到的。赵正明找到这家商业步行街上的店面时，人家正要关门，赵正明急匆匆地赶过来，一手托住升降门，说等等，我是警察！进了店，赵正明几乎没抱什么希望，一边擦着汗，一边把照片给店主看。店主看了便说，是我们做的，纯手工绘制，独一份儿。赵正明睁大了眼睛，没想到幸运来得这么快，问给谁做的，店主又说记不得了。赵正明大失所望，店主却一指赵正明身后，说，找找吧。赵正明回过身，原来背后是一面照片墙，上面有各色花枝招展的女孩举着刚做好的指甲对着镜头绽开笑脸的照片。赵正明和店主趴在墙上细看。店主先找着了，说，哦，Cindy 呀！店主指着一张照片，赵正明一眼就认出是女被害人。赵正明问她叫什么，店主说，Cindy。赵正明有点儿郁闷，说，大名儿！店主说，那就不知道了。店主想想又打开电脑说，我有她地址，要不要？

Cindy 的中文名叫王楠楠，住在一个中档新小区的高层公寓楼里，房子是租的，三室一厅，有一百二十平。陆行知和赵正明连夜找到了房东，是个中年女人。房东带着他们俩掏钥匙开门进了屋，叹息着说，唉，这才租了三个月，该交下一季房租了呢。

陆行知和赵正明进了门，戴上手套，打量着房间。房间里有点儿乱，主要是随处乱放的衣服鞋子影响了观感，看得出来整理不是女主人的强项。陆行知走到客厅阳台，夜还浅，窗外的城市灯海灿烂，远处的明代古塔被周围的现代建筑衬得有些矮小。

赵正明巡视着墙上挂着的大大小小的照片，都是王楠楠的单人照。赵正明指给陆行知看，有一组是在练功房跳舞时照的。女房东说对，我问过，她是跳舞的。陆行知眉头一皱，一种不好的预感袭来。

两人在各个房间巡视，房间内的陈设倒很简单，只有必要的家具，有个房间是空的，地上铺着瑜伽垫，可能是个练功房。陆行知走进洗手间扫了两眼，问女房东，她不常在这儿住？女房东说，那不了解，我们就租房子的时候见了一次。赵正明问他怎么看出来的？陆行知指指漱口杯，里面没有牙刷。

陆行知走回客厅，又观察起“照片墙”，看到一张照片上王楠楠坐在一辆 Mini Cooper 的驾驶位，比出一个剪刀手。陆行知问房东，她有车？房东说，租房的时候是开着车来的，家里有钱吧，一个人租一套三居室。

女房东带着陆行知二人下到地下负一层的停车场，来到自家的指定车位，车不在。他们又去找小区物业看停车场监控，一名物业负责人接待了他们。进了小区监控室，物业负责人调出了王楠楠那座楼地下停车场的出入口探头录像。赵正明问他停车场里面怎么没监控，物业负责人说，小区建成的时候政府没要求啊，不过肯定会装，争取未来三年内实现全小区无死角全覆盖，天网建设嘛。

好在停车场出入口的探头没坏，案发当天的录像被迅速快进着。陆行知突然喊停，监控画面停下，一辆 Mini Cooper 正在驶进停车场入口。虽然看不见驾驶员整脸，但看轮廓应该是王楠楠。陆行知说，电梯里有摄像头吧，调出来看看，就从这个时间点开始。负责人打开另一台监视器，找出电梯内部监控，快进了三十分钟却没见王楠楠上电梯。赵正明有点儿奇怪，她没上楼？陆行知指指停车场出入口的录像说，这个继续往后看。画面显示一个小时后，Mini Cooper 又开出去了，但是录像里只能看见车尾。赵正明有点儿蒙，她在停车场待了一个小时又走了？陆行知说，你怎么知道开车出去的是她？赵正明不解地看着陆行知，突然反应过来，开车进去的是王楠楠，开车出去的很有可能是凶手。他一撸袖子说，陆队，我胳膊上汗毛都起来了。

陆行知又去了地下停车场，沿着每条路线走了一圈，在不同位置站定后望向王楠楠的停车位，赵正明站在车位中间当标记。陆行知在停车场一角找到一个小门，打开来，里面很狭窄，放着一些电缆等杂物。陆行知打开手电筒照着门里一小块地面，看到上面有些依稀杂乱的脚印，鞋底图案已经分辨不清，但是可以看出有人在这里面待过，时间很短。陆行知闪身进去，小心避开那些脚印，从门缝向外张望，发现王楠楠的车位在视野中。凶手应该是站在这里等着她的。

离开小区，陆行知亲自开车，让赵正明坐副驾。陆行知一边开，一边观察着路线，拐进一条小路。赵正明整理了思路，开始提问，你是说，他一直在那儿蹲着，然后袭击了王楠楠？然后这人又在停车场等了一个小时？干吗呢？陆行知没回答，反问你说呢。赵正明咒骂了一声，又想起什么问，可是家具市场四周路口监控没见王楠楠的车呀。陆行知说，凶手可能在某个地方换了交通工具，也可能躲开了所有监控。只要路熟，就能躲开。我现在走的这条路，就拍不着。赵正明往窗外看看，说，我说您怎么净走小路呢。路熟，这人不会是个出租车司机吧。陆行知说，不一定，只要存心什么人都能熟。下一步是要找到王楠楠的车。

赵正明思索了一会儿说，陆队，这恐怕是第二种情况吧。就上次开会你说的，第二种情况，为什么特意到家具市场抛尸，你说凶手的心理就很难解释了。他为什么呢？陆行知脸上的肌肉跳了跳，没有回答。

40 多个小时后，王楠楠的 Mini Cooper 找到了。

陆行知正在专案组里坐着，赵正明兴冲冲跑到地图前面指手画脚，问陆行知，你猜在哪儿找到的？等不及陆行知猜，他就像个军事家一样开讲了——这是王楠楠家，这是家具市场，中间这一片我们翻了个底朝天，没有！他手臂一伸，很有力度地朝着反方向画过去，说，反着开了十公里才找到。兜了这么大一圈，反侦察意识挺强啊。作为听众的陆行知似乎并不意外，从椅子上站起来说，走吧，看看去。

夕阳西照，天地金黄。城郊的一处大公园，说是公园，但只有树、草和荒地，景色乏善可陈。除了周末偶有人来这儿野营烧烤，平时除了鸟，没人光顾。公园外的停车场，地面是水泥地，无人看守。王楠楠的车就停在一个角落。几亩地大的停车场里就这一辆车。陆行知和赵正明赶到时，全套武装的法医老吕正从车里探出身来。陆行知问，有指纹吗？老吕说，没有。陆行知点了点头，意料之中。

老吕指着车后座上一片黄黄的污渍说，车里恐怕就是第一现场了。赵正明一时没反应过来。陆行知说，被勒颈致死的被害人，往往会失禁。赵正明表情有些纠结，这个他不是不知道，只是第一次把听来的知识和现场的颜色与气味联系起来。陆行知想起他十多年前第一次看到柳梦尸体时的感受，还好赵正明没有要吐的意思。

老吕拿起一个证物袋，里头是条毛巾，说，他把她擦干净了。老吕语气有些苦涩，金黄色的夕阳照在老吕的眼镜片上，让人看不清他的眼神，然而陆行知似乎从那金色中看到了绝望。

陆行知和赵正明回到大队，还活跃在一线岗位上的朱学光刑警递过来几页材料，是王楠楠近三个月的通话记录。陆行知有些疲惫，只点一点头说，行，分下去排查走访吧。老朱端详一下陆行知问，累了？陆行知笑而不言，自己其实是心累。赵正明凑上来说，陆队，现在清楚了，他先在郊区杀了人，又大老远地跑回市区抛尸，肯定是第二种情况了。这是有什么动机，还是单纯的变态杀手，故意挑衅警察？赵正明又指着老朱手里的通话记录，总结说，照这种情况，熟人作案的可能性不大吧，不好抓了。老朱脸色变了变，忙阻止他，别说，一说就灵！

霍局把陆行知单独叫到办公室，拉开抽屉翻了翻，有点儿郁闷，巧克力没了。霍局摆出闲聊的架势，轻描淡写地说，我突然想起个事儿来，最近老卫——卫峥嵘在干什么，你知道吗？看他的样子，还真像不经意间想起来的。陆行知明白他想问什么，说，不知道。霍局接着聊，过年给他打电话，他也不接……陆行知没心思这样闲聊下去，打断他说，行了，想说什么说吧。

霍局笑笑，没有巧克力，他就抓起一根果丹皮随便嚼着，故作轻松地说，怎么样，现在还认为没联系吗？被害人在同一位置，杀人手法高度相似，现在被害人职业也一样，都是跳舞的，就这么巧？陆行知顿了顿，语气肯定地说，就现在掌握的所有线索来说，没有必然联系，巧合再多也只是巧合。霍局说，你这不是回避心理吧？陆行知运了运气，好像在压抑着什么，半晌回答说，我不是回避，这几天我时时留意，就在找能和 13 年前联系起来的证据，确凿的，板上钉钉的那种。有吗？没有。所以这个案件作为独立案件，是完全成立的。霍局说，没有也不等于不是吧，主动联系起来是不是对破案更有利？陆行知突然爆了，话像炮弹一样乱炸，我他妈不知道吗？我是第一天当警察吗？我他妈是个笨蛋吗？你想听什么？是，是他妈一个连环杀手重新作案？咱们现在就并案侦查！这么说你就踏实了？霍局被呛得说不出话，半截果丹皮噙在嘴里。陆行知很少发火，他不大适应。

霍局办公室外，刑警们都竖着耳朵听着。突然陆行知走了出来，下命令道，都回家睡觉，明天回来接着干！刑警们答应一声，各自收拾东西。

人都走光了，办公室剩下陆行知一个。他打开电脑，熟练地进入街道监控探头系统，敲入一串数字，调出了一处街头实时的监控视频。视频里是一条普通的小街道，路边有个小吃摊，摆着几张矮桌子，几个人坐在桌边吃饭。摄像头离得远，看不清人的面孔。还有一辆出租车停在路边。

陆行知抱着胳膊，默默观看着，像在寻找某个嫌疑人。

6

调查明星黄家杰的事，不是小事，霍大队连夜请示了上级，第二天又厚着脸皮打电话连连催问，下午终于获得了批准。卫峥嵘和陆行知出发之前，霍大队向他们传达指令，要注意工作方式和态度，原则上要团结，不卑不亢，不要让对方感到敌意，好像刚回归了，咱们就不给好脸。当然，如果有犯罪事实，也绝不手软。但是动作不要太猛，上铐子别像要把手腕敲折了似的。毕竟是公众人物嘛，要降低影响。卫峥嵘一脸不耐烦，说你一会儿东一会儿西，要不你自己去？霍大队朝陆行知笑笑说，辛苦了啊。笑中颇有深意。陆行知小心地苦笑了一下。

黄家杰住南都酒店，事先说好了在酒店等他们。路上，陆行知开着车挺安静，好像在思考什么事情。卫峥嵘心急，催他说，你能不能开快点儿？人跑了你上香港追去？陆行知稍稍踩下油门，加快了速度，但思考也被打断。他试着跟卫峥嵘交流，吞吞吐吐地说，我在想……我有个想法能不能讲？卫峥嵘说，舌头是你的，耳朵是我的。有什么可问的？陆行知没太听懂他的意思，还是决定讲，开口就叫了一声老卫，好像把自己都惊着了，赶紧改口叫师傅，说对不起，老卫我叫不出来，能不能还叫师傅？卫峥嵘取笑他说，就这个想法？你别当警察了，脸皮太薄不合格。陆行知忙解释，不是，我是想问，有一种系列凶杀案，凶手没有什么特别的动机，就是随机挑选被害人，所以从被害人的社会关系里，根本找不到凶手。这种案子怎么破？卫峥嵘不屑一顾地说，想办法破，谁碰上谁倒霉呗。我说你这乌鸦嘴能不能少说两句，老朱要在这儿，非打你不可！陆行知丧气地说，只是我的一个想法。卫峥嵘闭上眼睛，靠着椅背说，我就后悔一听！

南都酒店是本市最豪华体面的酒店，规格也最高，五星级，有国内国外的政要来访都会住这儿。近几年，各种高档酒店陆续开了起来，有的设施更先进更豪华，还采用了国外酒店的管理方式，因此吸走不少高端客流，也使得南都酒店显得落伍了，但还保留了一种老式的庄重。警车在酒店门前停下，立刻有个穿西装的男人迎上，一开口就是广东腔，是卫警官吗？有劳有劳。西装男殷勤地伸出手，卫峥嵘跟他握了握，说，叫同志吧。

进了酒店，西装男带卫峥嵘和陆行知到酒店大堂的咖啡座，找了沙发坐下。卫峥嵘正要问，西装男抢着说，同志，您的来意我已经明白了，需要了解什么情况尽管问。卫峥嵘诧异地瞥他一眼，上下打量一番，问他，你是黄家杰？西装男受宠若惊地连连摆手，表示担不起这么荣幸的误会，说哪里啦，我是黄先生的助手，全权代表黄先生啦。卫峥嵘有点儿来气，不客气地说，不是已经说好了吗，我们领导连夜打了一串电话，热脸贴了多少冷屁股才协调好，现在派个助手来挡事？西装男说，不是不是，黄先生身体有点儿不适啦，晚上还要赶飞机……卫峥嵘脸色一沉，粗暴地打断他，赶屁的飞机！不查清楚了别想溜。

西装男脸色有点儿难看。陆行知左右看看，不知道该怎么调解，低声跟卫峥嵘商量，要不然再请示一下霍队？卫峥嵘说，请示啥呀！他忽地站起，直奔前台，冲接待员一亮证件说，警察查案，黄家杰住几号房？西装男抢着拦道，不能说！透露客人信息我要告你们的。卫峥嵘大怒，喝道，要告就告我！几号房？接待员左右为难，谁的话也不敢听。陆行知站在一旁，突然有人在他耳边悄声说，2501。陆行知转头一看，是大堂经理。

卫峥嵘往这边瞟了一眼，觉察到陆行知的眼色，又提高了嗓门，把柜台拍得“啪啪”响，连声让叫经理来。陆行知心领神会，趁着卫峥嵘“发飙”，悄悄走向一旁的电梯，直接上到25楼，踏着走廊的厚地毯，一路找到2501，敲了几下门，黄家杰穿着睡衣出现了，看见陆行知举着证件，愣住了。

黄家杰住的是个大套间，勉强对得起“影视歌三栖巨星”的身份。后来跟上的卫峥嵘和西装男与陆行知一起进了房。卫峥嵘打量了一下大套间，问，这一晚上多少钱？没等黄家杰回答，卫峥嵘又话题一转，直接开炮问，前天，也就是 18 号晚上，你都干什么了？西装男拦截“炮火”说，18 号是演出啊。卫峥嵘伸手一指他，你别说话！黄家杰自己说，18 号，演出啊，九点半左右结束，然后有个小宴会，然后我就回酒店了，到酒店已经 12 点多了。卫峥嵘盯着他问，再想想？还干什么了？黄家杰想了想，说，然后就睡觉了。卫峥嵘不耐烦地说，行，咱抓紧时间。

卫峥嵘用眼神示意陆行知，不废话了，直接上证据。陆行知从随身携带的包里拿出一个小录音机，按下开关，磁带转起来，传出歌舞厅红衣女孩的声音。红衣女孩显然已被告知了柳梦遇害，哭哭啼啼地说，演出完之后，大家一起去红公馆吃饭，吃饭的时候他一直给柳梦劝酒。录音里陆行知问，你说的“他”是谁？红衣女孩说，黄，黄家杰。柳梦酒量不行，也不敢得罪他，好像喝了不少。再后来，他们俩就一起出去了。录音里卫峥嵘又说，“他们俩”是谁？红衣女孩说，黄家杰和柳梦啊。卫峥嵘说，他们一起离开，大概是在几点钟？红衣女孩说，11 点半。她听上去开始崩溃了，叫道，天哪，不会真是他吧，为什么呀！

录音放到这里，陆行知适时关掉了录音机。黄家杰有些惊慌了，连忙解释说，她说的没错，可我被柳梦放了鸽子啊！卫峥嵘说，你劝的酒她都不敢不喝，还敢放你鸽子？是真的啦！黄家杰说，她说要上洗手间，我在红公馆外面车上等了十五分钟，她都没有出来。这时西装男又积极插话说，我还去洗手间找了啦，没人。

卫峥嵘冷笑看着他俩，觉得这广东腔听上去怎么都像狡辩，兴许是自己看多了的香港电视剧里，一出现这么说话的，就一定是坏人。黄家杰哭丧着脸，说，警官，阿 Sir 啊，你一定要相信我，香港刚刚回归，我怀着激动的心情正要报效祖国咧，怎么会杀人？卫峥嵘说，行，那你 12 点多回酒店，有人看见你吗？黄家杰想了想，语气沉痛地说，看见了也认不出啊，我戴那么大的口罩！西装男突然想起了什么，兴奋地嚷嚷道，对了，回来之后，我跟酒店要了醒酒汤！送汤来的那个 boy 肯定记得！黄家杰好像听到了救命的福音，泪都下来了，忙说，是吗？我都不记得了，谢天谢地你叫了醒酒汤，哎呀这下有人证了！警官你现在就向酒店求证好不好？一转头看着西装男又突然大骂起来，你怎么不早说，我干你老母啊！卫峥嵘有些哭笑不得。

卫峥嵘和陆行知离开南都酒店时，都有点泄气。卫峥嵘十分纳闷，说，这明星也能演武打片？陆行知翻看着自己的小记录本说，服务员也确认了，看来他没有作案时间。卫峥嵘说，记下，让他把那天晚上一起吃饭的人员名单赶紧发过来！陆行知记了下来，又犹豫了一下说，不过，我总觉得不像熟人作案。卫峥嵘烦了，呵斥道，你觉得顶屁用！你才干两天刑警，做什么判断！

1997 年的江北区刑侦大队法医科，设备简陋，破破烂烂。卫峥嵘进来时，法医老吕正坐在桌边吃着自带盒饭，饭盒是洋铁皮的，可以在酒精炉上加热，和法医科的设备一样，有一种朴素的年代感。卫峥嵘带着点儿火气，问老吕生物化验结果发过来没有？老吕说没呢，哪有这么快。卫峥嵘说，催呀！老吕看看卫峥嵘说，正常程序，催什么？我没那么大面子。卫峥嵘说，你就不能学学？老送到南大去验多耽误事。老吕说，你面子大，要不跟领导要钱买设备，再送我上北京培训去。卫峥嵘瞪了瞪眼，老吕一说这个，他就没词儿了。

你要急得不行，就过去看看，老吕指指桌上一个冷藏箱说，我这儿还有些东西，是别的案子的，你捎过去给白晓芙。听到白晓芙的名字，卫峥嵘杀了杀火气，然而仍说，我他妈是跑腿的？老吕卖乖说，给你制造机会嘛。卫峥嵘骂道，制造个鸡……老吕说，不去？我找别人去。卫峥嵘一听立马走过去拿起冷藏箱。老吕抽抽鼻子，又从抽屉里拿出一瓶盐水，说，漱漱口吧，这酒气。卫峥嵘哈了哈气，自觉无可争辩，便拿起盐水去一旁的水池漱口。

陆行知从门口过，见卫峥嵘在这便走了进来，他手里拿着一页传真，是那天晚上和黄家杰一起吃饭的人员名单，来向卫峥嵘请示是否开始走访。卫峥嵘漱完口还顺手洗了把脸，神清气爽地说，我先去办个事，回来叫你。陆行知问，一起去？老吕低头吃着饭，悠悠冒出一句，嫌你碍事啊。卫峥嵘又瞪了老吕一眼，说，慢慢吃，别噎死了！

卫峥嵘到底带着陆行知一起去了南都大学。南都大学的生物化学系实验室是南都市公安系统的合作单位。法医那边做不了的生化分析实验，就都会交给南大来做。

他们见到了老吕口中的实验室女研究员白晓芙，三十多岁，外表温柔干练，眉眼俊美，一看就是不讲废话的女知识分子。穿着白色实验服的白晓芙，将他们带来的冷藏箱里的物证样品一一取出，用记号笔标记了后放进实验室的冷藏柜，然后又在笔记本上登记好。卫峥嵘和陆行知站在一旁，看着她有条不紊地忙着。

物证都被妥当储存后，白晓芙停下手，跟卫峥嵘说，正式报告还没写好，我先大概讲一下，结果恐怕对你们破案帮助不大。被害人血液中有酒精成分，胃内容物毒理化验结果正常，没有有毒物质，机体分泌物的种属和血型都与被害人一致，没有他人的。卫峥嵘有点郁闷，问，什么都没检验出来？确定？白晓芙瞥了卫峥嵘一眼，说，对，确定。卫峥嵘在白晓芙面前仿佛换了个人，讪讪地笑了笑说，是，你就没失过手。陆行知没听过卫峥嵘这个语气说话，不由得多看了他几眼。

白晓芙问他们，现场是个废弃的平房？卫峥嵘说，对，在老城东那，正拆着呢。白晓芙一听就说，那你们现场搜集的那些啤酒瓶子、烟头、卫生纸上的采样，交叉污染太严重，没什么价值了。你想，被害人身上都没留下物证，凶手这么小心仔细，能在现场留下烟头吗。卫峥嵘点头说，我想也不会。白晓芙柔柔地感叹道，可惜啊，现在国内的 DNA 检验技术还没开展起来。卫峥嵘不服气地说，不管什么技术，破案还得靠人嘛。白晓芙仿佛已经习惯了他这说辞，笑笑说，警察的自尊心别那么强好不好？技术对你们是帮助，不是替代。卫峥嵘也觉得自己有点儿抬杠，马上附和，对对，你说这个什么“D 安 A”技术，什么时候能传到咱们这儿？不知道，五年十年总可以了吧，白晓芙说，所以我现在把这些物证都保存好，等有了 DNA 技术，重新检验入库，说不定很多悬案就破了呢。卫峥嵘连连点头，那保存好，保存好！冰柜够不够？我跟局里去再要一台？白晓芙说，你要能要来就要啊，越多越好。白晓芙的语气带着一点娇嗔。陆行知听出来了，突然怀疑自己是不是不该来。

卫峥嵘从实验室出来，脸上还挂着一丝浅笑，他突然注意到陆行知在看自己，又急忙把笑收了。

接下来几天，卫峥嵘和陆行知走访当晚参加了黄家杰饭局的所有人，按着名单一个一个来。这些人大都是文艺界的，不是德高望重的艺术家，就是站在潮流前端的时髦男女，挺不把警察当回事。名单上的人名被一个个划掉了，警方仍没什么收获。这些人不是说当晚喝多了，就是对柳梦没印象。

走访回来的路上，卫峥嵘很烦，大骂，扯淡，都一问三不知！问陆行知还剩几个，陆行知看看名单，还有五个。他们的车开到分局大门口，突然一个女人带着个虎头虎脑的小男孩拦住了车。女人身材高大，浓眉大眼，对卫峥嵘怒目而视。而小男孩看到他就咧嘴笑了。卫峥嵘脸色一变，原来这女人是他前妻胡海霞，男孩是他儿子。卫峥嵘对陆行知说，你先进去，然后自己就在门口下了车。

陆行知有些诧异，只好将车开进分局大门，又听见胡海霞一声呵斥，怎么不回电话！卫峥嵘看看腰里的 BP 机说，该换电池了。男孩叫了声爸，声音响亮亲热，卫峥嵘笑眯眯地摸摸儿子的头。胡海霞大声交代道，明天晚上给我送回去！说完便要转身向外走，卫峥嵘忙叫她说，等等！这次我带不了壮壮，有案子。胡海霞火一下就上来了，说自己明天去进货，也带不了孩子。卫峥嵘有点儿不耐烦，当着儿子的面又不好发作，只能重复说有案子。胡海霞抢白道，带着他破案去！卫峥嵘知道，一旦开吵，讲理就讲不通了，便只好努力压着火说，忙完了我给你补上。胡海霞怒上心头便又像往常一样撂下狠话，补得过来吗？这是不是你儿子？以后你别见他了！说完也不看卫峥嵘，扯着儿子的手就要走。卫峥嵘忍不住吼了一声，是我儿子！但这我想欠吗？壮壮怯怯地拉住卫峥嵘的手说，爸，别跟妈妈吵架。卫峥嵘立刻服软了，儿子的话多少有点儿戳心。

最终，壮壮跟他妈走了，走的时候还回头向卫峥嵘招招小手。卫峥嵘也强笑着挥了挥手，眼圈突然有点儿红。

7

2010 年时，陆行知租住在一套小两居中，房子也就六十平方米，很紧凑，其中一间房是留给陆安宁的，供她周末来时住。

陆行知早上六点半准时起床洗漱，刷牙时，感觉眼直跳，水龙头突然也漏水了。陆行知摆弄了好一阵，用胶带凑合着先绑上了，准备有空时再修理。

这一耽误，等他赶到大队时，已经比平时晚了点儿。一进大队，陆行知就觉得气氛不大对。大家都在看他，眼神挺复杂。陆行知跟大伙儿解释说，家里出了点小麻烦。可显然没人在意他迟到，这气氛感觉是出了什么事儿了。

果然，他立刻被召唤到了老霍的办公室。除了霍局，法医老吕也在。陆行知一进来，两人就盯着他看。陆行知终于有点儿毛了，狠着心问，又发案了？霍局摇头，说，你不是在找那个板上钉钉的证据吗？陆行知脑子“嗡”的一响，最怕的还是来了。老吕把一张纸递给陆行知，上面是两个图表。老吕说，王楠楠身上发现的那根别人的头发，DNA 结果出来了。

陆行知接过纸，感觉像接过了一块铁板，目光一点一点往下扫。

“检验人：吕西望”

两个并列的图表他看不大懂，反正是关于 DNA 的数据比照。

后面是结论，“DNA 匹配相似度，99.9%。”

最后是匹配对象，名字是柳梦。

1997 年那系列案件的第一个被害人柳梦，她的头发出现在了 2010 年的被害人王楠楠身上。刹那间，十三年前那个破旧的平房那个坐在墙边的女孩以及她残破的脚趾，在陆行知眼前飞速闪过。陆行知直直盯着“柳梦”两个字，好像要把纸看穿似的。

在陆行知一筹莫展的时候，卫峥嵘正像往常一样下厨房做早饭。他在碗里打了三个鸡蛋，搁上葱花，打匀了下油锅，手法熟练，一切有条不紊。

饭做好了，他又招呼胡海霞和儿子小卫吃早饭。相比十三年前，儿子长大了不少，今年十九岁，上高三，成绩一般。胡海霞胖了些，脸色红润，精神头不错。卫峥嵘把炒鸡蛋夹进儿子碗里，小卫呼噜呼噜吃得很快。卫峥嵘说，慢点儿，嚼匀了不伤胃。语气像个注重养生的老头儿。胡海霞说，晚上回来捎一箱奶。卫峥嵘答应了。

吃完早饭，卫峥嵘把碗盘都刷了。洗碗的时候，老婆儿子都出了门。卫峥嵘洗碗的动作很熟练，像个老牌的“家庭妇男”。他将洗好的碗盘放进水篮沥水，刚放好，却只听轻轻地一声脆响。卫峥嵘愣了一下，小心拿起一个盘子，发现盘子自己裂成了两半。

干完家务，卫峥嵘端着泡有养胃茶的保温杯，提着小手包走出楼门洞，来到一辆出租车前。他打开车门，坐进驾驶位，戴上白手套。现在，他是个出租车司机。早上出车，干到晚上八九点收车。开一天，刨掉油钱和份子钱，能挣两百上下。

晚上八点多，送完最后一个客人，他就把空车的牌子按了，准备在外面对付一顿就回家。开车去常去饭店的路上，他听着车载步话机里的对话，这是出租车司机常用的一个聊天工具，功能相当于现在微信的群聊，在这个频道上，谁都可以发言，大家经常聊得热火朝天。

一个师傅说，我前天晚上还打家具市场门口过呢，好多人！警察拉的警戒线不是刚撤吗，都是瞧热闹的。

另一个师傅问，破案了吗？

又一个师傅说，哪有那么快？

以后晚上拉活都当点心，偏僻的地方不去！

拒载可不敢，一投诉一个月白忙了。

遇害的是漂亮大姑娘，你一个黑胖老爷们担什么心？

听说了吗，衣服都没给人留一件……

到了一个馄饨摊，卫峥嵘关了群聊，在路边停下出租车。他下了车，拿着保温杯提着小包，朝摊主打个招呼，走到一张桌前坐下。

一旁，一个男人背对着他坐着，正吃着一碗面。男人闻声转过身，端起碗，走到卫峥嵘对面坐下了。原来是陆行知。

第二章　追梦者

1

1997 年的自行车厂喷漆车间里，自行车骨架悬挂着排成一列，正等待着上漆。车间里又旧又脏，好像永远打扫不干净，空气中也弥漫着一股油漆味儿。

二十六岁的杜梅穿着工作服，正拿着漆壶给一个自行车架局部喷漆。她脸上虽戴着口罩却遮不住秀洁柔美的双眼。

有人吆喝她，杜梅，下班了！

杜梅答应一声，直起了腰。

下班前，杜梅感觉自己身上的油漆味儿太大，便先去厂里澡堂洗澡。她去的时候，已经有些晚了，其他女工们都顶着湿漉漉的头发，拿着洗浴用具三三两两往外走了。

淋浴间里就她一个人。她用海鸥洗头膏打了一头泡沫，使劲揉着。用水冲净后，捏起一缕头发在鼻子下闻闻，她叹了口气，感觉这油漆味是洗不掉了。

洗完澡，杜梅骑着自行车出了厂。她向老城区骑着，看起来有些心急，然而眉眼间却充满愉悦，半干的长发随风飘着。她的自行车后座还焊着一个自制儿童座椅。

杜梅是 1997 年南都市系列杀人案的第二个被害人。

2

因为柳梦的一根头发，2010 年晚春发生的“4・30”案和 1997 年深秋发生的“10・18”系列案件正式并案。那个岁月储藏箱里的所有信息，将被全部调出后仔细地加以对比，寻找那些曾被忽视的细节。陆行知去了分局档案库，准备调取当年的所有卷宗。档案库保管员看着手里的单子，眼神有些惊诧，都要？陆行知答，都要。又补了一句，拉个小车吧。

档案库里光线幽暗清冷，保管员拉着小车，领着陆行知走过一排排档案柜之间的通道，在一排档案柜前停下，查看了年份，说，九七年的，又指指右侧一排说，九八年的。陆行知望着架上一排排整齐摆放的卷宗，没想到还有自己再次打开它们的这一天。

卷宗摆满了分局小会议室的大桌子，陆行知和赵正明、老朱带着专案组警察们逐册整理，分门别类地摆置好。老朱忧心忡忡，一边忙乎一边连声叹气。陆行知说，老朱，老叹什么气？老朱顿了顿，好像在回想自己刚才的动作，说，我叹气了吗？我在想，这事跟不跟老杜说呢。陆行知说，想他了？老朱说，老战友了嘛。陆行知想想说，先不讲吧，让他在那边安心待着，等破了案再告诉他。赵正明没听明白，他不知道老杜是谁，也不敢问这个人是不是在十三年前的侦破中牺牲了。

法医老吕推着一车存放物证的纸箱，进门就问，物证摆哪儿？赵正明左右看看，有点儿发愁，合计了半天，准备去收拾一张桌子。老吕说，别忙，先堆墙角吧，还有几车呢。赵正明寻思着，再这样堆下去专案组就下不去脚了，便跟陆行知商量说，陆队，能不能让咱们用大会议室？陆行知和老朱对视一眼，笑了笑，好像听到了一个只有他们俩才懂的笑话。

一个穿灰色工服的年轻男孩也来找赵正明，问他，路由器摆哪儿？赵正明看着他脸生，问他是干吗的。男孩转过身，露出工服后背上的字“南江宽带”给他看，说，装宽带的。赵正明指着墙角说，那儿。男孩没走，继续问，出大案了？赵正明没好气地说，干你的活儿去。男孩又说，怎么才能当上刑警呢？比如说技侦，得考证儿吧？男孩态度认真，然而赵正明一脑门子事儿，没空做职业指导，指着房间另一头儿的陆行知说，问我们队长去！男孩看了一眼陆行知，没敢去，不好意思地笑笑，拿着路由器走开了。

当天晚上，案卷整理完毕，陆行知遣散了众人，独自开车驶出分局。他目的地明确，算准了时间，一路开到要找的地方——一个街边的馄饨摊。下了车他抬头一看，路边电线杆上有个监控摄像头正对着馄饨摊。道路两侧，停着几辆出租车，这儿是出租车司机们常来的一个饭点儿。陆行知要了一晚云吞面，找了张桌子坐下，边吃边等。看时间，人快来了。

不久，他听到身后传来声音，卫峥嵘跟摊主打了招呼。陆行知呼出一口气，轻轻放下筷子，端起碗走到卫峥嵘桌边坐下。卫峥嵘愣了一下，望着陆行知，脸上的微笑像浮上水面的鱼，一闪又下去了。两人面对面坐着，隔着温和而深厚的静默。两人都好像在等着相隔数年的时光悄悄流过，各自在心底思量着如何开口。

摊主给卫峥嵘端上一碗云吞面，打破了这份沉默。卫峥嵘看着陆行知说，好吃，我天天儿来。陆行知没接茬。卫峥嵘拿起筷子指了指陆行知的面说，接着吃，别凉了。

两人边吃，边互相观察。陆行知风卷残云般很快吃完了。卫峥嵘问他，有急事？陆行知说，不急……但你吃饭没有以前快了。卫峥嵘说，胃不好。

陆行知从衣兜里掏出一瓶二两装白酒和两个酒杯，显然是有备而来。他问卫峥嵘，喝两杯？卫峥嵘笑笑，伸手一挡陆行知拧瓶盖的手，说，早戒了。陆行知倒有一点意外。卫峥嵘说，有事说事吧。陆行知左右看一眼，摊儿上没几个人。他把声音放低说，局里想返聘几个有经验的老人，想不想发挥发挥余热？卫峥嵘看看陆行知，说，行知，你当了队长，也会绕弯子说话了。

十几年没见，陆行知确实有了变化。像老霍当初说的那样，摸爬滚打了十来年，皮也糙了肉也厚了，书生气不见了——其实不是磨没了，是内敛深藏，保存到内心妥当的地方去了。当了刑警队长，他不能让任何人看出自己有书生气。这些年他跟罪犯斗心思，耍手段，学会了绕弯子说话，办案也越来越游刃有余起来了。卫峥嵘一眼就看出来，当年那个稚嫩年轻的刑警，现在已经是个成熟的老警察了。

陆行知笑笑说，行吧，就是想返聘你。卫峥嵘说，抱歉，当年脱了警服，我就没打算再穿。陆行知问他，前进路家具市场的案子你听说了吗？卫峥嵘点头，说，局里有你就行，省级专家，什么案子破不了。陆行知笑了，卫峥嵘知道省级专家的事儿，至少说明这些年他还关注过自己的情况。陆行知说，专家也是你带出来的，怎么样，再帮帮徒弟？卫峥嵘没说话，一口一口把面吃完，放下筷子说，行知，交个底吧，这案子有什么不一样的地方？

陆行知望着卫峥嵘的眼睛。他感觉卫峥嵘貌似波澜不惊，却在暗暗使力，好似在等待闪电之后的惊雷。

陆行知说，被害人身上发现了柳梦的头发。柳梦，你还记得吧。

卫峥嵘像个雕塑似的，半晌没动，然后他好似拿起个千斤重的东西一般慢慢拿起保温杯，旋开喝了一口热茶，又把保温杯放下，说，行知，我已经翻篇了，不能再来一遍了。对不住，这个事儿你得自己完成了。

陆行知观察着卫峥嵘，卫峥嵘脸上的表情如石刻般。两人沉默了半晌，陆行知点点头，放下一个电话号码，说理解，师傅，但我要给你打电话，你可别不接。

卫峥嵘目送陆行知离开后，伸手又要去拿保温杯，才发现手臂已经抖得拿不住了。

接下来的一整天，专案组将当年的卷宗分门别类，将重点嫌疑人和一般嫌疑人的资料一一择出。嫌疑人的资料分了两堆，重点嫌疑人没多少，有十来个，一般嫌疑人则有好几百。

分好了类，陆行知和霍局召集了专案组刑警们开会，开始分配任务。霍局先做誓师动员，点明了本案的严重程度、对将要在本市召开的世贸会的影响，以及领导希望尽快破案的态度等。他说着说着就有点儿激动，解开外套敞着怀说，凶手故意把柳梦的头发留在现场，用意很明显，这是在向我们警察挑衅示威。我们没说的，接招吧，旧案重开，并案调查！这个凶手，不能小瞧，十三……不，十二年前我们没抓着他，至少说明他是个聪明人，对我们的调查手段有一定了解，甚至很熟悉。我们只能步步为营，稳扎稳打，不放过任何线索，不忽视任何疑点。侦破不是个轻巧活儿，不能像电影小说里的神探似的，看看现场，三推五推就真相大白了。侦查是个苦功夫，有时候就是大海捞针，功夫下到了，针也捞得起来！他给咱们一根头发丝是不是，咱们就把头发丝后面这个混蛋玩意儿给牵出来！再聪明他不就一个脑子吗？咱们这么多大脑，加在一起斗得过电脑！特别是老陆这脑子……老霍说着说着有些火大。陆行知稍微按了按，说，霍局，我分配一下任务？霍局说，行，你分配！我消消气。他从兜里摸出个什么零食，撕开了丢到嘴里，坐下补充糖分。

陆行知说，既然并案调查，新案子的线索我们要继续跟进，旧案子的线索也要重新审视、排查。他指指桌子上两堆文件夹，说，这是当年调查过的所有嫌疑人，少的这堆儿是一类嫌疑人，有重大嫌疑，都是最终排除或不能完全排除的。多的这一堆是二类嫌疑人，是有一般嫌疑的，大部分最终都排除了。现在我们得从头筛一遍，凶手也许就在这两堆文件里。各区大队的支援很快就到，咱们要用最快的速度攻坚。他看了看赵正明那些年轻人，说，当年没有参与案件的新同志们，也许能提供新的眼光新的视角。他又望着老朱这些老人们，说，当年参与了案件的老同志们，也要时刻提醒自己，是不是可以用现在新的侦破手段复查当年的线索。好了，领任务吧。陆行知拿起嫌疑人资料，老朱首先走上前，伸手接过。两人相互点一点头，尽在不言中。

刑警队摩拳擦掌准备开战的这天早上，卫峥嵘的早饭吃得有些心不在焉。昨晚上陆行知给他丢了一颗炸弹，让他一晚上没回过神儿。胡海霞夹了一块他炒的鸡蛋，刚放进嘴里就吐了出来，说哟，怎么是甜的，你想害死我？卫峥嵘一怔，自己尝了一口，道歉说，把糖当成盐了，我再给你炒一份？胡海霞观察着卫峥嵘说，不用，昨晚上回来你就丢了魂似的，份子钱又涨了？卫峥嵘忙着编出一个合适的借口，一句三顿地说，没有……昨晚上……收了张假钱。说着他把糖炒的鸡蛋推给儿子。小卫不领情，把鸡蛋又推回去了，说，我不吃甜的，不能长胖。小卫身材结实，肌肉发达，比起一个高三学生更像个运动员。胡海霞瞪了儿子一眼，疑神疑鬼地说，你一个大小子嫌什么胖瘦？卫峥嵘吃完了，开始收拾碗筷。小卫正要伸筷子去夹盘子里最后一块肉，也被他收走了，急得直叫，爸，我还没吃完呢！你今天是怎么了？卫峥嵘笑笑，端着碗筷进了厨房，放进水池，才出了一口长气。

不仅如此，卫峥嵘白天出来拉活儿，开着车，心也不在路上。到地儿了，卫峥嵘收了钱，客人却没下车，说，找钱啊。卫峥嵘才反应过来，赶紧拿出钱夹，看了看，抱歉地跟客人赔笑，您刚给了我多少？

一天下来，卫峥嵘都神游天外，带的盒饭也没心思吃，想着柳梦那根头发，想着大案重开，陆行知他们在干什么。他还想着当年那些嫌疑人都有谁，这是把谁漏了？幸好他是老司机了，凭本能看着红绿灯，刹车换道，居然没出交通事故。

一直到了晚上，天刚黑他就去了馄饨摊儿。他一边吃一边留心着周围的吃客，希望能看见陆行知，然而陆行知没来。卫峥嵘又多坐了半小时也没等到人，最后怅然若失地开车走了。他本来要回家，路上却鬼使神差地一打方向盘，奔刑警队去了。这路他再熟不过，闭着眼睛都能开到。到了分局门口才反应过来，来了也不能进，只好把车在路边停了，熄了火，把座位往后掰了掰，盯着分局大门口。他知道这案子一启动，陆行知这个点儿看着下不了班。

陆行知这时正坐在专案组的办公室，看着面前摆着的两个物证袋。一个是 1997 年的，一个是 2010 年的。物证袋里装的是两支一模一样的铅笔，就是最通常的暗绿色花纹 HB 铅笔。不知道看了多长时间，陆行知揉揉眼睛，抬头发现只剩他一人了。

陆行知下了楼，背着挎包走到车前，正要打开车门，看到分局大门外，有车灯闪了闪。陆行知望过去，路边停着一辆出租车。他不用看也知道是谁。

陆行知钻进卫峥嵘的车里，上来就问，想好了？又拿出手机说，我给霍局打个招呼，马上下返聘书。卫峥嵘说，别打了，案子我不参与。陆行知看看他说，那师傅你来……？卫峥嵘说，别叫师傅了，听着不顺耳，能不能叫老卫？陆行知忖了忖，痛快地答应了，行，老卫就老卫，反正我也老了。那老卫你来……？卫峥嵘说，就算是好奇吧，毕竟是一块心病，撂不下。我来是想问问有什么消息没有。陆行知说，我们刚刚开始重新排查当年的嫌疑人，工作量多大，你也知道。卫峥嵘低声说，抱歉，我帮不上忙。

陆行知瞟了一眼卫峥嵘，眼里露出些许狡黠，鱼要咬钩了拦也拦不住，不如再加块儿饵料。他从包里掏出个厚实的文件夹，打开来，一页页都是嫌疑人的照片和信息汇总，边看边说，这么多人，排查需要时间，有消息了我一准儿告诉你。

卫峥嵘的目光一粘上文件，好像就离不开了。陆行知把文件夹虚递过去，说，看看？说不定能看出什么新门道。卫峥嵘说，那……看看。虽然他嘴上犹豫着，手上没犹豫，伸过去接住了，抱着一页页翻看。卫峥嵘的手有点儿抖，陆行知都看在眼里，伸手过去，轻轻把文件夹合上了，说，今天就到这儿吧，你已经不穿警服了，给你看这个已经违反纪律了，有消息我给你打电话。

陆行知把文件夹拿走，装进包里下了车。卫峥嵘若有所失地看着他走回分局，笑了笑，陆行知这个欲擒故纵的把戏他明白，但自己情愿咬钩。

3

“柳梦案”走访调查进行到了1997年11月初，香港影视歌三栖明星黄家杰提供的赴宴人员名单上，还剩下两个人。其中一个的名字搞错了，警方问了同席的人，可谁也不认识，几经周折才找到。这老兄一叫就来，跟那些人不同，他不是文艺界人士，是个做生意的，也姓黄，进了警队挨个敬烟，一直敬到审讯室里。卫峥嵘一推，说这儿不准抽烟，便打开录音机问话。黄姓男子说，我那天晚上喝多了，早早就滚到桌子下面去了，怎么回到家都不知道的！卫峥嵘问，你是干什么的？为什么会参加黄家杰的晚宴？黄姓男子说，我给了钱的呀！他从手边的提包里拿出一个花花绿绿的盒子，声明道，我是做生意的，想请黄家杰给我的产品做形象大使，咱是本家嘛，可还没谈就喝醉了！陆行知看清盒子上印着“脱发克星”字样，望了望中年男人微秃的头顶。卫峥嵘又问，你几点到的家？有证人没有？有，我老婆！黄姓男子又惋惜道，那个小妹好漂亮的，怎么就被害了！那一头大波浪，我还想请她一起做形象大使呢！陆行知一愣，打断他说，大波浪？柳梦是直发。说着陆行知拿出从柳梦家取的一张生活照给他看。“脱发克星”惊诧了，惊道，被害的是她？他又突然反应过来自己心仪的“大波浪”还活着，忙问陆行知，你们有“大波浪”的电话吗？呼机也行！卫峥嵘不胜其烦，赶苍蝇似的挥挥手说，走走走，赶紧走！

名单上最后一个人是个歌手。陆行知联系上了，歌手晚上有演出，让他们去东柏林酒吧。路上，陆行知的呼机响了好几回，都是杨漫呼他。陆行知看看就放下了，没空回。他的呼机是杨漫送的汉显，字迹又大又清楚。卫峥嵘也看见了呼机上的内容，他把车开到一家叫江南岸的老饭馆前，停下说，下去吧。陆行知有点儿不好意思，说不行，工作没完成呢。卫峥嵘说，剩下一个我去问，估计也问不出个屁来。赶紧去，你已经迟到了。

陆行知犹豫了一下，谢过卫峥嵘，下车进了饭馆，直奔包间。包间里已经坐了三个人，杨漫和她爸妈——杨局长和鲁副局长。菜也已经点好，摆了一桌子。陆行知还没落座，先赔罪说，爸、妈，对不起，我有工作来晚了。杨局长看着有些官架子，沉着脸点了点头。鲁副局长脸色不快，话就有些不好听，说，你又不是公安部部长，能忙得表都顾不上看？陆行知低了头，一脸歉意地说，有案子，走不开。丈母娘说，不是才上几天班吗？现在这个阶段，也就是给领导端端茶倒倒水，抹抹桌子扫扫地的了，还能负责什么大事情？杨漫有点儿不满，但为了不破坏气氛忍着没说话。陆行知给老丈人倒上一杯酒，自己却端了茶，说，爸，我敬你一杯。杨局长说，你还是不喝？陆行知说，对，没学。杨局长说，还是要喝一点，不会喝酒人际交往打不开局面嘛。陆行知有些为难，只好勉强给自己倒了一杯。杨漫伸手夺去，说，咦，还有老丈人嫌女婿不喝酒的？他要是喝多了，你伺候啊？杨局长说，我这也是为了他的前途。杨漫把酒杯放得远远的，嫌弃地说，不喝不喝，咱们不学这个。

卫峥嵘到了东柏林酒吧，找了个服务生说要找王旭，那人往台上指了指。这家酒吧气质略土，灯光打得花花绿绿，台下散坐着一伙伙年轻男女，台上一名油头粉面的男歌手正在声情并茂地唱着《爱如潮水》。卫峥嵘看见架子上的一排洋酒，嗓子眼痒痒起来，掏钱要了一杯伏特加。这酒量不足一两，价格却远超出他的预期。为了面子，卫峥嵘只好忍痛付了钱，找了张桌子坐下，端起酒一饮而尽。味儿他不大习惯，像喝下去一口工业酒精。

唱完了，王旭要了杯热水，在卫峥嵘对面坐下，看见卫峥嵘面前的酒杯，说，你现在是上班时间吧。卫峥嵘掏出小录音机说，我现在是加班时间。他接着问，你 10 月 18 日晚上参加了黄家杰晚宴，是几点走的？王旭早有准备，说，我 11 点多走的，去赶红太阳酒吧的午夜场，有一屋子人给我证明。这时又有歌手上台表演，架子鼓先咚咚锵锵敲了起来，吵得很。卫峥嵘关掉录音机说，不成，得换个清净地方。王旭说，别，我等会儿还得上台呢。他顿了顿，又说，长话短说吧，我知道是谁干的。卫峥嵘一怔。

江南岸包间里，四人吃着饭，杨漫父母都没话，气氛有些压抑。杨漫剥了一个油焖大虾，随手放到陆行知面前的碟子里。陆行知敏感地看看岳父岳母，唯恐这个举动越了尊卑。果然岳母有意见，讥讽说，长这么大，没给我剥过虾。陆行知连忙把虾仁夹起来，往岳母碟子里放。杨漫说，也用不着我啊，家里都是阿姨给剥好不好？陆行知又夹了一个虾，笨手笨脚地剥壳，杨漫伸手夺过去，说，行了，你又不会，半小时剥一个，饿死人啊。杨母挑挑眉毛，问陆行知，你不是会做饭吗？陆行知恭敬地回答说，对，做饭我行，但从小家里没吃过虾，所以……杨母意味深长地点了点头，吩咐说，你以后也学着点儿，漫漫从小不缺海鲜，跟着你可别吃苦。杨漫瞪了她妈一眼说，妈，你这什么思想境界，不吃海鲜就是吃苦？跟你的身份不符啊，陆行知做的饭比海鲜好吃多了！杨局长出声打破紧张气氛，平易近人地评论道，警察这个工作……辛苦啊。小陆，再锻炼两年，我给你换个单位。陆行知脸色变了变，赔笑着说，谢谢爸，不用了，我喜欢干刑警。杨母脸上露出不识抬举的神色，不容置疑地反驳道，怎么不用！这工作太危险，漫漫也需要人照顾。当初我们点头，就是觉得你家境虽然不好，还是有上进心的，又能干家务。你以为漫漫他爸会随便给人伸这个手？还不是想让漫漫生活好点……杨漫啪地将筷子拍在桌子上，把她妈的话截住了。杨漫也不抬头，看着面前的盘子，语气轻描淡写地说，你们要再说一句让陆行知难看的话，哪怕有一点点暗示，我们俩马上就走。包间里一时安静下来。

卫峥嵘和歌手王旭出了东柏林酒吧，上了卫峥嵘的车，关上车门，安静了些。卫峥嵘把小录音机放在仪表台上，举着黄家杰发来的人员名单给王旭看。王旭浏览了一遍，说，这名单是黄家杰那边给的吧。卫峥嵘说，对，你说的是谁？王旭说，他不在名单上。卫峥嵘有点儿恼火，黄家杰居然敢漏报？王旭又说，不是，他是黄家杰走了之后才来的，11 点左右吧，黄家杰不知道。卫峥嵘问名字，王旭说，姚乐（lè），他管自己叫姚乐（yuè），真做作，生怕别人不知道他是唱摇滚的，干脆加个滚，叫姚滚乐好了。卫峥嵘不知道怎么讲合适，干脆说，这个姓姚的跟柳梦认识吗？王旭脸上浮现出了鄙夷之色，说，何止认识啊，他一直苦追柳梦，可惜柳梦看不上他。这人整天脏兮兮的，头也不洗，衣服像是从要饭的身上抢的，谁会看上他？卫峥嵘说，说重点，他来了之后干什么了？王旭满脸不屑地说，喝呗，白吃白喝的机会他可不放过，先自己干了三杯，又到处碰杯。可谁跟他碰啊，嗓子要不要了？卫峥嵘再次打断他的发挥，他也留了个心眼，这种走访对象跟嫌疑人不对付，有时会借题发挥，能把一说成五。王旭接着说，后来他听说柳梦跟黄家杰走了，就摔了个杯子，醉醺醺地跑出去了。对了，他还一直骂骂咧咧的，一点教养都没有。卫峥嵘看看王旭，别有深意地问，你是不是挺烦他的？王旭咬咬嘴唇，幽怨地说，这人就是个混混、流氓，暴力得很。卫峥嵘看王旭一脸愤恨，猜出来了，他打过你？王旭脸色有点儿不自然，默认了，扒开头发给卫峥嵘看，他头上有道疤。卫峥嵘问，他为什么打你？不是为了柳梦吧。王旭摆摆头发，把疤挡住，说，不是，我对柳梦没兴趣。他唱摇滚的，老取笑我们唱流行的。嘁，就他写的那些破歌，驴叫似的，酒吧都没人请他唱，还总说要去北京呢。我气不过说了他两句……卫峥嵘把话题兜回来，说，你们这个……专业分歧先放放，那天晚上之后，你还见过他没有？王旭说，没有，昨天有个演出他也没来。

据王旭说，姚乐住在一个半地下招待所，很多落魄艺术家都委身在那儿。卫峥嵘到了这个艺术家的“摇篮”地，叫醒一个胖胖的女服务员，报了姚乐的名字。女服务员想了半天，卫峥嵘又提示，唱摇滚的，她才终于恍然想起，喝道，那个货！她带着卫峥嵘下到地下，穿过幽暗潮湿的过道，绕过随处悬挂的湿衣服，在一个房间门外停步。卫峥嵘向服务员比了个别出声的手势，示意她打开门锁。

服务员拿钥匙刚打开门，卫峥嵘一个箭步冲了进去。他借着墙上半窗透进来的光，看见房间里两张单人床，其中一张床上躺着一位住客，蒙着被子，只露出油乎乎的长头发。听见响动，这人刚要起身，卫峥嵘冲上去把他按住，又掀了被子，反剪双手将他控制住了。卫峥嵘喝道，别动！是姚乐（lè ）吗？住客喊道，我不是！哎你干什么你？卫峥嵘想起王旭的话，换了读音问，姚乐（yuè ）？住客说，不是我！他不在！卫峥嵘把他提溜起来，是个长发男青年，挺瘦，看起来像是营养不良的样子。卫峥嵘问他，不在？你是谁？瘦子反问，你是谁？卫峥嵘说，我是警察！瘦子说，警察……查房用得着这么粗暴吗？卫峥嵘说，少废话，这是姚乐的房间，你怎么在这儿？瘦子不忿地说，这房是我掏的钱！卫峥嵘有点儿郁闷，问他，姚乐呢？瘦子说，好几天不见人了，吉他都带走了。卫峥嵘又问他跟姚乐什么关系，瘦子说，朋友。他想了想又补充道，不熟。卫峥嵘又看了看他，问，你……也是唱摇滚的？瘦子好像受了侮辱，没好气地说，我是作家！

卫峥嵘打量了一下，房间里乱糟糟地像个狗窝。姚乐的床边堆着一些又脏又旧的衣物。卫峥嵘翻了翻，没什么收获。卫峥嵘问这瘦子，有姚乐照片吗？瘦子说，我留他照片干吗，他又不是我情人。卫峥嵘有点儿泄气。瘦子突然想起什么，拉开床头柜抽屉，在一堆垃圾里翻找，最后找出一张纸，递给卫峥嵘，说，这个就是他。

这张纸是一张自制印刷的小海报，海报上姚乐披头散发，抱着吉他愤怒地嘶吼着，标题是“大刀向资本家的头上砍去”。

卫峥嵘没找到姚乐，回队里查他，没想到“姚乐”这个名字也是后改的艺名。没办法，卫峥嵘找到陆行知让他去派出所找外来人口登记信息。

陆行知刚走，老吕找来了。老吕跟卫峥嵘说，有个爆炸新闻，卫峥嵘要是请自己吃饭就透露给他。卫峥嵘不理他，让他自己憋着爆炸去。老吕又说，白晓芙的事儿。看卫峥嵘要开骂，老吕忙说行，饭先欠着，压低声音说，白晓芙要离婚了。卫峥嵘一愣，问他怎么知道的。老吕说，我小姨子是法院的，白晓芙去了几回了。

知道了这个事儿，卫峥嵘在队里坐了会儿，抖了半小时腿，喝了两杯茶，但还是坐不住，鬼使神差开上车去了南大。他远远地在生化实验楼前停下车，才反应过来，自己心烧火燎地跑来，也不知道说什么。正犹豫着，他就看见白晓芙从楼门口出来了，接着看见一个男人骑着辆自行车迎着白晓芙而去，后座带着个小男孩，看起来有八九岁，背着小书包。男孩下了车，朝白晓芙跑过去。男人跟她连个招呼都没打，掉转车头就走，朝着卫峥嵘这边骑过来了。卫峥嵘也不知怎的，在座位上不由自主往下出溜了些，抬起手半挡着脸，有些没来由地心虚。只见这个男人从他车旁骑车走过，中等个头，人挺瘦，皮肤黝黑，目光无神，穿衣也不讲究，看起来应该是个工人。卫峥嵘叹了一口气，在车里呆坐了一阵，没有下车。

回到队里，陆行知已经查到了姚乐的资料，本名姚丰收，父母都是农民，老家离本市一百公里左右。卫峥嵘带上朱刑警和老杜连夜去了姚乐老家，直到早上才开车回来，车身上裹满泥浆，像刚从泥坑里开出来似的。卫峥嵘风尘仆仆，一看就是一夜没睡，眼睛都熬红了，火烧火燎的。朱刑警和老杜扑了个空，两个人也心气儿不顺。

进了专案组的办公室。卫峥嵘骂骂咧咧地倒了杯水，一气儿喝完了。霍大队早就到了，就等着他们，忙走进来问怎么样？卫峥嵘说，没回老家！老杜感叹道，也就不到一百公里，姚乐两年没回去了，也不给爹妈打个电话，唉！朱刑警也骂道，一个农民的儿子，搞什么摇滚？脑子摇滚坏了！

陆行知背着包拿着姚乐的小海报正要出门，看见他们回来了，便过来跟卫峥嵘请示，他要去火车站问问。卫峥嵘不耐烦地说，现在问，黄花菜早凉了！陆行知说，火车站有个老民警，神眼老刘，您认识吗？他在火车站专门盯逃犯，一年抓了三百多个。他要见过姚乐，肯定有印象。老杜点头说，老刘是个神人。白跑一夜，卫峥嵘把陆行知当出气筒了，喝道，见过有屁用，逃已经逃了！能查出上了哪趟火车吗？要我说，政府就应该规定，买火车票必须用身份证！陆行知进退维谷，小声问，那……我去还是……？

卫峥嵘正要瞪眼睛，突然听到背后有孩子叫爸爸，卫峥嵘转过身，看见了壮壮，小孩虎头虎脑背着小书包。当爹的顿时换了一张脸，眉开眼笑，问儿子怎么来了。壮壮说，爸，我想你了。放学了，我在路上碰见一个警察叔叔，说我爸叫卫峥嵘，他就把我送来了。朱刑警欣喜地揉着壮壮的头顶，这路数，是警察的儿子！卫峥嵘吃了一惊，赶紧拿起电话给胡海霞报个平安，胡海霞那急性子，别一会儿找不着了再去报警。趁卫峥嵘打电话，霍大队悄悄拍拍陆行知说，你先去吧，老卫是气话，汽车站火车站本来就是必须要排查的。陆行知走了，老霍兜里摸出块糖，笑眯眯地招呼壮壮吃糖。但壮壮看看糖，摇了摇头。

陆行知去了火车站，在警务室里找到了神眼老刘。老刘五十来岁，眼上架着老花镜，虽说近视散光，但是抓小偷逃犯一认一个准儿。陆行知把姚乐的自制小海报给了老刘，恭敬地在一旁站着，期待老刘的捷报。老刘看了半天，说，没印象，是哪天来着？陆行知说，嫌犯在 18 号晚上到 19 号凌晨作案，估计是 19 号外逃的。老刘说，噢，19 号我不当班。陆行知有些失望。老刘问旁边一个年轻一点的民警，19 号你值班吧，见过这人吗？民警看看海报，说，见过，不过不是 19 号。陆行知一惊，赶紧问，哪天？民警说，昨天，我还查了他身份证呢。陆行知有点儿紧张，昨天？知道他上了哪趟火车吗？民警说，他没上火车，是刚下车。陆行知很纳闷，刚下车？民警说，对呀，我在出站口拦的，看他那个脏了吧唧的样，我以为是盲流呢。陆行知听后有点儿蒙。

卫峥嵘带儿子去下馆子，本来想去吃红烧肉，但壮壮非要吃肯德基。1997 年南都市刚开了第一家肯德基，里里外外熙熙攘攘，还有找不着座位的人拿着鸡腿堡，大马金刀蹲在门口吃。卫峥嵘看着洋快餐皱起了眉，感觉这个戴眼镜的白胡子老头看着也不像个厨师，倒像个美国老军医。卫峥嵘说，吃这东西干什么？哪有红烧肉解馋。壮壮说，我要吃！同学都吃过。卫峥嵘看看儿子，心软了。他很少有机会带儿子上街，胡海霞俭省，也不会带他吃这个。

父子俩进店，排了队，点了两个鸡腿堡、一包薯条和一杯可乐，找了一张靠窗的小桌坐下吃。壮壮大口咬着汉堡，蛋黄酱蹭了一脸。卫峥嵘看着他吃，自己却没动。离婚这几个月，儿子更壮实了点儿，胡海霞虽忙，但把孩子养得不错，像只小老虎。他和胡海霞离婚是因为老吵架。胡海霞对卫峥嵘没日没夜的工作时间越来越忍受不了，这跟她期待的好日子差距太大。而两人又都是暴脾气，短捻炮仗，一个火星就瞬间爆炸。不过卫峥嵘有个原则，再生气也不对女人动手，气急了他就跑到院子里劈砖，砖头劈完了，就回队里打沙袋。但沙袋是公家的，老被他打漏让霍大队心疼得不行。最后沙袋也不让他打了，只好离婚。

壮壮看他爸不动嘴，问他怎么不吃。卫峥嵘说，爸爸吃不惯，吃了肚子疼，两个都是你的。壮壮看着多出来的那个汉堡，转了转眼珠子。卫峥嵘打个哈欠，搓了把脸，望向窗外。突然，他浑身一紧，定了定神，又睁大眼睛细看过去。马路对面，一个邋里邋遢的长发青年正背着一个破包，披头散发的忧郁独行者正是姚乐。姚乐经过几辆停在路边的自行车时站住了，仔细一看，似乎有辆破车没上锁。姚乐左顾右盼，像是要偷车。卫峥嵘感到刻不容缓，他叮嘱儿子在这儿别动，哪儿也别去，自己去去就来。说完起身，大踏步冲出肯德基。

姚乐悄悄推了那辆没上锁的破车，正要撇腿跨上去，卫峥嵘从路对面大步赶来，隔老远就叫，姚乐（lè）！姚乐动作一停，后脖子拧了拧，也不回头，跨上车就走。卫峥嵘一愣，又叫，姚乐（yuè）！这个名字让姚乐回头看了一眼，瞥见了声音的来源后又把头扭了回去。卫峥嵘喝道，你停下，警察！姚乐不但没停下，反而蹬着破车扬长而去。卫峥嵘很生气，目测了一下姚乐的速度，伸手拦住一个骑自行车的男人说，同志，我是警察，借你车用用。男人扫了他一眼，马上拒绝，开什么玩笑，不借，我刚买的！他的车是辆山地车，弯把窄轮，气质不凡，是个追车利器。卫峥嵘急得瞪眼，说我用完还你！男人说，我又不认识你！说完脚下一蹬，“嗖”地射了出去。旁边一个十六七岁的小姑娘停下了车，说，警察叔叔，骑我的吧。

于是姚乐蹬破车在前飞蹿，卫峥嵘骑坤车在后面猛追。两人穿过大街，拐进小巷。1997 年的小巷里什么杂物都有，路边堆着煤球、砖块、纸箱、平板车。路边下棋打牌的闲人也不少，对追车造成了很大障碍。卫峥嵘追得满头大汗，骂骂咧咧。路边几个青年男女正坐在摩托上聊闲天，看姚乐和卫峥嵘一前一后骑过，纷纷吹口哨起哄。卫峥嵘骑过去，看了他们一眼，又骑回来了。一个小青年幸灾乐祸地说，追谁呢，给你戴绿帽子了？卫峥嵘一巴掌把他手里的头盔扇掉了。

姚乐正在奋力蹬车，突然觉得不对，身后的轰鸣声越来越近。他回过头，看见卫峥嵘骑着辆花花绿绿的摩托迅速逼近。姚乐大骂一声后，使出吃奶的劲儿猛蹬，却突然看见前面地上有一个洞，井盖没了。

卫峥嵘扭着姚乐回到刑警队，举座皆惊，卫峥嵘带儿子出去吃个饭，没想到却带着个嫌犯回来了。朱刑警和老杜凑过来，看见姚乐脑袋上多了个口子，脸上青了一块，衣服也是破的。老杜悄悄问卫峥嵘，你揍的？卫峥嵘说，他自己摔的。老杜又问，摔这么脏？卫峥嵘说，他本来就脏，一个月没洗澡了吧。朱刑警也凑上来说，可以呀老卫，哪儿逮着的？卫峥嵘说，刚刚带我儿子啃那个德州鸡……没说完，他突然一怔，脸色大变，儿子还在肯德基呢。卫峥嵘转身就跑，差点跟匆匆进门的陆行知撞上。陆行知一把没拦住，冲他背影喊了一声，哎，姚乐回南都了！卫峥嵘没理他，飞奔而去。朱刑警和老杜也从屋里跑了出来，朱刑警反手一指说，看住他！陆行知纳闷地回过头，看见了姚乐。

回到肯德基却没找到壮壮。卫峥嵘脸都白了，忙向餐厅工作人员询问，但工作人员忙得要死，谁也没注意过一个小孩儿。卫峥嵘和朱刑警及老杜沿街寻找，向路人询问，却一无所获。卫峥嵘急得天灵盖冒烟，骂道，说了别动，跑哪儿去了？兔崽子，找着了非揍他不可！朱刑警说，跟霍队说一声，发全市通告吧！这时卫峥嵘的呼机突然响了，他拿起看了一眼，一屁股坐在地上。

卫峥嵘回到队里，刚进办公室，就看见壮壮正坐在霍大队膝盖上玩闹。卫峥嵘虎着脸走过去，霍大队看他脸色，一指旁边一位面色和善的交警，说，这位同志把壮壮送回来的，你还不感谢人家。交警笑呵呵地跟他握手，说，你儿子挺厉害，迷路了知道找警察，知道他妈电话，还知道他爸是哪个分局的。

卫峥嵘正要说话，胡海霞风风火火闯进来了，一把抱住壮壮，上上下下地看。卫峥嵘说，没事儿，好好的。胡海霞斥道，你闭嘴！卫峥嵘自知理亏，悻悻地低头。胡海霞说，怎么丢的？你说！交警大概经常调解交通事故民事纠纷，出于习惯想息事宁人，插到两人中间，跟胡海霞赔着笑说，大姐，这孩子教育得好……胡海霞立刻把他将回去了，喝道，你也闭嘴！你们警察都是一路货！胡海霞牵起壮壮的手，正要离去，壮壮突然从书包里拿出一个纸包着的汉堡，递给胡海霞，说，妈妈，别骂爸爸了，这是爸爸给你买的。胡海霞一愣。卫峥嵘也愣住了，没想到儿子有这个心。离婚的时候，小孩儿没哭没闹，他以为儿子憨，还不明白事儿，没想到他都懂。想到这儿，卫峥嵘心里就酸酸的了。

送走了母子俩，卫峥嵘一肚子火没处发，想起关在审讯室的姚乐，这出事故完全因他而起。陆行知在审讯室门口站着，就看见卫峥嵘黑着脸攥着拳大步走来，张口就问，姚乐呢？陆行知觉得他脸上有杀气似的，犹犹豫豫地说，里头呢。卫峥嵘就要推门进去收拾他，朱刑警和老杜仿佛早见惯了这场面，哥俩儿一边一个，把卫峥嵘别住了。老杜拍着卫峥嵘的后背，好像要帮他顺气，说，让我们哥俩儿先审，你先喝杯茶，歇会儿。朱刑警回头叫陆行知，你来，学着点儿。

老杜和朱刑警带着陆行知进了审讯室，卫峥嵘则在外面把姚乐背包里的东西倒在桌子上，仔细翻找。里边除了一些衣物，还有卷边的笔记本、几支长长短短的铅笔和卷起的吉他弦。卫峥嵘拿起一根铅笔细看，是墨绿色花纹的 HB 铅笔。他又翻开笔记本，里面写的都是歌词，有铅笔写的，也有圆珠笔写的，改得一片狼藉。

4

陆行知没想到，在王楠楠一案的调查中，这么快就看到了十三年前这位老熟人。确切地说，不是同一个名字。

被用作专案组办公室的会议室墙上贴了白板，用来粘贴资料。资料被分了两个区，一边是1997—1998年的旧案，一边是2010年的新案。赵正明指着2010年的被害人王楠楠的资料向陆行知汇报，说，王楠楠，就是Cindy，今年六月签了一个演出公司，追梦传媒。这家公司主要经营范围是舞台演出，在市里还挺有名的。4月初他们接了金钟古城——今年不是翻修了刚开业嘛，一个演出项目，王楠楠是主演之一。29号本来还是彩排期间，王楠楠突然离开了古城，回市里来了。陆行知问，什么原因？赵正明说，还有待调查。陆行知又问，演出公司负责人是谁？赵正明看看手里的资料，说，姚……他下个字不认得，有点儿尴尬，问陆行知，这个字怎么念？赵正明把资料给陆行知看，陆行知斜他一眼，正要习惯性敲打，然而当他目光扫到那个字却悚然一惊，把后面的话咽回去了。

陆行知出门前，先给卫峥嵘去了个电话。卫峥嵘正开着出租车，拉着个男乘客。手机突然响起，他扫了一眼，见来电的是陆行知。卫峥嵘知道，没要紧事儿陆行知不会这个时候来电话。他手在方向盘上摩挲着，想接又犹豫，他是模范司机，从不一边开车一边接打电话，可乘客要去的目的地还远，一时半会儿到不了。卫峥嵘从后视镜看了乘客一眼，把车停在路边，回身跟他商量，能不能等自己几分钟，让自己接个电话，可能有急事。男乘客看着手机，头也不抬地说，不行，我赶时间。手机再次响起，还是陆行知。卫峥嵘说，要不这样，您下来再打辆车？这儿有的是车。拉您的这一段儿，我白送。男乘客看看计价表，已经30多块，算是占到大便宜了。乘客下了车，仍做出一脸不满的样子，把票要走了。卫峥嵘接起电话，待陆行知把情况跟他说完后，卫峥嵘也不矜持了，一口答应和陆行知同去调查。

赵正明把车开到陆行知身边时，陆行知正好挂了电话，转身对他说，小明，你下来吧，我自己去。赵正明问怎么了？陆行知说，别问，办案需要。

卫峥嵘跟他说了，同去可以，但要保密。陆行知开上车，出了分局，一路开到环城高架桥下面一个公用停车场，卫峥嵘已经在那儿等着他了。陆行知把车停在卫峥嵘的出租车旁，卫峥嵘上了他的车，坐在副驾驶。两人对视一笑，十二年后，老战友再次联手了。

卫峥嵘先开门见山地说，别给我下返聘书，家里没地方搁。陆行知说行。卫峥嵘又说，还有，我熬不了夜，晚上得按时回家。陆行知也答应了下来。陆行知把资料递给卫峥嵘。卫峥嵘打开一看就说，是他？怎么改名了？陆行知说，那得问他。

陆行知开车驶出停车场，沿着匝道上了高架桥，经城外开去。卫峥嵘说，行知啊，你现在挺会吊人胃口。陆行知笑了，说，没有。陆行知开着车，两人都沉默了一会，似乎都抻着。而后卫峥嵘望着前方，语气郑重地说了几句掏心窝子话。他说，都是警察，都明白悬案在心里有多沉。从那天晚上你第一次找来，我就没睡过一个整觉。陆行知说，对不住，我也不知道该不该再打扰你，只是被脚带着我就去了。卫峥嵘说，换成是我，也会找你。陆行知点点头，明白不用再说什么了。他们之间不管隔了多少年，对方心里想什么，都明镜似的。卫峥嵘又说，行知，谢谢。

城中心向北二十公里，是青云山旅游区。山脚有座金钟寺，寺里有个金钟，传说这里镇着某条惯于兴风作浪的龙。去年在市政府支持下，有大地产商围着金钟寺建了一座金钟古城，按乌镇、丽江的模式开发，要把这儿打造成一方历史人文旅游区。陆行知和卫峥嵘去的就是这儿。

把车在城楼外的大停车场放好，两人徒步进城，路上碰见几个穿着古装的当地人，坐在路边抽过滤嘴香烟，手机放着音乐，大概是古城的工作人员。陆行知向他们打听了演出剧团的位置，一路找过去，终于找到古城中大戏院的剧团。

剧团所在地是一个单独的院子，青砖围墙，围了两个篮球场大小的空地。院子深处有一个戏台，雕梁画栋，像故宫里皇帝看戏的那一座。台上几个演员正在排戏，穿了戏服化了戏妆，看不出是什么戏，但从一个演员戴着龙犄角判断，大概是在演绎金钟镇恶龙的历史传奇。

台下都是座椅，最前排坐了几个人，正中一个手拿话筒发号指令的大概是导演。陆行知和卫峥嵘没有上前，先站在后面。音乐忽起，居然是现代的曲调，一个状元打扮的男演员一开口，唱的居然是周杰伦的歌。只是歌词换了。卫峥嵘忽然认出来了，唱歌的正是当年东柏林酒吧那个驻唱歌手王旭。女演员们跟着歌声起舞，动作也颇现代。卫峥嵘说，这也叫戏？陆行知说，时代不同，戏也各异嘛。

台下拿话筒的导演喊了停，对着台上说，王老师，唱得棒极了！就是能不能加重一点喜庆感？毕竟我们这个作品的基调不是忧伤，是庆祝，是欢乐嘛！一个工作人员适时凑到导演耳边说了句话，导演回头向陆行知他们看过来。这人就是姚乐，不过他原来的长发变短了，脸白了，也发福了，干净、体面了。

姚乐在戏院旁边一个雅间里接待了两位来访的警察，他对陆行知还算客气，对卫峥嵘则正眼也不看。不像是无礼，更像是不敢。雅间里姚乐和陆行知、卫峥嵘分坐在茶桌两边，姚乐的助理倒了茶便出去了。

陆行知手里拿着姚乐的名片，笑笑，问，怎么改名了？姚乐说，见笑了。大师给算了，我命里缺金，所以加了个金字边，现在就叫姚铄。卫峥嵘说，改得不赖，不然姚乐（le）姚乐（yue）老叫不清楚。姚铄尴尬一笑，好像对卫峥嵘还有些发怵。

陆行知突然发问，姚铄，29号王楠楠为什么突然回市里去了？姚铄有点儿猝不及防，磕磕绊绊地说，她……闹脾气。陆行知不给他反应时间，接着问，跟谁？姚铄清清嗓子，正琢磨措辞，陆行知又说，跟你吧？姚铄张了张嘴，没敢否认。陆行知说，她是你女朋友？这回姚铄马上否认，不是！陆行知说，那跟你什么关系？姚铄别别扭扭地说，就是……有几次男女关系。陆行知不置可否地笑笑，接着问，29 号你们吵架了吧，为什么？姚铄有些尴尬，说，她大概误会了我们的关系。要是每个女的这么之后都要跟我结婚，我结婚证得装一抽屉了。陆行知不等他话音落下就又问，29 号晚上你在哪儿？姚铄说，就在这儿，我们排练到半夜一点，所有人都能证明。

姚铄突然发现卫峥嵘目光平静地望着他，却好似有一股力压了过来，又尬笑一声，说，当年就抓错了，这次还这么审我？陆行知说，当年的柳梦，这次的王楠楠，都是你身边的人，你不奇怪吗？姚铄说，我奇怪啊，我也想问问为什么。

卫峥嵘插嘴说，王楠楠就算不是你女朋友，也是你的员工吧，她不见了，你也不找，她出事了，你也不痛心？卫峥嵘语气中有种感叹世态炎凉的意思，姚铄的表情突然冷了，慢慢说，你怎么知道我不痛心？痛心必须在警察面前表现出来吗？卫峥嵘盯着姚铄，姚铄目光也不退缩，跟他对视着。而后卫峥嵘突然退兵了，态度变得谦和，郑重道歉说，当年……对不住了。姚铄愣了一愣，有些意外，一时不知怎么接话。

陆行知思索片刻，问姚铄，最近有没有注意到什么人跟踪你和王楠楠？或者有没有哪个你 13 年前认识的人突然出现？姚铄不明白陆行知的意思。陆行知解释说，柳梦和王楠楠都跟你有关系，这一系列案件很有可能是有计划的预谋。姚铄问，是跟我有仇吗？陆行知说，犯人不一定是冲你，更可能是冲我们，只是拿你开刀，想再现当年的情形，挑衅我们警察。

姚铄沉默着，端茶喝了一口，说，没有，我没发现什么人。要是没别的……话语间有些逐客的意思。陆行知不等他说完，打了个岔，问道，对了，你怎么不搞摇滚了？姚铄笑笑，说，早不搞了，摇滚需要愤怒，21 世纪歌舞升平，谁还愤怒呢，所以"姚乐"变成"姚铄"了。陆行知说，其实你以前写的歌挺好，比如那个写给柳梦的《追梦者》。姚铄一呆，说，你还记得？我都忘了……陆行知看着墙上的宣传海报——上面有公司的名称“追梦传媒”，说，姚乐虽然变成了姚铄，但我相信有些东西没变。陆行知在姚铄名片后面写下了自己的手机号，说，你要想起什么，请跟我联系。

他们起身告辞时，姚铄语气幽幽地对陆行知说，你也变了，变得更像警察了。他又对卫峥嵘说，谢谢你的道歉。

陆行知和卫峥嵘离开了金钟古城。上了车，卫峥嵘说，姚铄虽然没有作案时间，但你说会不会是他找人做的？为了除掉王楠楠这个麻烦？陆行知思考着，提到一个疑点，那柳梦的头发呢？是他珍藏了13年的纪念？两人相互看看，又同时摇了摇头。

车驶离了停车场，离开了古城。姚铄提着吉他走上了城墙，对着夕阳轻轻弹唱。脱了水袖长裙的姑娘，铅华换了轻浮的妆，台上跳着喧嚣的舞蹈，我却知道你的忧伤……

5

姚铄对陆行知和卫峥嵘的不同态度，是有原因的。

当年在审讯室里，朱刑警先审姚乐，陆行知坐在一边观摩，拿着小本记录。朱刑警故意叫他，姚乐（lè）！知道为什么抓你吗？姚乐脸上还青着，看起来挺生气，不吭声。朱刑警一拍桌子，喝道，姚乐（lè）！别装哑巴，好好想想，为什么进来的？姚乐嘴巴抿得更紧了。这时老杜推门进来了，手里端着一杯冒热气的牛奶，放到姚乐面前说，姚乐（yuè），饿了吧，刚冲的奶粉，放了蜂蜜呢，趁热喝。老杜一脸忠厚大叔相，任谁都会对他放松警惕。姚乐看着牛奶，舔舔嘴唇，慢慢伸出手，端起来一饮而尽，还呛得直咳嗽。老杜说，这是真饿了，别急，我已经让人买吃的去了，夹肉烧饼，香着呢。姚乐听着咽了口唾沫。老杜又满脸同情地说，你这几天上哪儿去了？饭都吃不上。姚乐动了动嘴，没说话。老杜推心置腹地问他，害怕了吧？往外跑，跑到哪儿不也担惊受怕？朱刑警打破了老杜建立起来的温情气氛，插嘴说，跑也没用，到处都是天罗地网！老杜虚拦了朱刑警一下，让他少安毋躁。姚乐倒有些诧异，耸着肩膀说，害怕？我怕什么？老杜大手放到姚乐肩膀上，说，人总会犯错误，咱们都是男人，犯了错误不怕，要敢承担嘛。说说吧，说完了吃烧饼……姚乐急了，嚷道，不就一辆破自行车嘛！说不定本来就是被丢掉的，我不过捡了个垃圾，用得着这么兴师动众吗？你们警察闲得吗？老杜和朱刑警有点儿纳闷，怎么这小子以为他是因为偷车进来的。

突然砰的一声，卫峥嵘踹门进来了，他右手揪住姚乐的脖领子提溜起来，左手扬着两张火车票说，我骗了你的蛋！你 19 号凌晨为什么连夜出逃？朱刑警和老杜赶紧把卫峥嵘和姚乐分开。老杜接过火车票看看，说，去北京了？还是没经验啊，首都的治安，苍蝇都藏不住，这不还得回来？卫峥嵘指着姚乐的鼻子吼道，别有侥幸心理！你 18 号晚上怎么作的案，怎么杀的人，你不说，我们也查得出来！姚乐的脸色变了，像被人从梦中惊醒，然后告知他地球刚毁灭了。他声音都哑了，声调高亢地说，杀人？你们他妈说什么呢！我怎么会杀人？朱刑警阴阳怪气地提醒他杀人动机——生气嘛，你不是说她是婊子吗？姚乐愣住了，渐渐反应过来，柳梦？柳梦死了？

陆行知凝神观察着姚乐的神色。姚乐像是自言自语，说，不可能，她不是傍上那个香港人了吗？他突然发疯似的跳起来，发出一声咒骂，骂完便要往外冲，好像要去帮柳梦报仇。卫峥嵘一脚把他踹回去了，骂道，再给我装！这一脚力道颇大，姚乐差点把桌子撞翻了。他靠着墙，身子慢慢滑落到地上，抱着脑袋，侧躺着缩成一团。

眼看姚乐陷入了自闭状态，问不出什么了，卫峥嵘他们都有点儿泄气，让陆行知留下看着姚乐，他们出了审讯室商量对策。陆行知翻看着姚乐的笔记本，里面都是他写的歌曲。其中一首叫《追梦者》，旁边贴了张柳梦的小照片。歌词写道，“脱了水袖长裙的姑娘，铅华换了轻浮的妆，台上跳着喧嚣的舞蹈，我却知道你的忧伤。”陆行知有些意外，抬头看看姚乐，只见他低着头，失魂落魄似的坐在墙角。

陆行知拉把椅子坐在他跟前，问，你的吉他呢？姚乐眼珠子动了动，半晌才出了口气，说，卖了。凭直觉，陆行知觉得这是实话，又问他，你19号凌晨为什么去北京？姚乐的声音像从喉咙底呼出来的，嘶哑地说，在这儿我什么都没了，北京还有音乐。看他的吐气发声方式，大概平时唱歌就这个状态。陆行知问，那怎么又回来了呢？姚乐看起来更加惆怅了，说，他们都说，摇滚死了。过了一会姚乐突然抬起头，眼中有泪，面带惊惧地问陆行知，你说，如果喝多了，会杀了人也不记得吗？陆行知没料到他有这个担心，不知该怎么回答他，想了一想，起身出了审讯室。

卫峥嵘不知从哪儿弄来一小瓶二两装白酒，一口一口闷着，已经喝了一半，看见陆行知出来了，问他姚乐现在什么状态。陆行知犹豫着说，我觉得不像是他。卫峥嵘烦了，不知道是烦陆行知的犹豫还是他的想法，呵斥道，又是你觉得！靠感觉还破什么案！他这种不三不四的人，骗吃骗喝、白吃白住，在社会上混了多少年了，说瞎话张嘴就来，蒙得你一愣一愣的。你那书生气赶紧给我脱了，不然这活儿你干不了！老杜在旁边道，老卫，还没喝多，怎么就说酒话。卫峥嵘对陆行知一摆手，进去看住了，别让他睡觉！熬他一夜再说！

霍大队突然冒了出来，说，卫峥嵘，嚷嚷什么！卫峥嵘噌地把酒揣进了裤兜。霍大队指指审讯室，问卫峥嵘，没动手吧你？卫峥嵘说，我还没抬手就要死狗了。霍大队说，靠证据说话，别靠拳头。卫峥嵘说，那要是靠什么他都不说呢？霍大队问，是他吗，有多大把握？卫峥嵘扳指头一个个数，杀人动机、作案时间、出逃时间，还有铅笔！典型的情杀，十起有九起都是这情况。霍大队转向陆行知，问，新兵有什么看法？陆行知迟疑着说，我……

说不准……没把握。霍大队皱了皱眉，卫峥嵘瞪了陆行知一眼。

突然大家的 BP 机齐声响起。所有人纷纷拿起来看，脸色一个个沉了下来。值班女警小常匆匆跑了过来，一看脸色，就知道携着什么消息。大家看着她越来越近，伴随着皮鞋跟踏水泥地的“嗒嗒”声，仿佛有种黑云压城之感。小常跑到霍大队面前说，霍队，又发案了，还是老城东，女性被害人。

黎明尚未破晓，暗青色的天空下，几辆警车鱼贯驶入老城区狭窄的街巷，赶往新的命案现场。

与柳梦一案的案发现场相似，这里也是即将拆迁的街道，住户大都搬走了，只余下残破的房屋。警车们刚到，早起的老头老太太们就围了上来。卫峥嵘刚打开车门，老人们的指责就乱箭一般射上身来。怎么回事？又死了一个！还有完没完？这地方还能不能住了？老城区政府管不管了？嫌我们都没权没势的，命不值钱？

维持秩序的民警们左支右绌，好不容易把老人们拦回去。卫峥嵘和陆行知在人缝中挤向案发现场。这次也是一间即将拆掉的破平房，房门已经被人拆走，窗户只剩下个四方形的洞，屋里稍微有点用的东西都被捡走了。

一眼看见被害人尸体，卫峥嵘霎时有些恍惚。死者跟柳梦的死状太像了，也被摆成一个不自然的姿势，同样年轻、秀美，全身没有一处伤痕，赤裸的尸身白得刺眼。

法医老吕手持相机，在一旁呆呆站着。卫峥嵘问，发什么愣？老吕转头，看见卫峥嵘，脸上的表情好像被打了一拳。老吕说，只怕……是一个人。卫峥嵘没听明白，问，什么一个人？老吕说，和柳梦案的凶手是同一个人。卫峥嵘惊了，说，怎么可能？杀柳梦的在局里关着呢！看着相似的现场多了去了。老吕伸手一指。卫峥嵘走上一步，循着老吕的手指看去，死者的身侧有一支铅笔，是普通的 HB 铅笔，和柳梦身边那支一模一样。卫峥嵘蹲下身，盯着铅笔。老吕说，摆放的位置、角度跟柳梦案完全一样。柳梦案的时候，我还以为那铅笔是哪个小学生丢的，没想到是特意摆的。卫峥嵘像木雕般定住，仿佛痴了，但拳头却攥得越来越紧，老吕叫他也没有回头。突然他又猛地站起身，笔直向外走。

陆行知不明所以，转身跟上他问，看样子现场没有能确定死者身份的东西，要马上走访吗？卫峥嵘说，走访个屁，老百姓都快炸了。你去自行车厂，我去电扇厂，去喷漆车间问，她眉梢有个痣。陆行知不解。卫峥嵘说，她头发有油漆味儿。

陆行知去了自行车厂。工人们刚刚上班，停好了本厂出产的自行车，提着饭盒走向各自的车间。

陆行知找到了喷漆车间，向一名中年大姐询问，这儿有没有一个眉梢有痣的女工。大姐指着自己眉梢说，这儿有痣？不会是杜梅吧？她昨晚上加班儿。大姐慌里慌张地领着陆行知走到职工照片栏，指着一张照片说，是不是她？陆行知看去，照片上的女孩笑得很甜，正是死者。陆行知点点头。大姐“哎呀”了一声说，她怎么！话未说完，大姐的泪就下来了，又接着说，她孩子可怎么办！她就一个人……陆行知大吃一惊。

杜梅有个女儿，不到三岁，白天被托管在老城东街道托儿所。托儿所就在她家到自行车厂的路上，一出平房区就到。托儿所是一个不大的院子，里面有栋两层灰砖楼，院子里放了个破滑梯。托儿所虽破，但给附近上班的双职工家庭提供了方便。陆行知赶到托儿所，询问看护员。看护员记得很清楚，杜梅的女儿是昨晚上 10 点多钟被接走的，孩子都睡着了。这周围有几个工厂，上夜班的人也不少，托儿所有人值夜班。陆行知问她，孩子多大了，男孩女孩？看护员说，女孩，快三岁了，叫宁宁，可懂事了，从来不闹。

陆行知问了杜梅家地址，给卫峥嵘发了个传呼，一刻不耽误地往那儿赶。杜梅家是胡同里一间平房，陆行知骑车赶到，撂下车去拍门。房门关着，陆行知推了推，老式弹簧锁是碰上的。他敲了几下，又趴在门上听，但没有孩子的哭声。

陆行知正考虑怎么把门弄开，卫峥嵘急火火地赶到，问，有人吗？陆行知说，门锁了，没听见孩子哭。卫峥嵘说，让开！说完飞起一脚，把门踹开了。两人冲进屋内，只见小家收拾得整整齐齐，床上铺盖都叠着，有几个廉价玩具。两人把所有的角落都找了一遍，没有孩子。

家里没有，发现杜梅的现场也没有孩子，陆行知只觉后背一阵阵发凉。没有别的办法，他们只能从现场开始找，一间房一间房地找，一条巷一条巷地蹚。所有警察都出动了，以现场为中心，向四面八方撒网，地毯式搜索。卫峥嵘似乎前所未有地愤怒，所有遇到的上锁的房门，都是一脚踹开，边找边骂，王八蛋！毙了你！

巷子里大部分都是空房，一眼就能看见有人没人。陆行知冲进一间平房，一条野狗蹿了出去，嘴上血糊糊的。陆行知吓了一跳，赶紧去看野狗刚刚丢下的东西，还好只是一堆鸡骨头。

房子挨间找过去，直找到了两条巷子之外，陆行知看见一间平房里有个被丢弃的大衣柜。搜查了这么久，头一次看见一件这么大的家具，陆行知小心翼翼地走去，打开柜门，看见一个小小的身体像个婴儿般瑟缩着。陆行知胆战心惊，轻轻试探孩子的鼻息。他小心抱起小女孩，只见她双眼紧闭，脸色发青。陆行知脱下外衣包住孩子，小声叫她，宁宁……宁宁……小女孩似乎哼了一声。陆行知连忙抱着她就往医院跑。

霍大队和卫峥嵘都去了医院，站在病房外，看着医生围着病床上的小女孩忙活。霍大队问，这孩子是被她妈藏在那儿的，还是……陆行知说，她没穿鞋，脚底都是泥。这孩子估计是深更半夜独自走了两条巷子，找着那个大衣柜，钻了进去。他仿佛能感受到小女孩的绝望。卫峥嵘听不下去，一拳砸在墙上，转身就走。

回到队里，卫峥嵘跟霍大队要办公室，给专案组用。队里没有合适的空房，卫峥嵘便要借用大会议室，就这个房间最宽敞，折腾得开，困极了还能在墙角支上行军床眯一会儿。霍大队不想借，卫峥嵘说，先给我两周，破不了案我就搬出来！卫峥嵘也不听他回答，撤身出来，却迎面碰上陆行知和姚乐。杜梅被杀时，姚乐在警队关着，嫌疑自然被排除了。陆行知正跟姚乐交代，先不要离开本市，需要时还会找他。姚乐连连点头，突然看见了卫峥嵘，本能地畏缩一下。卫峥嵘也不看他，绷着脸擦肩而过。姚乐挺委屈，小声跟陆行知说，他……是不是该给我道个歉?

6

专案组警察们吃盒饭，一个比一个吃得快。

陆行知一边吃，一边看着墙上的案情图。一边是旧案，一边是新案。2010年的新案这边，姚铄的照片旁边标记着“排除”。正看着，他的手机忽然响了，是个陌生号码。陆行知接了，是姚铄，他在电话里说，陆队你好，有个情况，我想起来了。

他们约了个咖啡馆见面。姚铄对公安局的芥蒂还在，不想去局里说，陆行知表示理解。雅间里就他们两个人，姚铄要了杯咖啡，陆行知要了杯水。姚铄打开他带来的笔记本电脑，说，上个月吧，楠楠在网上认识个人，QQ网友。她跟我吵架的时候还说过，我还没一个认识她几天的网友了解她，还说这网友建议她跟我分手。听起来，她跟这人讲了不少自己的事儿。

姚铄打开QQ，输入密码登录，说，这是她的QQ。陆行知问，你有她密码？话里的意思是能互相掌握聊天工具密码，关系肯定不只是发生过几次男女关系。姚铄笑笑，有些苦涩，说，密码是我试出来的，是我们第一次见面的日期。但这是我的电脑，没有她的聊天记录，不知道是哪个人。

姚铄把电脑推给陆行知。陆行知拉着滚动条，挨个看王楠楠的QQ联系人。突然，一个名字引起了他的注意：简单两个字母，HB，头像是 QQ 自带的戴眼镜大叔。陆行知眼前闪过案发现场的那些铅笔，笔杆上都有两个字母“HB”。

姚铄问有没有什么发现，陆行知说，现在还难说，电脑我能先带回局里吗？姚铄请他随便用。陆行知谢了一声，收起电脑正要走，姚铄站起来，语气沉甸甸地说，陆队，我也等了十三年，抓住他吧。

陆行知把姚铄的电脑带回了警队，交给技侦的电脑专家小丁。赵正明坐在一边看小丁操作姚铄的电脑，指着 QQ 问陆行知，为什么是 HB ？陆行知说，那些铅笔都是特意摆放的，铅笔上的 HB 字母你觉不觉得像是个签名？赵正明若有所思，猜测着，这人姓何？姓郝？这时小丁看着电脑说，这人最后一次上线是 4 月 29 日，ip 地址也查出来了。4 月 29 日晚到 30 日早晨，就是王楠楠的被害时间。小丁定位了登录地点，是解放南路 167 号。

解放南路 167 号是个网吧。解放路是条大路，两边都是老建筑，挨着老长途车站，很繁忙。

陆行知和赵正明站在路对面观望。赵正明问，进去吗？陆行知说稍等。他看着一辆出租车驶近，停下，卫峥嵘下了车。赵正明和卫峥嵘见面，都略感意外。陆行知给他俩互相介绍，说，还是碰个面吧，以后免不了的。这是赵正明，小明。这是卫峥嵘，老卫。赵正明说，您别听陆队的，我不叫小明。他突然反应过来，卫峥嵘这个名字这几天都看熟了，没想到现在跟真人对上号了。可是看着眼前这个头发斑白态度和气的老头，不像卷宗里那个脾气火暴的人物。赵正明问，您是卫峥嵘师傅？当年的案子，您是主办刑警，每份卷宗上都有您的名字。卫峥嵘笑笑，伸出手，说，小明你好。小明听了表情有点儿纠结。陆行知和卫峥嵘坏笑了一下，像两个长辈合谋逗孩子玩。

他们商量了一下，让赵正明先去了网吧。赵正明故意把外套脱了搭在肩上，头发也挠乱了，趿拉着脚走到柜台前问，多少钱一小时？老板是个胖男人，扫了赵正明一眼，说，四块，登记身份证。柜台上放着个登记本。赵正明连衣兜都没翻，就说，没带。老板看看赵正明说，那一小时六块。赵正明掏出带警徽的证件，说，我带了这个，行吗？

陆行知和卫峥嵘随后跟进来，老板很识相，听了他们的请求，点头哈腰地把他们带到后面一间办公室里，一直赔着笑，脸都笑僵了。陆行知翻了翻身份证登记本，递给赵正明说，虽然希望不大，但 4 月 29 号登记的，35 到 55 岁之间的男性……30 岁以上的吧，都排查一遍。赵正明接了登记本离开。陆行知又对老板说，4 月 29 号的监控还有吧？老板赶忙说，有，有！他边说边点着头，在电脑上操作着，打开了监控视频。视频调整好了开始播放，陆行知示意老板出去。老板演示了快进暂停等功能后便出去了。

卫峥嵘看着视频说，这个地方恐怕是他特意选的，旁边就是老长途车站。陆行知说，嗯，常客少，过客多。看看吧，咱们两双眼睛，能不能发现什么熟人。陆行知按了快进，两人都难静下心来看视频。

视频走了会儿，卫峥嵘清了清嗓子，说，我来……老霍知道吗？陆行知说，还没跟他说，看你的意思。卫峥嵘脸上似有些歉意，说，我当年离开警队，让老霍有点儿下不来台。陆行知大大咧咧地宽慰他，没事儿，老霍心大。卫峥嵘沉默了片刻，说，除了我自己的原因……壮壮他妈有糖尿病，我得照顾。陆行知看着显示器屏幕说，不用解释，家里有什么需要帮忙的，弟兄们都随叫随到。卫峥嵘揉了揉眼睛，不知是酸涩还是动了点感情。

陆行知突然把视频停住了。卫峥嵘看过去，视频中，一个中年男人走进了网吧，走到柜台前。陆行知又快进了一点，摄像头正对着这人的脸，他们看清了这人的样貌。

陆行知和卫峥嵘对视一眼，这人他们认识。这男人戴着帽子、墨镜，穿着一件防风夹克，还戴着手套。他的额头到左脸上有一条蚯蚓似的暗红，是一道疤。

第三章 鸟人

1

1994 年，南市街上的大富豪洗浴中心开张已经三年了，也是杜梅在这儿工作的第二年。杜梅天天傍晚开始上班，凌晨下班，白天再回家补觉。有时候太困了，她就在洗浴中心的员工休息室眯一会儿。很多个早晨，休息室里的暗紫色绒面沙发上，几个女孩东倒西歪睡着。茶几上杯盘狼藉。厚重的窗帘透进一线晨光，打在金色壁纸上，像一幅色调颓靡的油画。

下班前，杜梅到洗手间卸妆，草草洗了把脸，捧了水正要漱口，却突然干呕起来。旁边隔间走出一个女孩，说，哎，倒霉！有那个吗，借我一个。杜梅在手包里翻找了一下，突然想起了什么，她有好长时间没用那个了。她去了医院，做了妇科检查。女医生打量着装扮有些妖艳的杜梅，冷脸把一张化验单递给她。杜梅看了一眼，脸色苍白了些，低头踌躇着，轻轻地说，我不想要。医生说，那约手术吧。

手术约在后天。杜梅回到家，一白天都没有睡着。到了傍晚，她又重新上了妆，回大富豪上班。走到流光溢彩的洗浴中心大门前，她突然站住了，转头望着街上来来去去的人们。他们都是平凡普通的人，然而他们身上有一种东西，让杜梅怦然心动，大概这就是家的温暖。杜梅眉眼间不再犹豫，转过身离开了大富豪。

2

陆行知做了一晚上的梦。昨晚睡前，他看了两章美国人写的《犯罪心理学研究》，这两章是写连续杀人犯的，也叫连环杀手。1997年，美国大片刚引进中国三年多，犯罪类美剧还没有开始流行，这类书籍还不是畅销书。哪承想就因为看了这个，一晚上没睡踏实，梦里出现了很多看不清脸的面孔，在老城区的街巷里走动着。到了早上他的睡眠也很浅，像初冬水上的一层薄冰，鱼吐了个泡泡，冰就裂开了。陆行知睁开眼睛，发现杨漫不在身边，客厅里有响动。

他走进客厅，惊讶地看见杨漫刚在餐桌上摆好了饭菜。陆行知冷不丁出现，吓了她一跳，说，呀！你醒了？陆行知说，你怎么起来了？杨漫一边忙乎一边说，我是田螺姑娘，好勤劳吧？陆行知笑笑说，谢谢姑娘。

洗漱完毕，陆行知和杨漫坐在餐桌旁吃饭。桌上放着三菜一汤，番茄炒蛋、榨菜炒猪肉、虾米白菜和粉条豆腐汤，看得出杨漫的超常努力。她表情很期待地等着陆行知下筷子。陆行知说，早上不用这么丰盛吧。杨漫说，咱俩一天就在一起吃这一顿，当晚饭吃呗。陆行知有些抱歉，说，对不起，太忙了。杨漫绽开笑脸催他，快吃吧，吃完了抓坏人去！陆行知夹起一筷子菜，嚼了一下，脸上的肌肉停顿了半秒，好像在确定嘴里是什么味道，随即他又甩开腮帮子奋力大嚼。杨漫张大着眼睛问，好吃吗？陆行知嘴里塞着饭菜说，好吃！杨漫目不转睛地看着陆行知。陆行知把几盘菜挨个尝了，吃得津津有味。他看杨漫并不动筷子，问她，你怎么不吃？杨漫说，早上没胃口，都是你的。陆行知也不推辞，把几盘菜拉到自己面前，风卷残云，好像唯恐杨漫跟他抢。杨漫说，这周末该看看你爸去了。陆行知迟疑地说，我恐怕……没时间。杨漫说，我自己去。陆行知问，你怎么去？杨漫说，跟我爸要辆车好了，你不用管。陆行知有些抱歉，点点头接着吃。

三盘菜都见了底，陆行知喝完最后一口汤，没忍住打了个饱嗝，装腔作势地夸奖说，太好吃了！然而他发现杨漫望着他，眼圈渐渐红了，眼底变得亮晶晶。陆行知忙问怎么了？杨漫大声说，一点都不好吃！我都尝了，特别难吃！我本来不想让你吃的，可你天天回家这么晚，我生气了！你干吗吃这么干净？你是不是太累了，累傻了，好吃难吃都分不清了？对不起，陆行知，我不生气了。说着杨漫哭了起来。陆行知站起身，走过去轻轻抱住她。杨漫也抱住了陆行知的腰，接着哭。陆行知摸了摸杨漫的头，不知道该说什么。

来到警队，卫峥嵘马上带陆行知去了杜梅家，走访了杜梅家邻居老两口，也是杜梅的房东。杜梅租住的两间平房本来是他们儿子住的，儿子看不上这地方，一参加工作就搬走了，搬到城里去了——老城区的人称那些楼房高耸的地方叫作城里。老两口都是实在人，大妈话多，热情奔放，大爷话少，惜字如金。大妈说，杜梅搬过来两年多了，那时候孩子还不到一岁。后来孩子断了奶她就上班了。原来在纸箱厂，今年才换到自行车厂，干喷漆，说补助多。一个人带孩子，加上工作，忙得她燕子似的脚不沾地，可看她吧，就没苦过脸，一有空就带孩子上公园，给孩子做鱼做肉，养得白白胖胖的，真是招人疼的一个小丫头。可惜我们俩年纪大了，身体不行，帮不上什么，也就平时给她端碗面。看杜梅跟孩子在一块儿，母女俩老是笑个没够儿。卫峥嵘问大妈，孩子的爸爸是谁？大妈说，我也问过，她说人没了。我寻思，怕是有什么不好说的事儿。陆行知又问，有没有什么男的找过她？大妈寻思了一会儿，说真有过，转头问大爷，那一回，前半夜的，有个男的敲她的门，喝多了吧，说的话不三不四，是你把他赶跑的吧？大爷点头说，我拿了把斧头。卫峥嵘问，什么时候的事儿？大妈说，有十天半个月了。卫峥嵘接着问，是什么人？长什么样？大妈说，没看清，我眼花，肯定是个男的。大爷切中要害地补充说，那人是自行车厂的，穿厂里工装。

陆行知和卫峥嵘又去了自行车厂，找到陆行知上次询问过的大姐，那位杜梅的车间同事。大姐一听这情况，就笃定地说，是马成群吧，肯定是他，组装车间的。卫峥嵘问大姐，他跟杜梅什么关系？大姐说，没关系。他想有关系，杜梅不答应啊。这人就是厂里的老流氓，年轻点儿的、单身的姑娘，谁没听过他的无赖话，见了他都躲着走。杜梅一来，就让他盯上了，天天来我们车间转悠。这时，一个瘦小的年轻女工路过，看了他们一眼，远远绕开进了车间，好像唯恐警察找她谈话。

卫峥嵘和陆行知又去了组装车间，找到工长问马成群的情况。今天马成群没来上班，工长在抽屉里翻出一张照片，递给卫峥嵘说，马成群就是个害群之马！三四天没上班了，也没个话，这种人早该开除！卫峥嵘问，那怎么没开除呢？工长说，怕他闹呗。马成群是个流氓，一身滚刀肉，一有纠纷，就提两个汽油瓶子上厂领导家门口蹲着抽烟。卫峥嵘听见汽油瓶子，问他们怎么不报警。工长说，他没点着啊！他说汽油瓶子是他防身用的，老拿着。卫峥嵘有点儿郁闷。

工长不知道马成群家的具体地址，只知道他住哪一片儿，巷子名字记不清了，青龙白虎玄武朱雀，名字挺乱套。卫峥嵘和陆行知只好回警队，正朝厂门口走，喷漆车间那个绕开他们走的瘦姑娘追上来了，也不说话，但眼睛里有话。直到领着他们找着个僻静地方，避开厂里职工的耳目，瘦姑娘才说，同志，你们是在调查马成群吗？卫峥嵘和陆行知点了头，等着她继续讲。

瘦姑娘喘着气说，有个事儿，上周五晚上下夜班，就我跟杜梅姐两个人，马成群又来了，要送杜梅姐一个……姑娘有些尴尬，小声说，胸罩。杜梅姐生气了，让他走，马成群就动手动脚的。然后，杜梅姐就拿着漆壶，喷了他一脸红漆。陆行知看看卫峥嵘，说，难怪他这几天没上班。一脸漆恐怕不好洗。瘦姑娘接着说，然后他就急了，要打杜梅姐。我吓坏了，要去叫人，他才走了。临走前，他说……姑娘犹豫了，卫峥嵘追问，说什么？瘦姑娘说，他说，迟早弄死你。她突然流泪了，说我是不是该早点报警？杜梅姐就不会……

卫峥嵘没说话，他看见女人哭有点儿没辙。陆行知劝她说，你也预料不到的，别有思想负担，再说，也不一定是他。卫峥嵘猛地瞪了陆行知一眼，一定不一定，现在是不能讲的。

卫峥嵘面子大，专案组还是占了大会议室。去捉马成群之前，刑警们济济一堂，等着霍大队发新装备，诺基亚直板手机、摩托罗拉对讲机，在1997年都是俏货。霍大队说，特批的，爱惜点儿，别打个人电话啊，接电话也要钱！卫峥嵘和老杜拿了手机，朱刑警和陆行知拿了对讲。老杜拿着手机，爱不释手，说，哎呀，这玩意儿贵吧，多少钱？朱刑警说，不贵，也就顶你两年工资吧。老杜脸色一变，看看陆行知手里的对讲，说，咱俩换换，我手大，拿着直出溜。陆行知听话，跟他换了。卫峥嵘看看老杜手里的对讲，说这个更贵。

领了装备后，他们去了老城区。马成群家的地址已经查明，在朱雀巷。警方一共去了八个人，两辆车，卫峥嵘和陆行知在前车上，朱刑警和老杜在后车上。

陆行知手里的对讲响了——老杜还是把诺基亚换回去了。朱刑警在对讲里说，刚队里来电话了，朱雀巷有人报警，好像就是马成群家。卫峥嵘一皱眉，问什么事儿，朱刑警说，说是闹事，我让派出所别出警了，咱们先到。老杜在对讲里说，喂喂，他这个汽油瓶子是个问题，咱们是不是叫上消防？

卫峥嵘不耐烦地说，叫什么消防？话音未落，只听前方乌拉乌拉响，两辆消防卡车超过他们开过去了。卫峥嵘一瞪眼睛，猛踩油门。

朱雀巷里热闹得像个大集，消防车堵在了巷口，消防员拿大喇叭吆喝着，让让，让让！同志们，看热闹也要分轻重缓急！卫峥嵘他们的车跟着消防车停下，刑警们跳下车，朝人群里穿过去。越接近马成群家，人越多，里三层外三层。大家都抬头看，马成群在一栋三层小楼的楼顶上站着，脚边放了三个尺许高的蓝色铁桶。老杜说，那三桶都是汽油？陆行知有些急，亮出证件喊，警察，请大家让一下！卫峥嵘说，谁听你的？挤吧！

他们前推后拥，奋力挤到人群前面。马成群家门口倒留出了空地，几个干部模样的人正拿着喇叭和楼顶的马成群隔空喊话。干部说，你先下来，不要冲动，一失足成千古恨！放下喇叭，他又跟身边一对儿老夫妻央求，您叫叫您儿子！这是马成群的爸妈。他爸说，没用啊，他从小就是个王八羔子。干部挺焦急，说，公安怎么还没到？卫峥嵘接上话，到了！这什么情况？干部松了口气，惊喜地跟卫峥嵘他们一一握手，好像终于等到了亲人。卫峥嵘说，别握了，怎么回事？干部说，拆迁分房的事儿嘛，没有达成共识，他就采取这种极端的方式……卫峥嵘把话头一拦说，喇叭借我用用。

干部把喇叭递给卫峥嵘。卫峥嵘接过喇叭，却不对着马成群，转身对着人群吼，都回家去！今天要是出了事故，在场的人，谁也住不上新房！人们面面相觑，渐渐松动了，三三两两向外散开，远远站住了看。干部说，您说这话不符合政策。卫峥嵘说，我的话我负责。卫峥嵘把喇叭递给老杜说，你跟他聊，聊晕了最好。

老杜接过喇叭，运了运气，这是他强项。卫峥嵘又把两个手机相互拨通了，递给朱刑警一个，陆行知一个。老杜说，哎，这接打都要钱……卫峥嵘没理他，说，随时通报情况。说完示意陆行知跟上自己！卫峥嵘转身就走，陆行知有点儿纳闷，只好跟上。

老杜运足了气，问干部，他有什么诉求？干部说，他们家这情况，拆了最多分两套，但他要四套。你看，他家本来是平房，怎么眨眼工夫长了两层呢？

老杜一看还真是，上面两层新的，砖缝灰泥都还没干似的。

卫峥嵘领着陆行知，悄悄进了马成群家旁边一户。户主是个男的，本来站在门口探头探脑。卫峥嵘进了门就问，我是警察，有胶带吗？男人一时没反应过来，卫峥嵘又问了一遍，才说有，急慌慌找了一卷透明胶带递给卫峥嵘。卫峥嵘接过胶带，一路走到后窗，打开，跳了出去。陆行知也跟着跳出去了。两人来去似一阵风，搞得男人莫名其妙。

卫峥嵘和陆行知顺着房子后巷，一直摸到马成群家后墙。墙上有扇窗，离地一人高。卫峥嵘打量一下陆行知的身板，问，能顶住我吗？陆行知说，行。他蹲下，绷住了劲儿。卫峥嵘大皮鞋踩着他肩膀上去了。卫峥嵘不轻，皮鞋底儿也硬，陆行知咬紧牙。

卫峥嵘三下五除二，在一格窗玻璃上横横竖竖地粘了胶带，轻轻一个肘锤，玻璃便连着胶带掉下来了。卫峥嵘手伸进去，打开窗户，在窗沿上一撑，人就进去了。陆行知站起身，跳起扒住窗沿，也利落地翻窗进入。

卫峥嵘等陆行知落地，点了点头，对他的身手表示肯定，问，老杜还聊着吗？陆行知兜里拿出手机听听，点了点头。两人扫视一圈，马成群家破破烂烂，一间房地上还堆着水泥灰浆，墙角天花板开了个洞，靠着一架梯子，想必那就是通向上层的口子了。

卫峥嵘和陆行知悄悄顺梯而上。二楼空空荡荡的，就是一个通透大间，地上堆着建筑材料。几根柱子顶着棚，天花板灰都没抹，还看得见细细的木头椽子和铺着的石棉瓦。卫峥嵘低声说，咳，这是住人的吗？陆行知说，临时加盖的吧。

临街那一面的墙上开了两个洞，安着不知从哪个平房拆回来的破木窗，玻璃都没有。外面传来老杜的声音，说，我看出来了，你是个孝顺人！想让爹妈住宽敞点儿，你妈风湿，那要高层！你爸腿不好，那得有电梯！这都可以谈嘛。

二楼墙角也有一架梯子，两人接着爬上三楼。三楼还是一样的格局，墙角也有一架梯子。陆行知正要走过去，卫峥嵘拦住了他，抬脚试了试地板，示意沿墙边走。两人悄无声息地走去，卫峥嵘双手攀住梯子，头顶的洞里传来马成群的声音，你谁呀，光说有屁用，合同呢？

卫峥嵘正要上，陆行知听着手机说，等等，他回过身了。两人赶紧一躲。卫峥嵘只听头顶哗啦啦声响，好像马成群撒了个尿。卫峥嵘有点儿郁闷。撒尿声停了，手机里朱刑警告诉了他们马成群的方位，他又回到楼边了。卫峥嵘让陆行知等着，自己上，说完轻手轻脚爬上梯子。

卫峥嵘悄悄探出头来，看见马成群站在楼边，背对着他，手里握着一个打火机。马成群提起一个买菜篮子，篮子把上系着长绳。他把篮子扔了下去，说，把合同拿来，放进去！什么时候见合同，什么时候算完！

卫峥嵘上了楼顶，小步慢慢挪向马成群。楼下老杜的话更密了，说马上就进入二十一世纪了，咱们就不要采取这种原始传话的方式了嘛！万一来阵风，把合同吹走了呢！咱们找个办公室，喝着茶，嗑着瓜子，该争取的还是可以争取……

卫峥嵘慢慢接近马成群，突然，脚下的屋顶发出一声响，好像什么迸裂了。马成群猛地一回头，看见了卫峥嵘。卫峥嵘身形定住，一动不动，表情有点儿尴尬。马成群脸上还有没洗掉的红油漆，近看像赤发鬼刘唐似的。马成群说，干什么，想偷袭我？他抄起一个汽油桶，扬起打火机，凑近桶口的棉絮。卫峥嵘一咬牙，虎扑过去。马成群转着圈躲卫峥嵘，喊，别过来！我点了啊，我真点了！卫峥嵘看得出来，他不敢点。卫峥嵘干脆站住了，望着他，突然一声喊，哎哟，着了！

马成群吓了一跳，撒手把汽油桶一抛。卫峥嵘一个箭步过去，准备一招制敌。突然马成群身子急速下坠——屋顶塌了个洞，他掉下去了。卫峥嵘躺倒就地一滚，减小压强，伸手接住了汽油桶。

楼下，陆行知看着楼顶塌了，尘灰飞扬中竟掉下来一个人，直接砸穿了地板，掉到下一层去了。陆行知有点儿蒙。

陆行知和卫峥嵘匆匆下到二楼，看到马成群趴在地上，好像昏过去了，脸底下慢慢浸出一摊红色。卫峥嵘说，不是油漆吧？陆行知把马成群翻过来，只见他从额头到左脸划了道口子，脸上血和油漆混到了一起。

3

专案组会议室里，陆行知翻看着马成群的案件资料，十三年前马成群的一英寸免冠照片有些泛黄，脸上还没有疤。门外有人叫他，陆队，有人找！陆行知一转头，看见女儿陆安宁站在会议室门口，正好奇地打量着墙上的案情图。

陆行知急忙起身，走去将女儿轻轻推出门外，反手将门带上，问她怎么来了。陆安宁说，今天给爷爷扫墓啊。陆行知恍然，有些惭愧，说，爸爸今天去不了，你妈呢？陆安宁有点儿失望，说她妈在家，她昨晚上在同学家住，顺道来叫陆行知。陆行知问，女同学吧？陆安宁说，男同学……看见陆行知脸色一变，她又笑了说，怎么可能呢？

陆行知笑笑，领着女儿向外走。陆安宁问她爸，什么案子这么忙？陆行知说，爸爸的工作你不用操心。陆安宁撇了撇嘴说，有什么啊，我什么没见过。陆行知一惊，以为她看见了什么，或者想起了什么，尽量用平常的语气问她，你见过什么？陆安宁说，电影电视上看得多了。陆行知悄悄松了口气。

送走了女儿，陆行知返回专案组。赵正明拿着资料前来汇报，说这个马成群可以呀，名下有六套房！都是好地段好小区。陆行知“嗯”了一声，并不意外。赵正明指着一个地址说，这个常住地址，是王楠楠住的小区吧。陆行知看了一眼说，把人都召集起来，分六组，同时上。

刑警们到楼下集合后，上车依次开出警局。没人说话，警笛也静默着，只有轮胎擦地的沙沙声此起彼伏，井然有序。陆行知和赵正明上了最后一辆。赵正明问，要不要叫上卫师傅？陆行知说，抓到再说。对了，老卫这事儿你先保密。

刑警们调查了马成群名下的六套房，除常住地那套之外，都租出去了，有一户被改成了群租房，隔成了七八个小间。有一户似乎是个公司，几个人在格子间里办公。

陆行知和赵正明去了他登记的常住地址，就是王楠楠那个小区。上次给他们看监控的物业负责人看见他们又来了，有些忧心忡忡，说，上次听说出了命案，业主们已经闹了一波，停车场都安上监控了，您去视察视察？陆行知说，不用了，我们去 15 号楼。负责人一惊，脸有点儿白，问，15 号楼，又、又出什么事了？陆行知说，没事儿，你只要好好配合我们的工作就行。

到了马成群家门外，陆行知让物业负责人敲门，他们四个警察一边两个，把住门两侧。敲了几下，里面有个女人应声，问，谁呀？语气挺不耐烦。物业忙说，我是物业的，最近小区不是给业主造成了一些麻烦嘛，我们是来谈补偿的。一听见补偿，门开了，开门的是个中年女人。物业问她，户主是叫马成群吗？女人说，是。又很快反应过来，否认道，不是！他不是户主了，有补偿给我。物业又说，我们没有接到这个情况啊……女人说，离婚了，还没判完呢。物业问，那他不住这儿？马成群前妻不耐烦地说，你怎么老问他？他已经一年没住这儿了！这时陆行知闪身出来，笑呵呵地自我介绍说，您好，我是警察。

进了门，马成群的前妻不大高兴，向警察们抱怨，说你们这是干什么，躲躲藏藏的！他家是欧式装修，水晶灯吊顶，富丽堂皇的，给人一种恨不能直接拿钱贴墙面的感觉。家里还有个十来岁的男孩，窝在又大又软的锦绣沙发上打游戏，仿佛没看见警察。陆行知跟女主人解释说，这是我们的一种工作方式嘛，有时候强行突破，难免给您的财产造成损失。马成群前妻问马成群犯什么事儿了？陆行知说，常规调查，你说他已经一年不在这儿住了，那他现在住哪儿？马成群前妻说，没问过！陆行知又问，前几天他来过这儿吗？马成群前妻摇头，看了陆行知一眼，说，你们不是查——她看看儿子，压低声音，那个杀人案吧？马成群不是个好东西，但是，他没那个胆。

儿子突然开腔了，说，我爸前几天来过。他妈妈好像第一次听到这个情况，惊奇地问，他来干什么？马成群儿子说，来看我呗，你不在家。陆行知问男孩，具体哪天记得吗？男孩看着他妈说，那天你去美容了。马成群前妻摸着脸，想起了日期，是 28 号。陆行知看了一眼赵正明，28 号是王楠楠案的案发前一天。这时马成群儿子有些兴奋地说，当时那个人也在，我爸差点跟他动手呢。他妈马上骂道，这混蛋东西！陆行知问她，那个人是谁？马成群前妻犹豫了一下，悄声说，我对象。

离开马成群家，他们又掌握了一个新情况。马成群前妻说出了马成群的另一套房，是他们儿子名下的，地址在芳菲苑，离婚后马成群平时都住那儿。在七套房中，这套价格也最贵。赵正明感叹道，是亲生的！

他们即刻奔赴芳菲苑。路上联系了其他五组人，得到的结果是五套房摸完了，均没有马成群的消息。赵正明分析道，马成群会不会那天看见情敌，受了刺激，所以……他大概想说泄愤杀人，但自己也觉得不够靠谱，便把话吞回去了。陆行知不置可否，决定调老朱那组过来，到芳菲苑跟他们会合。

这天上午，卫峥嵘在家打扫卫生，花了一个多小时收拾停当后，卫峥嵘待在洗衣机旁边喘口气儿，打开手机，翻出网吧监控视频中马成群的截图照片。马成群肉眼可见地老了，但脸上疤痕分明，神色也严肃了很多，以至于越看越不像一个人。

卫峥嵘晾好衣服，走进客厅，胡海霞拿着账本和计算器正在算账。儿子小卫收拾着书包，跟他妈商量，等他考上大学，能不能送他一个 iPhone4。胡海霞问多少钱，小卫说，四千多。胡海霞咬咬牙说，我合计合计，四千多少？小卫说，四千九百九十九。胡海霞呵斥道，滚，找你爸要去！卫峥嵘拿起保温杯和小提包，准备出车去。胡海霞挺意外，今天不是休息吗？卫峥嵘笑笑说，我得给他挣钱去，四千九百九十九，得跑多少公里？小卫赶紧起身，说，爸，我要找同学去，你给我捎过去。

卫峥嵘开车带着儿子上了街，有点儿心不在焉。小卫看他爸一眼，故作神秘地开腔说，爸，我那天看见你了。卫峥嵘哼了一声。小卫又说，在解放南路老车站那儿。卫峥嵘又哼了一声，然后突然反应过来，老车站，那天他跟陆行知在一块儿。果然小卫说，那个人是小陆叔叔吧。卫峥嵘转头看了儿子一眼，说，你还记得他？小卫大咧咧地自夸道，我辨识力强啊。卫峥嵘口气随意地解释说，正好碰上，说了几句话。小卫立刻把他爸拆穿了，说，不止几句话吧。然后又将了一军地说，其实我还偷看了你的手机，你是不是在帮他？今天出车是有任务？卫峥嵘有些哭笑不得，真是家贼难防。小卫虚头巴脑地叹道，可不能让我妈知道，那得气死她。卫峥嵘懒得跟儿子打哑谜，说别跟你爹玩这套。打什么鬼主意，快说吧。小卫得意地公布自己的战略，爸，其实我不想要 iPhone4，iPhone4 是个手段。你知道吧爸，我妈肯定舍不得，先让她觉得对不起我……卫峥嵘打断他，说重点！小卫下一句让卫峥嵘愣住了，他说，爸，我想考警校。

卫峥嵘从没想过儿子有这个心思，这小子天天早起，跑步举哑铃，身体锻炼得像个结实的棒槌，原来是在做这个准备。卫峥嵘心里悄悄地有些自豪，这说明他当年是个好警察，职业荣誉感都传承给下一代了。但是父子俩都知道，这个提案在胡海霞那儿肯定通不过，敢提一句，家里就得炸锅。卫峥嵘没给儿子回答，只说知道了，从长计议。

陆行知和老朱两组人到芳菲苑会合后，先派出了探子赵正明，去打望一眼马成群那套房子的情况，其余人在车里等着。赵正明年轻腿快，很快回来了，说，他家是一楼，听邻居说是个棋牌室，正玩儿着呢。陆行知问，发现马成群了吗？赵正明说，人多，看不清。陆行知拿出手机，拨通了辖区派出所的管片儿民警老张的电话，问他芳菲苑二号楼棋牌室是谁的场子。老张说是亮子的，这个人很活道，提他的名，肯定老实配合。

到了芳菲苑二号楼，刑警们把住了过道，陆行知自己去敲门。里头问，谁？陆行知对准门上的猫眼亮了亮证件，说，亮子吧，我江北分局的，开门。亮子在里头说，我们是社区娱乐室，不违法。陆行知说，没别的事儿，找个人，开门好说话。

片刻之后门开了，亮子点头哈腰地说，请进请进。他是个光头，四十来岁，表情滑溜溜的像个泥鳅。陆行知先自己进了门，客厅很宽敞，足有四十平方米，几张牌桌四周都坐着人，烟雾腾腾的。一个牌客悄悄捡起一张 20 元钞票。大概刚才叫门那半分钟，他们火速收了摊子。亮子说，您看，都是社区业主，我们不带彩，就图个乐儿。陆行知扫视一圈，没有看到马成群，不动声色地对亮子说，先清场。亮子如获大赦，马上招呼牌客们说，街坊邻居们，对不住，我来了几个朋友要招待，今天就先关门了。明天您再来，免费一天！牌客们更如获大赦，呼啦啦起身，场子片刻就走空了。

棋牌室是间四室两厅的房子，刑警们挨个房间搜查，没见到马成群。有个房间上了锁，陆行知让亮子打开，亮子说，这不是我房间，我没钥匙。陆行知问谁的房间，亮子说是马哥的。赵正明拿着把榔头就要砸锁，亮子赶紧说，别砸别砸，锁挺贵的。他从桌子抽屉里找出把钥匙，开了门。

房门打开，里边却没人，房间布置得很简单低调。陆行知问亮子，马成群呢？亮子说，他不常回来呀。陆行知说，去哪儿了？亮子说，您不知道吗？马哥喜欢开大巴、跑长途啊。自打离婚后，他买了大车，就五湖四海干上了。不是为了钱啊，他房子七八套，不缺钱！陆行知问，他这次跑哪儿的长途？亮子晃着脑袋说，那就不知道了，全中国哪儿都有可能。陆行知说，你给他打个电话，问问在哪儿，知道怎么说吧？亮子面有难色。陆行知劝说，立个功，对你有好处。

亮子下了下决心，拿出手机。手机很快响起提示音，您拨打的用户不在服务区，请稍后再拨。亮子松了口气。然而陆行知对赵正明说，你留下陪着他，打通为止。

当天晚上，陆行知一夜没睡着，等着赵正明的电话。窗外天光微亮，手机响起，他一把抓起来，来电的却是杨漫。杨漫说，安宁病了。

陆行知草草洗了把脸，就去了杨漫家。杨漫也像一夜没睡似的，眼神无光，领着陆行知蹑手蹑脚穿过客厅。杨漫说，女儿吃了退烧药，刚睡着。陆行知问，是不是昨天给她爷爷扫墓时着凉了？杨漫望着女儿，表情有些凝重，说，半夜我听见她说梦话，口齿不清的，我认真听了听，说的好像是妈妈快跑什么的，再一摸额头就烫手了。

陆行知微微一惊，后背一阵寒意，想起昨天陆安宁去队里找他，可能看见了什么东西。杨漫顿时有些焦虑，问，看见什么了？陆行知说，案子，我现在正在办的。他顿了顿，低声跟杨漫说，之前没跟你说，十三年前的那个案子又发了。杨漫一惊，伸手把陆行知拉回客厅，不敢相信地问，你说什么？怎么可能呢？陆行知跟她简要说了说情况，听完了杨漫还是难以置信，坐在客厅沙发上发呆。眼看天已全亮，陆行知走进厨房，轻手轻脚地准备早饭。米刚下了锅，他的手机就震动起来。陆行知看了一眼，有点儿意外，来电的是卫峥嵘。

电话里，卫峥嵘开门见山地说，我看见马成群了。

4

马成群从朱雀巷他家房顶上摔下来，砸穿了两层房顶的石棉瓦，摔得头破血流，被送到医院包扎。他的脑袋被纱布包成一个球，只露出半张脸，一醒了，马上就问拆迁合同的事儿，看来脑子没摔傻，利害关系还分得很清。伤口处理干净了，马成群要接着回去示威，卫峥嵘说行。但出了医院，上了警车，卫峥嵘却直接把他带回了警队，关进审讯室。

杜梅被杀，马成群似乎刚刚听说，惊得蹿起来，伤口差点迸裂，连连慨叹着。后来他明白了自己是嫌疑人，又叫屈连天，车轱辘话翻来倒去就是不承认。叫到后来他说渴了，陆行知向老杜学习，给他放下一杯牛奶，杯子里插着个吸管。马成群伸头过去，用露出的半个嘴角噙住吸管，滋溜滋溜地喝。卫峥嵘伸手把吸管掐了，牛奶端到一边。马成群说，哎，我还渴呢！卫峥嵘说，说完了再喝。

马成群露出的一只右眼轱辘乱转，手伸到背后抓挠，屁股着了火似的坐不住，说，杜梅真不是我干的！拒绝我的女人多了，我又不是变态，怎么会杀她们呢？我是出了名的怜香惜玉！卫峥嵘看着他脸上残留的几小片红色，说，她喷你这一脸漆不好洗吧。马成群说，好洗，你不知道窍门，用汽油！卫峥嵘说，我看你这脸皮，能抗硫酸。前天晚上都干什么了？从晚饭吃什么说起，撒过几泡尿，拉过几泡屎，几点出的门，几点回的家，一条一条说清楚。马成群说，别套我话，我就没出门！我用痰盂儿。卫峥嵘不信，说，就你，在家闲得住？天天去歌厅的二流子。马成群说，我在家盖房呢，盖了一夜！她喷我一脸漆，正好，上不了班，我又盖了一层楼！塞翁失马……卫峥嵘一拍桌子，喝道，少给我油嘴滑舌！

审讯室里审着马成群，朱刑警和老杜开了小会议室，跟马成群的老父老母聊了起来。二老都面有忧色。马父说，他这一闹，政府会不会把他关起来，能求求情吗？马母也说，除了我们自己家的房，他也没弄坏什么东西不是。老杜没正面接话，问他们，二老，高寿啊？马父说，我七十一，她七十二。朱刑警跟着问，就马成群一个儿子？马母说，就一个，我四十了才得的。老杜说，从小挺惯他的吧，二老叹了口气。老杜给他们宽心说，我们就是了解了解情况，二老知道什么说什么，说的越清楚，对他越有利！二老点了头。朱刑警接着问，前天晚上马成群在干什么，二老知道吗？马父想了想说，前天晚上他在家盖房，没出门。朱刑警不大相信，盖了一整晚？马父说，可不是。老杜同情地说，动静挺大的吧，您二老一晚上没睡？马父说，睡了，吃了药就睡着了，我们俩耳朵都背。马母说，我早上起来一看，他还在三楼砌墙。老杜和朱刑警对视一眼，这也就是说，晚上他到底出没出去，他父母也不知道。

审讯室里，卫峥嵘也不信，他看着马成群冷笑，一晚上盖了一层楼？咱现在试试去？马成群说，吹个牛也犯法？反正我盖了一夜，手套都磨坏两双。卫峥嵘看马成群在椅子上蹭来蹭去，浑身不自在似的，让人真想扇他两巴掌，便挖苦道，身上痒痒，不是要犯羊角风吧？马成群不看卫峥嵘，看着陆行知说，同志，我能不能提个要求？我想去泡个澡，搓搓背，我火气大，隔几天不泡不搓，火气发不出来……卫峥嵘说，护城河泡不泡？马成群溜了二位警察一眼，说，杜梅有些事儿，你们不知道吧？卫峥嵘说，什么事儿，说！马成群说，让我泡个澡，真的，不开玩笑，火气发不出来我头晕，什么都想不起来。卫峥嵘气得要炸，大巴掌扬了起来。陆行知把他拉住，说，师傅，要不我带他去？卫峥嵘喝道，想都别想！

他们还是去了马成群常去的澡堂子，已是半夜，还没关门。这个澡堂子不大，亲民质朴。马成群说，就这点好，二十四小时营业，想泡随时能泡。马成群脱得赤条条，挑了个池子小心坐下，白花花的大脑袋露在水面上，看起来挺惬意。澡堂里清了场，就只剩卫峥嵘和陆行知盯着他。卫峥嵘不耐烦地看看手表，感觉随时要发作，马成群越惬意，他越生气。

陆行知看出了卫峥嵘的不耐，跟马成群说，差不多了吧，火气发出来没有？马成群说，差不多了，搓背的牛师傅呢，你们没让他回家吧。卫峥嵘终于压不住火了，上前揪着胳膊把马成群从池子里拎出来了，拎小鸡似的一路拽着走，一把将他扔到搓背小床上。卫峥嵘扯了一条湿毛巾，吼道，我给你搓！搓几层皮？说完扬起毛巾，“啪”的一下把地上一个板凳抽出两丈远，又瞪眼看着陆行知说，别拦我！马成群看见板凳腿都折了一根，惊了，慌慌张张地跳起来，抓起条毛巾挡在身上，喊道，别打，我怕疼！

还是这招管用，马成群老实了，裹着毛巾毯坐在躺椅上，耷拉着脑袋交代说，前天晚上，我真在家里盖房。拆迁办来之前，我得赶工啊。卫峥嵘骂了一句说，你这说的跟先前不是一样吗！马成群说，我的事儿就这样，可杜梅的事儿，你们了解吗？陆行知说，说说看。马成群说，杜梅现在是自行车厂的工人，她以前是干什么的，你们恐怕想不到。但他卖的这个关子没得到两人的回应，马成群又说，大富豪洗浴中心知道吧，她以前在那儿……上班。陆行知有些意外，卫峥嵘却面无表情。

马成群打开了话匣了，滔滔不绝地说，大富豪这种地方，不用我多说了吧。我不是爱泡澡吗，也想着去这高档地方享受一回。谁知道去了一看，那地方，泡澡不是主要项目，人家不爱泡，爱蒸桑拿，坐一个小屋里，热气腾腾，蒸包子似的。说是洗浴中心，但里面什么都有！有茶有酒，吃喝一条龙，能打台球，还能看录像，除了搓背，还能按摩，按摩的都是美女！就是贵呀，去一次大半个月工资！

卫峥嵘打断他，行了！你怎么知道杜梅在那儿干过？马成群说，也是碰巧，我有一次听一个按摩的小妹提了杜梅的名儿，我就跟她瞎聊，打听出来的。三四年前吧，杜梅是她们那儿……怎么说来着……对了，头牌！但她突然有一天不干了，招呼也不打，人间蒸发，谁也不知道她去哪儿了。我差点跟她说，生孩子去了呗！

陆行知说，你说的都是几年前的事儿了，跟杜梅遇害有什么关系？马成群看了一眼陆行知，说，你想想，杜梅为什么不打招呼就走了呢，孩子是谁的？她是不是在躲什么人？万一最近这人发现她了呢？大富豪那地方，可有的是狠人。

卫峥嵘指着马成群圆滚滚的脑袋说，你这是放烟幕弹，想把我们带沟里吧。马成群诚恳地说，都是实话，我火气都发出来了，现在心平气和。大富豪现在还开着呢，你们去问问不就知道了。陆行知望着卫峥嵘。卫峥嵘有些烦躁，站起身说，先把他带回去，我也泡泡。

陆行知带走了马成群。卫峥嵘下了池，然而泡得不踏实，也没解乏。他出了池子，擦了身，拿着诺基亚给刀哥打电话。刀哥本名叫郭胜利，现在是大富豪的掌门人。刀哥听了杜梅的名字，就说没印象，大富豪从没这个员工。卫峥嵘说，再好好想想，杜梅，木土杜，梅花的梅，是三四年前了。刀哥说，我在这儿五六年了，真的没有这个人。他语气很庄重，听着像实话。卫峥嵘说，别蒙我，要是有关系迟早会查到你那儿。刀哥说，要是说谎，我剁一根手指头给你。卫峥嵘哼了一声。刀哥问，卫大哥，您为什么问这人？卫峥嵘说，我不是你哥。说完挂了电话。

他走出澡堂，看到陆行知又回来了，在路边车里等他。卫峥嵘说，接什么接，浪费汽油。

时间还早，街上空荡荡的，有清洁工用大扫帚扫着街。陆行知开着车说，我刚去了一趟马成群家，他可能没说谎。我算了算他的工作量，最后一天晚上是盖房顶，杜梅遇害那天晚上是砌墙。每一天砌的墙，灰泥的颜色和湿度不一样，仔细看能看得出来。杜梅被害那晚，我数了数，砌了将近三千块砖，熟练的泥瓦匠也就这个速度。就算他是敷衍了事，砌得快，也足够干一个晚上的。

原来陆行知把马成群带回警队后，连夜去了马成群家。陆行知顺着梯子爬上三楼，打着手电，贴近了观察砖墙。他用手指摸着砖缝灰泥，试干湿程度，一层一层往下摸，一直摸到了发干的地方，又一层一层向上数。数完了，就回来找卫峥嵘了。

卫峥嵘听完了，问他，你砌过墙吗？陆行知说，没有。卫峥嵘哼了一声。陆行知说，咱们去大富豪问问？卫峥嵘说问过了。陆行知问怎么样，卫峥嵘不屑地说，马成群的话，十句信两句都嫌多。

陆行知有些意外，沉默了会儿，犹犹豫豫地说起来，我这两天在读一本犯罪心理学的书，介绍了一些美国的杀人犯，这种多次行凶又动机不明的，他们叫连环杀手，大部分都是针对女性的侵害谋杀，已经研究了一二十年了，总结出不少凶手特征。卫峥嵘打了个哈欠，不想听。陆行知斟酌着字句，小心地说出自己的推论，根据那些特征……这个凶手应该比马成群冷静。卫峥嵘懒得跟他掰扯，直接否定道，美国电影我看过，都是胡编乱造。什么连环杀手，武侠小说啊，就是强奸杀人惯犯！没事儿上市局资料馆读读卷宗，就都有了。陆行知辩解说，不是小说，是科学、心理学研究。卫峥嵘说，行，你跟书学去，以后别叫我师傅！

卫峥嵘和陆行知在街上草草吃了顿早饭，回到刑警队已经八点多了。队里比平时热闹，多了个小人儿，三岁的宁宁被他们从医院接回来了。宁宁坐在藤椅里，一圈大人围着她献殷勤，好似在举行逗孩子比赛。局里的几个女警也来了，争先恐后逗着她玩。

老杜奉上热牛奶，说，喝吧，甜着呢，伯伯放了老多蜂蜜。朱刑警拿了个警车模型往宁宁手里塞。霍大队则手里握了一把糖，说，爱吃哪个，挑挑，说着干脆把糖都给了她。宁宁不说话，也不笑，有些呆。女警伸手要抱她，她也不让。

陆行知走过去，叫，宁宁？宁宁抬头看着他，明亮的眼睛渐渐睁大，居然伸出了两臂，说，叔叔抱。陆行知知道，她听出了自己的声音。在衣柜里发现她的时候，小孩儿始终闭着眼睛，只听过他的声音，那个把她从黑暗中拉出来的声音。陆行知眼睛一酸，把宁宁抱了起来。朱刑警说，哟，认你！你就这么面善？宁宁奶声奶气地问陆行知，妈妈呢？陆行知不知道该怎么回答。老杜忙哄她说，妈妈上班了，你跟叔叔玩儿吧，来，喝奶。

卫峥嵘没参与哄孩子活动，而是看着宁宁问霍大队，怎么接这儿来了？霍大队叹了口气，说，福利院上午会来接，孩子可怜哪。卫峥嵘看着宁宁，若有所思，过了会儿，转身走了。

陆行知抱着宁宁坐下，接过老杜手里的牛奶喂宁宁喝。宁宁试探地张嘴抿了一口，又就着陆行知的手咕咚咕咚喝。大家看着她喝，好似都松了口气。这时，卫峥嵘又回来了。卫峥嵘插进人群，问孩子，宁宁，认识他吗？大家转头一看，卫峥嵘居然把马成群带来了。马成群头上的纱布去了，脸上的疤缝了针，蜈蚣似的趴在那儿。宁宁看见这个怪人，一愣，眼中迅速露出惊恐，“哇”地哭了起来。马成群也吃了一惊，赶紧羞愧难当地扭过头去。卫峥嵘还不死心，对宁宁说，别怕，告诉叔叔……话没说完，陆行知把宁宁的脸埋到肩窝里，抱着她站起，快步走开，甩向卫峥嵘的目光有着前所未有的怒意。老杜和朱刑警迅速把马成群揪走了。霍大队一把拦住卫峥嵘，骂道，老卫！你他妈混蛋！

安顿好了宁宁，霍大队把卫峥嵘和陆行知叫到了办公室。霍大队指着卫峥嵘的鼻子教训道，想破案也不能这么干！把孩子吓着了怎么办！亏你还是个当爹的，心怎么这么硬！卫峥嵘自知理亏，不敢高声，说，我太急了，我不该这么做，给我个处分吧，但孩子对马成群的反应……陆行知大声打断说，说明不了任何问题！宁宁现在有心理创伤，一点刺激都可能反应剧烈，而且她本来就见过马成群！陆行知一眼也不看卫峥嵘，他是真生气了。霍大队说，我同意小陆的意见，老卫，欲速则不达呀。陆行知干脆宣布自己的推论，说，我认为马成群没有作案时间，不是他！卫峥嵘说，但不能排除他的嫌疑，不能放人。霍大队说，谁说要放？他房顶上闹那么一出，就是流氓罪……对，今年改寻衅滋事罪了，本来就得拘！你们继续查，他跑不了！

没过多大会儿，福利院就来人了，准备接宁宁走。霍大队跟福利院大姐细说了宁宁的情况，叮嘱说，你们留点儿心，她只怕有心理上的创伤。福利院大姐说，您放心，我们有专人指导。霍大队又问起孩子将来的出路，福利院大姐说，我们鼓励社会上领养，很多孩子都找到了好家庭。

陆行知走去抱起宁宁。宁宁好似就在等他，被他抱起来就笑了。霍大队跟小女孩说，宁宁，跟这位阿姨去个好地方，好不好？宁宁一愣，突然紧紧搂住陆行知，把脸埋在他肩上。看样子，想好声好气地把她带走是不大可能了。霍大队问陆行知，要不你送她去？陆行知抱着宁宁，觉得她整个小身子都紧紧贴在自己胸口，像小动物想拼命钻回窝里，逃避外面的寒冷。他踌躇着，慢慢下了决心，说，霍队，大姐，我带宁宁回家吧。

陆行知带着宁宁回了筒子楼，站在家门口，听见杨漫正在里面接电话。杨漫说，我翻的是严肃文学好不好，对我爸能有什么负面影响？……查泰莱夫人的情人，对，是一个作者，那又怎么了……都什么年代了，妈！时机不大好，杨漫听上去对她妈有气，不大高兴。陆行知硬着头皮敲了敲门，杨漫在里面快速收尾说，你就别管了，再见！说完撂下电话，跑来开门。她看见陆行知，很惊讶地说，哎你怎么回来了？没带钥匙？

陆行知脸上的表情让杨漫有些担心，好像有什么大事欲言又止。杨漫问，怎么了？陆行知腿后慢慢探出一个小脑袋，怯怯地看着杨漫。杨漫吓了一跳，连着问，谁家的小孩？捡的？……你的？

陆行知打开电视，调出一个动画片，把宁宁安置到电视前面，然后给杨漫讲了宁宁的事儿。讲述过程中，杨漫一言不发，陆行知讲得提心吊胆，猛地带个孩子回家，这决定好像有些鲁莽了。直到宁宁在他们床上睡着，陆行知和杨漫坐在床边，杨漫也没有表态。陆行知不敢看杨漫，低头搓着手，说，对不起，没事先问问你的意见。杨漫还是没说话。陆行知慢慢转过头，却看到杨漫两眼都是泪，正望着宁宁熟睡的小脸。

杨漫说，再买个小床吧。

5

陆行知在杨漫家接到卫峥嵘的电话，听卫峥嵘说看见了马成群。他来不及给杨漫做早饭，叮嘱她多给陆安宁喝水测体温，就赶忙出来了。按卫峥嵘给的地址，他找到了这条街，看见卫峥嵘的出租车就停在路边。陆行知在出租车后停好，下了车，上了出租。卫峥嵘朝街道斜对面的大众浴池抬抬下巴，说，进去四十分钟了。

陆行知才注意到路对面的澡堂子，看名字跟十三年前马成群带他们去的那家一样。陆行知大概猜到了，但还是问卫峥嵘，怎么找着他的？卫峥嵘说，不记得了？马成群泡澡有瘾，这习惯一般丢不了。这就是他当年老去的那家，我查了查，幸好还在，就是搬这儿了。陆行知心里算了算时间，问，这么巧让你等着了？卫峥嵘说，等了两天了。他指着路边一辆奔驰说，马成群的车。

陆行知赞赏地拍拍卫峥嵘的肩，这个不由自主的动作来得有点儿突然，双方都有些尴尬。陆行知解嘲地说，师傅还是师傅啊。卫峥嵘没接话，说，进去还是等着？陆行知说，等着吧，一会儿跟着他。

等了半个多小时，马成群出来了，看起来精神焕发，脚步轻盈地上了奔驰。卫峥嵘发动出租车，不远不近地跟上他。陆行知伸手把“空车”牌子按了，说，你这拉着人呢，别让他怀疑，这算办案经费。卫峥嵘想把空车牌子再抬起来，又觉得这个动作反而见外了，便由他了。

看马成群的行驶方向，不像要回芳菲苑的住处。等到奔驰上了一条人少车少的小路，卫峥嵘提了提速说，别停他？陆行知点了点头。卫峥嵘一踩油门，把奔驰别停在路边。陆行知和卫峥嵘下了车，马成群也打开车门钻了出来，正要发火就认出了他们。

他们请马成群上了出租车，马成群也不抗拒。看他神色，跟当年判若两人，不再是那个流里流气的二流子了，多了中年人的稳重。卫峥嵘坐了驾驶位，陆行知和马成群坐后座。马成群面色平静，甚至还带了点儿微笑，等着他们开口。

陆行知抚了一把真皮座椅，语气轻松地问马成群，当年最后分了几套房？马成群说，三套。陆行知说，现在变七套了，有本事。马成群说，这些年没事干，就是买房卖房，没注意就多了几套。陆行知说，怎么不炒了，现在不正是好时机吗？开大车多累。不炒了，没意思，开车是爱好，不累。马成群顿了顿，问道，你们找我，不是聊天来了吧。陆行知说，不急，再聊十块钱儿的，你上次去看你儿子是什么时候的事？马成群观望着陆行知，好像感觉对方开始下套了，便字斟句酌地说，上周日，我刚从江西回来。陆行知问，听说差点跟人打起来？马成群笑笑说，我儿子说的？他倒是希望我动手。怎么会呢，都是成年人了，没怨没仇的。

陆行知看看马成群手里的手机说，手机不错，iPhone4？卫峥嵘闻听，留意多看了几眼。马成群说，随便买的。陆行知说，我能看看吗？老听说乔布斯造出个神器。马成群把手机递给他。陆行知没接，说，打开嘛，试试功能。马成群僵了僵，输入密码后又递过去。陆行知拿起来划拉划拉，又给卫峥嵘看，说，真是不错，这手感。说着，他突然转头问马成群，你 QQ 号多少？马成群一愣，说，记不住了。陆行知打开手机上的 QQ，递给马成群，说，密码？马成群笑了，说什么意思，这是我跟儿子聊天用的。你自己输，我不看，陆行知语气像玩笑，但又不容置疑。马成群只好输了密码。陆行知看他 QQ 昵称叫“老马”，只有一个联系人“小马”。

卫峥嵘接茬问他，29 号你去解放路网吧干什么？马成群扬了扬眉毛，脸上的疤跟着一起动了动，说，这你们都知道了？他们电脑上存了不少香港老电影，我爱看，又挨着车站，方便。卫峥嵘又问，29 号晚上呢？马成群想了想，很肯定地说，在路上。南都大学十几个老师包车去黄山，我是晚上八点发的车，这你们没查吗？卫峥嵘和陆行知不置可否，但陆行知心里有点儿恼，这个情况确实没查。

马成群说，你们是为了 4 月 29 号那个命案吧，听说人被杀的样子……他没说下去，转口问道，这案子跟 1997 年的案子有关系？陆行知看看他说，你挺关心的嘛。马成群似乎有话想说，犹豫片刻，慢慢说道，其实，1997 年有件事我没说。

马成群没回芳菲苑的住处，带陆行知和卫峥嵘去了一条街。街面繁华，道两边都是小商铺。一家商铺门头上光秃秃的，没有招牌。马成群掏出钥匙打开升降门推上去，里面茶色玻璃落地到顶，玻璃上也没有贴字，让人不知道做的是什么生意。马成群打开门，请二人进去。里面就是一间方方正正的房，房内有一面茶台、一单一双两台沙发、两张红木座椅和一个挨墙立着的铁皮文件柜。

马成群招呼他们在沙发上坐了，便要沏茶，陆行知说有话就说吧，喝茶费工夫。马成群就接上刚才的话头说，1997 年那次你们审我的时候，我说那天晚上我盖了一晚上的房。其实那天晚上我出过一次门。陆行知和卫峥嵘都不动声色，看着他说。

马成群继续说，大概凌晨两三点吧，眼看砖不够用，我就蹬上三轮车，骑了几条巷子去找砖。那时候，巷子里很多房子都空了，拆得七七八八的，有的是砖。

他说的没错，那时候有的是拆了一半的房子，破砖烂瓦可以随便捡。那天晚上马成群骑着三轮车，捡回一车旧青砖，穿过一条深巷。这条巷子不宽，路灯又少，整条巷子都黑漆漆的。

马成群说，出来前为了解乏，我还喝了点老酒。风一吹，酒劲上来，头晕眼花的。我就停在路边歇会儿。然后就看见从巷子那头过来一个人。

马成群的三轮车停在路灯之间的暗影里。只见远远的，一个黑色的身影朝着自己从路灯下的一束光中闪过，又飘进黑暗中，像只蝙蝠。

马成群说，那身影说是人，又不像，黑乎乎的一大团，比人低点儿。也可能是我眼花了，只觉得他不是在走，是在飘。眼看这团黑影离我越来越近，我慌了，想掉头跑，但却蹬不动车。后来他从我身边擦过去了，我在暗里，不知道他有没有看见我。马成群顿了顿说，我看见了他的脸。陆行知和卫峥嵘心中暗惊。马成群却又说，可是太黑了，又是一眨眼的事儿，根本看不清。但我觉得，那不是张人脸。他干笑了一下，用不大自信的口气说，那张脸，是张鸟脸。

陆行知和卫峥嵘默不作声看着他。马成群说，你们肯定觉得是我出现幻觉了吧，我当时也这么想。后来听说杜梅出事就是在那条巷子，我就想，肯定是他。我们那片儿都睡得早，没人那个钟点还在外面夜游。但当时这事我不敢跟你们说，太像编瞎话了。陆行知呵呵笑了笑，不置可否。

马成群站起来，在房间里溜达着说，后来，我爸 2005 年去世，我妈去年也走了。走之前，她才告诉我，我是他们捡的，1965 年在垃圾堆里捡的。要不是他们捡到我，我就死了。从那以后，我好像一下就想开了。炒什么房啊，没意义，命都是捡的，要那么多钱干什么。我就开大车，全国到处跑。我在云南一个地方，看见一样东西，那天晚上的事儿就突然在心里冒出来了，也更清楚了，好像酒刚醒似的清亮。我看见的就是个人，可能穿了件雨衣，骑了个小摩托，木兰摩托那种，罩在雨衣下面了。他脸上，应该戴了个面具。

马成群走到了文件柜前，打开柜门，从里面取出一个面具，说，大概就是这个样子的，猫头鹰，也叫夜枭。陆行知接过这个猫头鹰面具，觉得看起来有些凶狠，有点狰狞。

马成群指着门外的大街说，你们知道这是哪儿？这儿就是当年那条巷子。我租了这间房，没事的时候，就来这儿坐着，喝着茶，看街上的人，希望能再看到他。他们同时向外看了一眼，似乎期望着发生奇迹，期望真的能看见一个戴着鸟头面具的人。然而街上人来车往，仍是平常的样子。

陆行知问马成群，你看见的这个人还有其他什么特征吗？马成群说，没有了。他想了想，问了一个问题，可能这个问题在他心里已经藏了许久了。他问，你们能不能查到 1997 年全市轻型摩托的购买记录？陆行知和卫峥嵘相互看看。陆行知说，不大可能。马成群有些失望，目光幽幽地说，我后来读了一些书，才知道原来很多西方文化里，猫头鹰代表恶魔。

离开马成群那个临街房，陆行知和卫峥嵘上了老卫的出租车。陆行知想着马成群描绘的这个鸟面人，在那个黑暗的窄巷中，穿过一个又一个路灯光柱的样子。不知怎的，他觉得这个恶魔似的形象和那些陈年的罪恶很贴合，他愿意相信凶手会是那个样子。然而他为什么要以这种装扮出现呢？陆行知问卫峥嵘，马成群的话可信吗？卫峥嵘说，要是当年听他这么说，我肯定不信。陆行知知道，现在这位老战友也有八分信了。

根据马成群的说法，陆行知和卫峥嵘展开了调查。马成群的那个问题，其实是个办案思路。虽然当时告诉他购买记录不可能查到了，但陆行知还是决定试一试。

他去了交警队，拜托副队长老高帮他查。老高在电脑上鼓捣着，摇着头说，1997 年，那正是轻型摩托最流行的时候啊，满大街的小木兰，几千块一辆吧。那时候管得松，猛地这么多车上路，十辆能有八辆没牌照的。这车一般女的骑的多，接送孩子的，上下班儿的，当自行车骑了。陆行知说，有一个算一个吧，1998 年之前的记录还有多少？老高看了看电脑说，那也不少，带 U 盘了没有？陆行知打开公文包，取出 U 盘，把所有资料都拷走了。

卫峥嵘则走民间路线，凡是电动车或摩托车的专卖行，他一家一家进去打听。有些老店铺，十三年前卖摩托车，现在改卖电动车了。陆行知给了卫峥嵘一个警察证，让他先用。卫峥嵘说不用，没办手续，这证亮不出来。他就客客气气地跟人聊，说查个案子，了解点情况，想看看当年的销售记录，居然也没人问他要证件。卫峥嵘这气质和问话的门路，自带警察气场。一个五十来岁的老板说，1996、1997 年，小摩托正火的时候，最多一天卖过七辆。2002 年不是禁摩吗？就打算改行了，销售记录还留着干吗，都卖废纸了。卫峥嵘回想起，2002 年本市确实禁止过摩托车上路，问了许多家，也大都是这种情况。

陆行知把交警队的记录拿走，分发下去调查，交警队也派出了队伍支援。陆行知就跟卫峥嵘一样，也一家店一家店地去蹚。他找着一家卖进口摩托的车行，老板是个三十岁出头的年轻男人。这人在当年卫峥嵘追击姚乐的时候遇见过，打过他一巴掌，借用了他的摩托车。但陆行知并不认识他。小老板说，那时候我爸是老板，没有记录，也就有账本儿，谁买走的我们不管。陆行知问，现在呢，还不管？他笑着说，那当然管，我们现在还代办车牌呢，一条龙服务。

卫峥嵘认识一家摩托车修理行的老板，是刑满释放人员，当初就是被他抓进去的，然而这人对卫峥嵘颇为尊敬。当年他也做过摩托车生意，现在只管修车。打听到他这儿时，店里的工人正在干活，卫峥嵘特意把他从店里请出来，站到店门外说话。这哥们儿听了卫峥嵘的诉求，也表示遗憾，当年的销售记录早就不在了。他悄悄问卫峥嵘，您查这事儿，跟我店里的人没关系吧？卫峥嵘不大明白。修理行老板说，我店里有几个员工也进去过，不过都改造好了。卫峥嵘扫了正在店里干活的几个修理工一眼，目光在一个背对着他、头发斑白的男人身上停留了一秒。这个背影很熟悉，有个特征被他捕捉到了。卫峥嵘不动声色地说不是，跟你们没关系。他伸手握了握老板满是油污的脏手，说，你这事儿做得体面。

查了好几天都没什么收获。每天晚上，陆行知和卫峥嵘都在路边摊碰面，吃一碗云吞面，交流各自的调查结果。

陆行知有些气馁，江北区他们都跑完了，难不成要扩大到全市范围？卫峥嵘问他，车管所的记录呢？陆行知说，借调了两百名交警协查，但赵正明下午汇报，都排除了。两人无言，只好都默默吃面。卫峥嵘突然说，我今天看见一个人，郭胜利。陆行知马上反应过来，说，刀哥？我记得他判了十五年吧。卫峥嵘说，嗯，看来是提前出来了，你查查他是什么时候出来的。陆行知和卫峥嵘对视一眼，点点头，心领神会。

6

时值 1997 年 11 月，陆行知领回家的一个三岁的小女孩，让他的家庭关系进入一个未知的艰难领域，而专案组对杜梅案的调查也走入了困境。马成群因为流氓罪进了拘留所，但他作为杀人凶手的嫌疑也立不住了，可用的线索一时都断掉了。专案组开始大面积摸排可疑人员，从老城各片儿平房区开始，星火燎原般扩大，逐渐覆盖全区。凡有案底的都要调查，尤其是犯过流氓罪的。

“10 · 18”系列杀人案被作为重案侦查，市局下了命令，各辖区派出所都积极配合，找着了可疑的就往专案组送人。专案组大会议室天天一片忙乱，菜市场似的，嘈杂得很。卫峥嵘作为主办刑警，隔几天就被市局叫去，汇报进展——通常没什么值得汇报的东西，然后就要接受“鞭策”。这让他不由得心急火燎，在办公室坐不住，天天出去逮那些不肯就范的刺儿头、老油子。时间一晃，已经到了 12 月，距离杜梅被杀，一个多月过去了。

陆行知、朱刑警和老杜都留守在专案组，坐诊的医生似的，轮番审问每个送来的嫌疑人。穿着绿制服的派出所民警，就押着人在一边排队等着。嫌疑人有老有少，形貌各异，其中居然还有一个女的。那边审着案，这边聊大天，本区的流氓们倒是越来越相互熟识了。

陆行知审到一个三十多岁的男人，这人面白无须，衣着整齐，像个办公室职员，看着跟那些流氓分子不像是一路人，面对陆行知一脸地讨好，跟陆行知辩解着说，那真是我女朋友，现在马上就要结婚了呢！警察同志，谁没个一时冲动的时候，咱不能互相理解理解吗？

忙乱中，霍大队跟一名民警搬进来一台电脑，方头方脑的奔腾 486，在办公桌上摆好，接上电源。霍大队找了半天，连开关在哪儿都没找到。老杜瞅着电脑问，又是特批的？霍大队说，今天上市局开会，王局给的，这是鞭策咱们呢。

霍大队转头扫视，目光落在陆行知身上。陆行知刚把跟前的男人打发走。霍大队走过去问，犯的什么事儿？陆行知说，宾馆查房，他跟同住的异性没有结婚证，互相不知道姓名，所以留了案底。霍大队说，怎么都排查到这份儿上了？陆行知说，三年以内的所有流氓犯罪相关嫌疑人都要排查。霍大队问，三年？谁说的？那得排查到什么时候。陆行知踌躇了一下，说，卫……卫峥嵘同志。

霍大队观察到陆行知提到卫峥嵘名字时的冷硬，劝解说，还生老卫的气呢？老卫这人，破案心切，经常不顾方式方法，我骂了他十几年了。你就忍忍，放过他这回，工作上还是要紧密团结嘛。陆行知点了头。霍大队问他，电脑你会用吗？陆行知看了一眼奔腾 486，朱刑警正凑在上面瞧。陆行知说，用过。霍大队说，那交给你管。又对朱刑警吆喝道，哎，别瞎碰，一万多呢！

说着又有民警带着一个穿大衣的男人过来了，男人很瘦，头发又长又脏，下面光着腿。霍大队问，这干吗的？民警说，老槐树派出所送过来的，说是“暴露狂”？这民警挺年轻，好像对“暴露狂”没什么概念。霍大队上下打量这人一眼，大衣里头像什么都没穿，松垮着，露出胸口的黑泥。霍大队奚落他说，里头光着呢，冷吗？男人把大衣掩得紧紧地，嬉皮笑脸地摇头。霍大队说，老油子了嘛，交给老卫审去。提到卫峥嵘，才发现卫峥嵘没在，便问他去哪儿了，朱刑警插了一嘴说，去南都大学了，监工呢。霍大队说，监什么工，白晓芙还能听他的？老杜说，老卫就这一个克星。朱刑警跟着起哄说，不听，老卫可以上美男计嘛！说完，和霍大队对视一眼，哈哈大笑起来。

卫峥嵘确实去了南都大学的生化实验室，杜梅案的生物物证送过来几天了，还没收到回复，他就跑来了，巴巴等着白晓芙观察显微镜下的载玻片。白晓芙看完了说，不是人血，是动物的。

卫峥嵘从纸箱里又拿出一个物证袋，不甘心地说，再验验这个。里面是片报纸，上面也有疑似血迹和秽物，也是现场搜集的。白晓芙说，你就别催了，上一案就没留下任何可检验的生物痕迹，这一回他只怕更熟练了，能留下吗？卫峥嵘说，百密总有一疏，我抓的就是这一疏。就让我走走后门吧，行不行？白晓芙说，不是不帮你，给我的我都会检验，我已经加班加点了。但我是南都大学的职工，还有别的工作，我一会儿还有课呢。

白晓芙脱了白大褂开始收拾东西。卫峥嵘说，把你们院长电话给我，我给你请假。白晓芙翻了个白眼说，真以为自己面子天大呢？你不如去找你们公安局长，让他把我们实验室划给你们专案组不更方便？卫峥嵘一愣，好似真听进去了这个主意，迟迟疑疑地说，我……我试试去。说完兀自嘀嘀咕咕地转身就走。白晓芙叫他，哎，当真了？我逗你呢，卫峥嵘？卫峥嵘没听见似的，一路出了门。

卫峥嵘开车出了南大，刚拐了一个弯，就遇上一起纠纷。路边停了辆派出所的警车，两个民警正高声大嗓训斥一个人。这人坐在马路牙子上，低头不语，身边扎了辆自行车，车后座横绑着个一米多高的三脚架。

卫峥嵘认识那两个民警，降下车窗打个招呼，问什么事儿。民警说，没事儿，查个证儿。卫峥嵘看了那人一眼，接着往前开，忽然心里猛地咯噔了一下，不由自主把车靠了边儿，停下了。卫峥嵘下车往回走，又仔细认了一眼，心怦怦跳，这男人脸黑黑的，下巴线条瘦硬，半长的细软头发贴着头皮。这人自己那天在南大见过，是白晓芙的丈夫。

卫峥嵘问民警，怎么了？民警见他又回来了，还盯着这人看，低着声儿问，认识？卫峥嵘说，什么事儿？民警说，见了警车也不让，还往前靠，把我们车刮了。我怀疑是喝多了，要身份证，他也不给，话也不说，敢情是个哑巴？男人抬头看了卫峥嵘一眼，面无表情，也没有认出卫峥嵘的意思，然而卫峥嵘总觉得他目光中闪过了什么，像是怨恨。卫峥嵘心里有点儿虚，难道他知道自己的存在，才跟警车杠上了？这儿离南大不远，他又刚从白晓芙那儿出来，居然莫名有点儿亏心。卫峥嵘背了脸，悄声跟民警说，是我一个熟人，要是没什么要紧的，就抬抬手吧。民警说，行，看他也不像喝了酒，我就气他不说话。

卫峥嵘回到车上，发动了车慢慢往前开，他从后视镜里看见民警吩咐了一句，也上警车开走了。男人站起身，向卫峥嵘这边望了一眼。卫峥嵘赶紧踩下油门，加速离去。开着开着，他又暗骂自己，躲什么呢，又没干什么见不得人的事儿！

一直到晚上，专案组还在加班，整理白天的审问记录。朱刑警坐在奔腾486前，对着手边一叠审问记录，试图往电脑里输入。他试着敲了一个字，盯着电脑显示器上的文字框挑了半天，最后还是放弃了，抱怨道，算了，伺候不了这东西，敲完一个字，忘了下一个。老杜也对电脑直摇头，说，对着这玩意，哪有破案思路嘛！他转身看着会议室灰扑扑的大白墙，说，应该在这儿挂上老城东的大地图，嫌疑人都一个一个标上，住哪儿都看得清清楚楚。

朱刑警拿起一张两尺见方的城市地图，抱怨太小了，怎么也得有军事地图那么大，指哪儿打哪儿一清二楚才行。朱刑警和老杜商量着，要不上市图书馆找找有没有大地图。陆行知听着他们说话，突然起身出去了，片刻抱回来一台老幻灯机，和一块叠着的白布。陆行知打开幻灯机，一方白光打在专案组白墙上。

陆行知把城市地图放在灯口下面，关掉会议室的灯。虽然不那么清晰，但老城东蛛网般的街巷在墙上显现出来。陆行知拿起白布抖开了，老杜会意，跟他一起钉在墙上。他们拿了笔，开始在白布单上描地图。

卫峥嵘提着个塑料袋走进专案组时，看见陆行知他们正往白布床单地图上按小纸片，小纸片上都是嫌疑人信息。柳梦和杜梅的发案现场用红笔在地图上标出来了，老城东的嫌疑人分布情况也一目了然。

卫峥嵘表示赞赏说，这主意不错，谁想的？朱刑警拍拍陆行知的肩膀。卫峥嵘点点头，对陆行知示好。陆行知气还没消，不想理他，转身到自己桌前坐下。卫峥嵘走过去，把塑料袋轻轻放下，说，给宁宁的。塑料袋里，是个玩具娃娃。卫峥嵘又说，替我跟宁宁赔个罪吧。陆行知顿了顿，嗯了一声。

卫峥嵘转头看见奔腾 486，鼻子里哼了一声，说，净添这没用的东西，给个实验室比什么都强！朱刑警说，对，把白晓芙给咱们就更好了，是不是老卫？卫峥嵘一瞪眼，刚要发作，腰间的呼机突然响起。卫峥嵘拿起看看，皱眉说，添乱！

他拿起座机，拨通了，不耐烦地教训上了。什么事儿？……我有案子，你们先给我消停着！……什么？……行，等着我……别跟我称兄道弟！挂了电话，朱刑警问，谁呀？卫峥嵘说，郭胜利。朱刑警反应了一下，想起郭胜利就是刀哥，问卫峥嵘，南市街又打起来了？卫峥嵘摇了摇头，看了一眼陆行知，似有些愧意。陆行知选择相信马成群，而他选择相信郭胜利，现在郭胜利改口了，证明陆行知是对的。

郭胜利刚刚在电话里说，他认识杜梅。

大富豪洗浴中心当年的员工休息室，现在是郭胜利的办公室。摆设还是原样，只是多了一些必要的家具。郭胜利挂了电话，从大班桌抽屉里拿出一把钥匙。抽屉里还放着一把锋刃雪亮的短柄钢铲。郭胜利站起身，走到墙边的柜子前，用钥匙打开柜门。柜子里挂着一套女人的衣服，款式有些张扬，有些妖冶。郭胜利脸色阴沉，轻轻抚摸着衣服上的花边。

这衣服，是杜梅 1994 年穿过的工作服。

第四章　借刀

1

陆安宁头脑中那些遥远的恐惧的记忆，猝不及防地回来了。

据说人类三岁之前的记忆，会在脑细胞的新陈代谢中被逐渐抹去，因此人类都不记得自己三岁之前的事情。陆安宁对那件事也没有记忆，她在阳光下长到了十六岁。然而那些记忆也许只是躲起来了，像夜鸟藏入遗忘的深渊，躲藏在黑暗深处觉察不到它的存在。偶然一道闪电照进深渊，惊动了夜鸟，它振振翅膀，向上飞升，开始在记忆的上空盘旋。

陆安宁很少来警队，父母离婚之前她零星来过几次，上次来至少是两年前了。去找陆行知那天早上，门岗大爷看了她半天，才恍然想起这是陆队长的女儿，已经这么大，这么高了。

警队里的路她还记得，然而陆行知却不在办公室。她沿着楼道溜达过去，挨个办公室探头找，终于在会议室看见了陆行知的背影。会议室的墙变成了一张大表格，在 1997 和 2010 两栏里贴了许多照片，没有吓人的尸体或凶杀现场，都是案发地的街巷照片。在被打断之前，陆安宁已经看了一会儿，1997 年老城区的巷子，原来是这个样子的，青灰的砖墙，残破的房屋，有些忧郁的怀旧气息。目光一扫而过，没有哪张照片引起她的特别注意，时光久远，那些记忆似乎已经淡去了，不留痕迹。

直到陆行知送她出了警队，叮嘱她扫墓时给爷爷捎一瓶闷倒驴时，陆安宁还是好好的，取笑这酒名真难听，像骂人，然后她跳上自行车，小鸟一般轻盈远去。早晨的城市干净美好，她骑着自行车拐上一条小道，不疾不徐地蹬车，轻轻哼起一首儿歌。这条小道很安静，连一个行人都没有。陆安宁也没有意识到，她为什么会哼起这首并不熟悉的儿歌。

记忆的夜鸟就是在那时被惊醒的，起初只是拍打了几下翅膀。陆安宁好像听到背后有人奔跑的脚步声，她回头看了一眼，街道空空荡荡的。她有些忐忑，加快蹬车的速度，然而脚步声似乎还跟着她。她不由慌了，看见一条岔路，只管拐了进去。这条岔路是条胡同，青灰砖墙，窄而旧，两侧的房屋残破不堪，有的拆了半边，露出里面的空房。这本该是 1997 年的巷子，却在 2010 年赫然出现。

记忆的夜鸟腾空而起，天色突然变得阴暗，似乎黑夜一下降临。陆安宁慌乱地蹬着车，回头瞟了一眼，没看见人，却看见墙上一个人影向她迅速靠近，人影手中举着一把铁锤似的东西。陆安宁慌乱之极，手上卸了劲，车头一偏，一个颠簸，她从车上掉下来。

她不敢再回头，扔下车死命奔跑。除了自己的心跳声、喘息声，还能听到脚步声始终幽灵般地尾随着她。她推开一个又一个房门，寻找着藏身的地方。终于，一间空房里伫立着一个破旧的大衣柜。她慌不择路，拉开柜门躲进去，关上柜门，在黑暗中喘息发抖。脚步声如期而至，进了房间，停驻了片刻，向衣柜走来。陆安宁缩成一团，拼命捂住嘴。柜门突然被拉开。

陆安宁醒来了。她躺在自己卧室的床上，双颊赤红，额头都是汗珠。她呼吸急促，目光无神地望着虚空，她一时分不清这是记忆还是梦境。卧室门外传来父亲压低的语声，说着案子的事情，说着他现在正在办的，十三年前的案子又发了。父亲和母亲嘀嘀咕咕，声音压抑而遥远。

陆安宁呆呆的，似乎并未听懂他们在说什么。她在等着噩梦渐渐消退，夜鸟重新回到深渊里。

2

卫峥嵘在专案组接到郭胜利的电话，承认了他认识杜梅。卫峥嵘当即便去找他。陆行知收拾了东西，也要跟着去，却被卫峥嵘阻止了。郭胜利那儿不是寻常地方，陆行知认为应该至少去两个人，好有个照应。但卫峥嵘说，郭胜利这个人，认生。

卫峥嵘自己开车去了大富豪，到那儿已是晚上接近十点钟。郭胜利这个人，他还是了解的，在他面前从来说一是一，从未把说出来的话又咽回去过。郭胜利的老家是周边县城的，父母是杀猪卖肉的，他从小跟着父亲打下手，学着磨刀用刀。十五岁时，他初中毕业就辍学了，刀却越用越熟练，一把肉刀磨快了，能连片二十斤羊肉片，胳膊也不酸。成年后他来了市里，随身带刀给人看场子。长刀短刀切菜刀，到他手里都是利器，后来刀具管制得严，他把一柄尺来长的精钢铲子磨快了，比刀还好用。但他从不随意伤人，有人寻衅，他就露一手，立一个啤酒瓶子，钢铲一挥，瓶嘴整齐地削去一截，瓶子还能不倒。他重义气，说话算数，很快在南都成了个人物。两年前大富豪的老板退休，他便成了掌门人。

卫峥嵘到了大富豪，大厅里灯火通明，人正多的时候。洗浴中心的大厅高大宽敞，墙面地面都是平滑温润的黄色大理石砖，进门就让人感到湿热扑面。

卫峥嵘跟接待员亮明身份后，很快来了一个三十来岁的男人。这人是郭胜利的二把手，曲振祥，有个外号叫细虫，带着他往后走。曲振祥衬衣雪白，看起来圆滑和气，倒有个公司白领的模样。到了郭胜利办公室，他敲开了门，做了个“请”的手势。待卫峥嵘进去，他又反身出门，把房门带上。他始终态度端正，动作得当。

卫峥嵘走到郭胜利的大班桌对面坐下。郭胜利早就在等他了，拿起桌上一瓶人头马，向卫峥嵘面前的玻璃酒杯里倒了一指深。卫峥嵘“嘁”了一声。郭胜利说，没别的意思，新进的好玩意儿，您尝尝。接着给自己也倒上，说，我陪您。卫峥嵘说，好玩意儿，舍不得？郭胜利愣了一下，又拿起酒瓶，给卫峥嵘倒了个溜沿儿，能有二两靠上。卫峥嵘端起来，喝了一口，咂咂嘴说，还行。郭胜利陪了一杯，说，您不让叫大哥，也不是我同志，那我怎么称呼您？卫峥嵘说，卫公安。郭胜利说，卫公安，行，上次您问我的时候，我不知道她死了。郭胜利拉开腿边的抽屉，转眼手里多了一把雪亮的短柄钢铲。卫峥嵘面不改色，端着酒杯的手稳如磐石。郭胜利伸出左手，平放在面前的桌子上，说，小指不敬，中指不逊，我给您无名指吧。说着他将无名指单独卡在桌沿上，右手抡起钢铲，就要往下切。卫峥嵘突然一扬手，玻璃杯子飞出去，击中郭胜利持铲的手，钢铲掉到了水磨石地板上，当啷作响。郭胜利有点儿难以置信。卫峥嵘冷笑说，当兵的时候，老子扔手榴弹可是军区神投手。

门突然大开，细虫带着几个膀大腰圆的伙计呼啦啦进来了。细虫叫了一声大哥，一脸心系大哥安危的模样。卫峥嵘根本不看他们一眼。郭胜利挥挥手，让他们出去。几个伙计退出，细虫又恭敬地把门带上。郭胜利对这个突发的戏剧性场面有些歉意，说，我说过，要是说谎，就给您一根手指。卫峥嵘开骂了，少他妈跟我来这套！我是人民警察，稀罕你一根手指头？

再多说就是矫情了，郭胜利又拿了个杯子，给卫峥嵘补了一杯，意思都在酒里了。卫峥嵘不接，冷哼说，我来，是为喝酒来的？郭胜利也不再劝，举起人头马，对着瓶口咕咚咕咚灌。卫峥嵘看着他喝，止不住咽了下口水。郭胜利一气儿喝完，把瓶子一扔，眼睛发红地说，1993、1994 年，杜梅跟我好过。那时候她在这儿上班，我还不是老板。卫峥嵘问，是你女朋友？郭胜利说，算。卫峥嵘说，她家是哪儿的？郭胜利说，东北的。她爸妈都不在了，就她一个。卫峥嵘又问，无依无靠的，后来怎么不干了呢？听说招呼也不打，人间蒸发了。

郭胜利迟疑片刻，慢慢说，因为我吧。她一直想成个家，我那时候没这心思，洗浴城活儿多事儿多，要担着场子，不能有拖累。卫峥嵘像听了个笑话，讥讽道，就你这……还事业为重，不知道的还以为你给国家造原子弹呢！郭胜利看着眼前的桌面，一字一句说，是我辜负她了。卫峥嵘想试探试探他知不知道孩子的事儿，盯着郭胜利的脸问，她走有没有别的原因？郭胜利迟疑了一下说，别的不知道。卫峥嵘追问，真不知道？郭胜利滞重地摇了摇头。卫峥嵘盯着他看了一会儿，说，你说的这些事儿，对我屁用没有。说完整整衣服，站起来就要走。

郭胜利突然说，我知道你们在找人，满城挂上号的挨个查，是不是？卫峥嵘头也不回，说，不是你该问的事儿。郭胜利说，挂上号的你们知道，但还有没挂上的，我知道。卫峥嵘站住了，讥诮地说，是吗？郭胜利说，有些从没进去过的大流氓、小混子，没案底，我怕你们摸漏了。卫峥嵘说，什么意思？你要想帮杜梅，就把人名儿全写下来给我。郭胜利说，我帮你们查。顿了顿，又说，我想出这个力。卫峥嵘喝道，放屁！我还给你发个警徽呢？

郭胜利不卑不亢地说，你们已经忙不过来了，我有人手。我保证，查着任何线索，您肯定第一时间知道。这话有些说服力，卫峥嵘这段时间确实焦头烂额，长出八只手来都不够用。但这事儿不能轻易答应，警民合作不是这么个合作法。卫峥嵘先试探他说，你这么大本事，怎么不自己悄悄查去？告诉我，我管还是不管？郭胜利说，我这些……员工一上街，我怕万一动作大了，警察怀疑我们要搞事儿，先跟您打个招呼。

卫峥嵘皱眉琢磨着，撂下句话，别动刀动枪，要是伤了人，我头一个抓你。郭胜利望着卫峥嵘，两手手腕靠拢向前一递，摆出个束手就擒的姿势。卫峥嵘也不看他，走到门前，抓住把手猛地一拉。几个伙计吆喝着纷纷倒进门来。只有曲振祥在他们身后三步，安然站着，向卫峥嵘稍稍欠了欠身。卫峥嵘扫他一眼，跨过地上的人，走了。

这天晚上陆行知从警队回到家，时间已晚，想杨漫已经睡下，他悄悄打开门，轻手轻脚进了屋。一进屋他就吓了一跳，家里乱糟糟的，像遭了贼。面包、零食、肯德基打包袋，还有玩具、撕烂的书，占领了家里的桌面地面。杨漫坐在沙发上发呆，头发蓬乱，衣冠不整。

陆行知走过去挨着她坐下，他扫视一眼房间，问，怎么了这是？杨漫看见陆行知，像看见了救星，随即满脸委屈地说，咱们还是把她送走吧。陆行知一怔，看来宁宁把杨漫折腾得不轻，忙看了一眼卧室里的小床，宁宁在床上睡着。陆行知问，她闹了？杨漫说，我觉得她不喜欢我。陆行知问，怎么着呢？杨漫说，她不吃东西，不跟我玩，根本不理我。我看她睡着了，就赶紧出去买东西……陆行知插话说，你把她一个人丢家了？他语气中带有些怪罪。杨漫睁大了眼睛说，对啊，我小时候，我爸妈也经常把我一个人锁家里啊。我错了是吧，但我不知道怎么带孩子啊。杨漫看上去要崩溃了，陆行知有些后悔，赶紧补救说，不怪你，我小时候，我爸也把我一个人扔家。下回咱就知道了。

杨漫接着说，我回来的时候，刚进楼道就听见她哭，真的没想到这么小一个人，能发出那么大的声音，邻居都打算撬门了！杨漫说着声音里带了哭腔，大概又想到了白天的尴尬和气恼，告状似的说，一进门，小东西像疯了一样，东西给我扔了一地，把我的书也撕了。她一直哭到没力气，才又睡了。等她睡着静了下来，我都能听见自己耳鸣了，才知道原来安宁这么珍贵！

陆行知抱住她的肩，等她渐渐平静下来，问她吃东西了吗。杨漫恨声说，我吃得下吗！陆行知叹了口气，用最温柔的语气安慰她，怎么不给我打电话呢？这句话似乎勾起了杨漫最大的委屈，噙着眼泪说，我是个女人，是天生的母亲，怎么能……还没你会带孩子呢？陆行知懂了杨漫的委屈缘由，以及她的善良、倔强和没有经验的倔强同根深蒂固的母性本能的斗争。陆行知突然心疼不已。

卫峥嵘默许了郭胜利帮忙查找真凶，但他没跟局里讲，只在早上叫了陆行知、朱刑警和老杜去路边摊吃早饭。四人吃着，卫峥嵘说，这几天，要是在街上看见大富豪洗浴城的人出来活动，抓流氓，只要他们不犯事儿，别找他们麻烦。朱刑警一听就懂，问，怎么着，招安了？卫峥嵘说，临时帮个手。老杜粉丝汤喝得呲溜呲溜响，语重心长地说，老卫，你可把好关啊。卫峥嵘点点头。陆行知对这事儿有点疑虑，但看大家这态度，他也就把疑虑就着包子咽下去了。

郭胜利当天早上就发动手下，准备上街。他把短柄钢铲插进一个皮制刀鞘，别在后腰里，又罩上外套。出了洗浴中心大门，细虫曲振祥迎上来说，大哥，人齐了。

门外熙熙攘攘，停了几十辆大大小小的摩托和一辆丰田皇冠。洗浴中心的马仔们打了鸡血似的，摩拳擦掌，等着郭胜利下命令。郭胜利站在台阶上发话说，别一个个横眉竖眼的，又不是去打仗！都规规矩矩的，事儿给我打听清楚了，别扰民！细虫伸出双手向下按按，下边人的气焰都收了收。郭胜利问细虫，查什么都知道吧？细虫说，都交代清楚了。

郭胜利一点头，走向丰田皇冠。大大小小的摩托一辆辆轰鸣起来，蝗虫起飞似的散了开去。细虫站在大门口，向他们挥手告别。他不上街，留守本部。在大富豪洗浴中心，曲振祥是学历最高的。他大专毕业，心思多，脑子活，大富豪这两年日益壮大，跟他的出谋划策有很大关系。他对郭胜利也忠心耿耿，颇得信任。只不过有时他的提议稍稍超前了些，经商意识还比较传统的郭胜利不大接受。

专案组刑警们的工作仍是大面积排查可疑人员。排查了一个，就回到专案组，将“白布单地图”上写着嫌疑人信息的小纸片换下，标记上“排除”。陆行知今天调查的嫌疑人叫武小文。他骑着自行车去了老城区，按着地址找到了这条巷子里的一户小院，发现这家他来过，上次差点被“瓜皮”讹了二十块钱。

院门开着，陆行知在门上敲敲，没人应声。陆行知走进去，穿过巴掌大的小院儿，院子里停了辆锈迹斑斑早该进废品站的小摩托车。

陆行知进了门，抽抽鼻子，一皱眉，这里的味儿不好。屋里阴暗，陆行知眯着眼睛，适应了光线，看见屋里像个贫民窟，值钱的东西一样没有，那些家具像是从巷子里搬回来的破烂，地上还砸了几个碗，尖利的瓷片就在地上散着，也不收拾。

旁边就是卧室，瓜皮坐在床上，倚着枕头，被褥脏得出油。瓜皮脸上乌青烂肿，嘴唇裂了好几处。看见陆行知，瓜皮立马认出来了，先朝陆行知背后瞅瞅，问，就你自己？他怕后面还跟着卫峥嵘。陆行知皱着眉问他，怎么回事，谁打的？瓜皮阴阳怪气地说，怎么说话呢，别侮辱我，谁敢打我呀！陆行知指指他的脸，说，还能自己摔的？瓜皮说，撞门框上了。陆行知说，你撞了多少回，撞得这么全面？瓜皮捂着嘴说，警察同志，别聊天了，我说话嘴疼。陆行知拿出记录本说，行，问几个事，你好好回答。瓜皮说，别问了，自己看吧。他朝床边的桌子努努嘴，陆行知看见桌子上放着一张纸。拿起来一看，上面歪歪扭扭地写着，“11 月 3 日晚，吃过晚饭，去刘大头家打牌。10 点半，输光了，王胖猪替我。我看他们打牌，到 4 日 6 点……”纸上有个手印，还有血迹和口水鼻涕印儿。陆行知问，谁让你写的？瓜皮说，我主动配合调查，不行吗？陆行知大概猜出来了，这刑讯逼供的手法太直白太野蛮，毫无技巧，也不遮掩。陆行知看着他问，是不是郭胜利？瓜皮装傻充愣说，谁，什么胜利？不认识。警察同志，您没事儿请回吧，要是凑手，我还没吃饭……陆行知不再废话，拿出钱包，放下十块钱，拿着纸出去了。

回警队的路上，陆行知骑车穿过街巷时，听见身后摩托声响，很快跟上几辆木兰摩托，每辆坐了两个穿运动服的马仔，气势汹汹地超车过去了。陆行知看见他们腰后都鼓鼓囊囊，像别着棍子。

陆行知沉着脸，回到大队，在大门口碰上卫峥嵘。陆行知拦住他，劈头就问，郭胜利他们怎么帮忙的，你知不知道？卫峥嵘一愣，说，什么意思？陆行知拿出那张带着血迹的纸，说，瓜皮让他们打得没人样了，这是犯法！卫峥嵘一把拉住他，扯到一边，说，你小声点儿！陆行知说，郭胜利的嫌疑排除了吗，凭什么让他干警察的事儿？卫峥嵘说，10 月 18 号晚上郭胜利跟我在一块儿。陆行知反应了一下，想起来了，仍坚持说，那他也没这个权力！卫峥嵘也有点儿恼，说，要检举我，霍队就在办公室，我负全责。陆行知张了张嘴，好似被侮辱了，说，我不是那种人！说完他把纸拍到卫峥嵘手里，拧头进了大队。卫峥嵘看看纸上的血迹鼻涕印儿，暗骂一句，去找郭胜利。

郭胜利出外征战一天，晚上风尘仆仆地回到大富豪，刚进大门，细虫迎上来，说，大哥，您怎么回来这么晚，都上人了。洗浴城里已经来了些散客，光膀子穿拖鞋溜达着。郭胜利应了一声。细虫说，给您看个东西，说完便把郭胜利带到一个清空的侧厅，厅里放着一张麻将桌。细虫把桌上散乱的麻将推到几个槽里，按下一个按钮，片刻摆好的四列麻将升了上来。细虫很兴奋，跟郭胜利说，这是全自动的，多方便！您要觉得行，我就订货。郭胜利问，订什么货？细虫说，我不是跟您打过报告吗，咱们增加一个棋牌娱乐区。除了这个，还可以加KTV娱乐区，高级会员消费区。未来的趋势就是整合呀，来了咱们这儿，别的地方都不用去了。郭胜利根本不记得这个事儿，显然对这些毫无兴趣，说，弄这么多花样干什么！这几天我忙，将来再说。说完郭胜利就走了。细虫有些不甘。

郭胜利回到他的办公室，把腰后的钢铲扔到沙发上，正要脱衣，转身一看，卫峥嵘正坐在大班桌后面。郭胜利一惊，卫公安！卫峥嵘火气很大，上来就训斥，你要管不了你的员工，这活儿就别干了！郭胜利问什么事儿，卫峥嵘骂道，别来流氓那一套，事儿没问出来，把人打伤了，我抓谁？

郭胜利默默从衣兜里掏出几张纸，放在桌子上说，今天查了十三个，要是好话好说，只怕三个也查不完。卫峥嵘忽地站起来，说，那你就别查了！说完甩手要走。郭胜利说，您等等，我就问一句，白小伟你查还是我查？卫峥嵘冷笑说，早查过了！还轮得着你？你们这号人，都是第一批。郭胜利说，那你知道不知道，他在老家犯过强奸罪，托人抹了案底？卫峥嵘有点儿气，这事儿他还真不知道。郭胜利又补充说，而且不止一次。卫峥嵘摆出一副没什么大不了的面孔说，行了，哪来的小道消息，我会跟他老家警方核实。你别动，你俩一碰就是大事！卫峥嵘出门前，郭胜利补充说，我敢说，他现在也没消停过。

卫峥嵘顿了顿，抬脚出了门，挥手一甩，门“砰”地关上，声音像炸弹般响。

陆行知回家时，没进门就担心今天宁宁又把杨漫折腾成什么样子了。他悄悄开门，轻手轻脚进了屋。家里还是乱糟糟的，零食、玩具、画书，随处都是。杨漫还是坐在沙发上发呆。

陆行知看了一眼卧室，宁宁在小床上睡着，情形似乎跟那晚一模一样。陆行知叹了口气，走过去挨着她坐下，说，要不……杨漫转过头，陆行知却看见她眼睛亮晶晶的，脸上都是笑容。杨漫说，她喜欢我了！陆行知挺意外，喜欢你了，是吗？杨漫说，对呀，她跟我玩，还让我喂她，还让我给她洗了澡呢！陆行知有点儿没反应过来，说，那挺好。杨漫跳起来，好像浑身是劲儿，说，就是好几天什么都没干，你先睡，我工作一会儿！哎小孩儿这东西，真占时间！

陆行知看着杨漫走到她的书桌前，哼着歌打开台式电脑。她身上散发着一种新鲜的混合的魅力，这是陆行知之前从未见过的。他突然有些冲动，过去一把抱起她，向卧室走。杨漫蹬着腿，拍着他叫，你干什么呢？随即，她看见了陆行知眼睛里的光，身子软下来，舒展双臂搂住了陆行知的脖子。

3

转眼到了五月中下旬，2010 年的夏天将至未至，天气慢慢有热起来的迹象，空气的通透性没有春天那么干爽、明朗了，早上常有薄雾，让醒来的人仿佛还在梦里。

那个奇怪的梦境一直折磨着陆安宁，连着数日都没有淡去，让她心神不安。她放了学，回到家，在楼下扎好自行车，仍出着神，好像在白天里梦游。突然，一只呆头呆脑的田园犬欢快地跑过来，拱她的小腿肚。陆安宁转头看见狗，眼中突然露出惊恐，叫了一声，连忙跳开。狗也吓了一跳，对意料之外的不友好感到惊慌，不住地吠叫。陆安宁厉声说，走开！她脱下书包，攥在手里，很是紧张。狗主人邻居大爷拿着狗绳慌慌张张地过来了，先呵斥狗，回来！又对陆安宁说，安宁，不认识它了？陆安宁表情发僵，不知如何辩解，只好转身跑开了。

她进了家门，扔下书包，先叫，妈。没人应声，杨漫不在。陆安宁走到桌前，轻轻打开杨漫的笔记本电脑。Windows 系统随着熟悉的音乐声载入，她立刻打开 IE 浏览器，输入搜索引擎的地址，网页上却出现了 404 打头的几个字符，网络不通。她刷新了几下，还是不通。陆安宁有点儿烦躁。

突然有人敲门，她急忙合上电脑，等了会儿，才过去开门。门外站着个大男孩，二十出头的样子，白皙文静，五官端正，背着帆布挎包，提着一个塑料食品袋。男孩礼貌地问，是杨老师家吗？陆安宁说，她不在，你是谁？男孩说，我是杨老师夜校的学生。

杨漫除了当翻译，还到一家职业培训中心教英语课。如果只靠翻译挣钱，即使有陆行知每月拿出一半工资做抚养费，养陆安宁仍有些捉襟见肘。尤其陆安宁又要学小提琴，一把琴就好几千。

男孩从帆布包里掏出一本英文小说，《麦田里的守望者》，递给陆安宁说，杨老师的书，我看完了。陆安宁接过书，看到扉页上有名字，的确是杨漫的。男孩又说，杨老师说要给我换一本《了不起的盖茨比》。

陆安宁打量一下他，见男孩眉目善良，表情腼腆，又是老妈特意开小灶的学生，感觉没什么不放心的。她拉开门放他进来，说，你自己找吧。男孩进了门，站在门口问，换鞋吗？陆安宁说，不用，我家不讲究。杨漫不爱打扫，尤其不爱拖地，有时陆行知来了，才帮母女俩大扫除一番。

男孩到书架前找书。陆安宁看着他问，你也是学翻译的？男孩说，不是，我学计算机，想拿个证，英语也得考。陆安宁听见计算机三个字，眼睛一亮，忙问，你会修网络吗？男孩笑了，说，我就是干这个的。陆安宁不认识他，但若是赵正明在也许对他有印象，4·30专案组成立那天，办公室的宽带就是他装的。

男孩从挎包里拿出个步话机似的小设备，插上网线试了试，说，应该是外面接口的问题。他转身出了门，片刻又回来了，再打开笔记本电脑一试，网络通了。陆安宁挺满意，对这个救星很有好感。

两人熟悉了些，男孩才问她，你是杨老师的……陆安宁说，她是我妈。男孩有点儿意外，说，看不出来，杨老师那么年轻。陆安宁撇嘴说，年轻什么呀，她都三十六了。男孩看到书架上摆着的陆行知一家三口的照片，说，你爸也挺帅的，可惜呀……后面的话又咽回去了。陆安宁使劲看了男孩一眼，问，你怎么知道他们离婚了？男孩有些尴尬，不好意思地笑笑，说，我该走了。陆安宁指指桌子上的塑料袋，说，别忘了东西。男孩说，那是给杨老师的。

男孩出了门，陆安宁打开袋子，发现里头是两盒老婆饼，是杨漫最爱吃的甜食，常拿它当早饭。陆安宁自言自语说，妈，有人暗恋你了。她走到电脑跟前，打开百度，输了一行字“1997 年 南都市 老城区 连环杀人案”。

这段时间，卫峥嵘天天跟着陆行知跑侦查，出租车基本没拉什么客。虽然陆行知每次都打表，下车时把票撕走，说月底统一报销，可兴许忙忘了。这个月卫峥嵘的收入缺了一大块，他给胡海霞交钱时，提心吊胆，存折放在床头柜上，打算在她发现之前就出门。可拿着保温杯还没走出客厅，胡海霞的声音就从卧室里传出来，怎么这么少？你这是一个月的还是一星期的，卫峥嵘？这嗓门大得让他无法忽视，卫峥嵘只好解释说，这也看运气嘛，拉不着人，跑空车的时候多。胡海霞拿着存折从卧室走出来，嚷嚷道，别干了！天天早出晚归的，烧着汽油光拉着自己看景儿呢！不如跟我守着鞋摊儿去，还能替替我。胡海霞原来是三纺厂工人，下岗之后卖鞋，已经卖了小二十年了。卫峥嵘面有难色，说，我闻不了那皮革味儿……我赶紧出车去，正上班时候。不等胡海霞继续发表意见，他匆匆出了门，上了车才呼出一口气。

他与陆行知约好了，仍在高架桥下面的停车场见面。陆行知已经查了郭胜利的底细，卫峥嵘提议去当面聊聊。到达时，陆行知已经在车里等着了。看见卫峥嵘来到，陆行知下了车。卫峥嵘也下了车，迎上陆行知，瞅着陆行知的帕萨特问，你这车排量多少？陆行知说，我不懂这个，挺费油。卫峥嵘说，得 3.0 吧，我试试手？陆行知看看卫峥嵘，把车钥匙抛过去，猜测着老卫怎么对他的车产生了兴趣。

他们开上车，去摩托车修理店找郭胜利。路上，陆行知说，郭胜利是今年二月底出来的，前半年政府管着，干街道清洁，后来去了那个摩托修理店，一直干到现在。卫峥嵘听了点点头。陆行知问，你想问他什么？卫峥嵘整理一下思路说，我想到一个可能，那些连续杀人的凶犯突然收手的时候，有几种情况，一是生活里突然有了重大变化，比如有了小孩儿，时间不自由了，或者是生了大病受了伤，体力不行了。二是搬家了，离开了这个地方。还有，就是因为别的事儿，坐了牢，这种情况最多。美国就有好几个类似案例，像那个 BTK 杀手……卫峥嵘不经意转了下头，发现陆行知大睁两眼望着他。卫峥嵘下意识地问，我说错了？英文字母我记不太准。陆行知故作惊讶地说，咱们这十来年不见，你什么时候偷偷去公安部进修了。卫峥嵘笑了笑说，看过几本书，学习学习。陆行知也笑了，说，我就知道，警服这东西，脱不掉。

卫峥嵘续上刚才的思路，补充说，还有，凶手有一种心理需要，就是幻想重现杀人过程，比如他会经常拜访案发现场，去听知情人讲述案发经过，有的甚至会故意去跟警察聊天。陆行知略一思索，便会意了，说，我知道你想问他什么了。

他们到了摩托车修理店，先站在店外向里面随便扫了几眼。几个修理工正在干活。卫峥嵘问陆行知，认出他了吗？陆行知下巴一点，说，那个吧。说着指向了一个人。那个修理工背对着他们，头发斑白，不过他左手少了一根无名指。上次卫峥嵘也一眼看见了这个特征。

他们跟老板打了招呼，把郭胜利叫了出来，没惊动其他修理工。郭胜利看见他们两位，有些慌，用手套擦着手上的油污，拘谨地握了手。郭胜利看起来比十三年前老了三十岁，像被扔进生活的洗衣机里搅和了几百次似的。

三人找了个僻静地方说话，卫峥嵘从口袋里拿出一瓶二两装的本地好酒。一个酒杯，倒了一杯，递给郭胜利，说，就买得起这个，凑合吧。这是还他当年的那杯人头马。郭胜利懂这个意思，他诚惶诚恐地接过酒杯，看见卫峥嵘右手里空着，又有些不敢喝。卫峥嵘说，我戒了。陆行知看郭胜利有些惶恐，接过酒瓶说，我陪一个。两人各饮了一口。卫峥嵘说，我们怕影响你，所以才让老板把你叫到这儿来。郭胜利连声道谢，好像蒙了天大的恩。

卫峥嵘话入正题，说，想问你个事儿，你在牢里待了有十二年吧。郭胜利点了个头。卫峥嵘接着问，有没有什么犯人故意接近你，跟你聊天儿，打听当年的事儿？郭胜利不大明白。卫峥嵘说，你想想，比你晚一点儿进去，可能也是最近出来的，有没有？郭胜利还是没明白。卫峥嵘干脆敞开了说，在牢里，有没有人老想跟你聊 13 年前的案子？郭胜利说，对不住卫公安，我知道在里头，不该说的话不说，不该问的事不问。看起来，他被岁月整得不轻。陆行知说，没事儿，你随便说，我们知道不是你，我们只是设想一种可能，这个真凶有可能坐了牢，而且会接近你。郭胜利顿时满脸惊讶，说，真凶，您是说……不可能不可能，真凶早就废了。

这回陆行知和卫峥嵘吃了一惊。卫峥嵘立刻问，你说什么，你说的是谁？郭胜利不说话，嘴唇抖抖索索的。卫峥嵘猜出来了，问他，你说的是白狼？白小伟？随即摇头否认，不是他。郭胜利却很执拗，肯定地说，是他。卫峥嵘说，你知道我们为什么直接排除了你吗？ 1997 年 10 月 18 号晚上你在哪儿，记得吗？郭胜利表示不记得。卫峥嵘说，我、你，还有白小伟在一块儿。我解决你们俩的纠纷，花了整整一晚上。郭胜利说，10 月 18 号？杜梅不是那天。杜梅被杀的日子他牢牢记得，是 11 月 3 号。陆行知插话说，10 月 18 号是柳梦被杀了，同一个凶手。

郭胜利好像坠入往事的雾里，眼前迷茫不清。然而雾气渐渐散去，他突然想明白了。一刹那，他的脸色突然煞白，好似心里的什么支柱倒塌了，一直顶着他生命的那口气泄掉了，人也迅速矮下去，蹲在了地上。陆行知说，你为什么认定白小伟是凶手？郭胜利勾着头没有反应，只听见他喉咙里嘶嘶作响。陆行知碰碰他，郭胜利身子一歪，倒了。

陆行知和卫峥嵘把晕倒的郭胜利送到医院，全面检查后说是高血压加上心力衰竭，受了打击一下没顶住。医生开了条子，让先住院两周，有待观察。郭胜利在病床上昏迷着，鼻子里插着管，看起来更像是个衰弱的老头了。

陆行知询问医生的意见，估计郭胜利什么时候能醒？医生说，别这么问，哪个医生也不敢给你断个时间。你们是警察，我尽量有话直说。他的身体状况，不乐观。这种时候，其实病人自身的生存欲望特别重要，看他有多想活了。有的能拼，就恢复得快，有的……也许就醒不过来了。他的家庭情况怎么样，有孩子吗？陆行知犹豫了两秒钟，慢慢摇了摇头。

出了医院，陆行知和卫峥嵘就在旁边的小苍蝇馆子里吃饭，一人一盘炒粉。墙上挂着电视机，播报着本地新闻。卫峥嵘说，当年郭胜利那些手下都开小摩托。陆行知说，那些人，我们一个一个都摸着呢，本地的都排过了。

卫峥嵘吃着粉看电视，在新闻里看见一个熟脸，忙示意陆行知。电视播放着一则本地社会新闻，“望江门大卖场”开张剪彩，手持剪刀的男人四十多岁，身着阿玛尼西装，戴着金丝边眼镜，一副商人气质，虽满面笑容，但眼神里透着不好惹。字幕上打着他的名字“董事长 曲振祥”，当年的细虫，现在竟然成了曲老板。卫峥嵘说，早看出来了，是个人物。明星企业家，陆行知笑笑说，当年外号叫什么，曲虫？说完自己也觉得不大好听，觉得自己兴许记错了。卫峥嵘纠正说，细虫，他姓曲。他的情况摸了吗？陆行知说，摸了，但水深，就能摸着的情况看……没什么情况。当年郭胜利满城抓流氓的时候，他就没上过街。

吃完了粉，陆行知和卫峥嵘走出小馆子。卫峥嵘看看表说，我得回去了，路上还能拉个活儿。陆行知笑笑，目送卫峥嵘上了出租车，开车远去。他转身走回医院，回到郭胜利的病房。

陆行知关上房门，拉了把椅子，坐在郭胜利床前。郭胜利昏迷如旧，病房内听得见轻微的喘气声在管子里嘶嘶作响。陆行知对着昏迷的郭胜利说，郭胜利，刀哥，不知道你能不能听见。你要能听见，就加把劲儿，提一口气，往有光亮的地方走，别往那黑处去。我知道，这世上可能没什么让你挂念的东西了，可还有事儿没了呢。陆行知顿了顿，放慢了语速说，没来得及跟你说，杀了杜梅的凶手又回来了，又杀了人，我们正在抓他。你知道的事儿，说不定能帮我们抓住他。为了杜梅，你也得拼一拼，你还得活，别让她白死，别让你这十几年的牢白坐，行吗？

陆行知停下了，似乎在期待郭胜利的反应。等了许久，才决定告诉他另一件事情。陆行知说，你说你不知道，其实我想你知道，杜梅 1994 年生了个孩子，是女孩儿。

陆行知凝视着郭胜利。但郭胜利依旧安安静静，没有一丝反应。床头的睡眠呼吸监测仪也读数平稳，偶有呼吸暂停，随即缓解，好像昭示着他在做一个深沉的梦。

4

有些梦是岁月的连接。在那个年深日久的梦里，年轻的郭胜利穿过大富豪洗浴城的厅堂走廊，脚步轻捷，和迎面而来的人打着招呼。他走到内部办公区，在一扇门前停下，透过门上的一块玻璃朝里看。里面是员工休息室，只有杜梅一个人在。她披着长头发，穿着长裙，身姿纤秀，正把换下的衣服搭在衣架上再挂进衣柜。郭胜利默默注视着她，目光温柔。突然，一个男人从门后走出，无声无息向杜梅靠近。郭胜利大惊，转了一把门锁却发现打不开。他急忙敲玻璃想提醒杜梅，但杜梅像没听见似的，还在朝着衣柜，用发带绑头发。郭胜利使劲拍门，急得大声吼叫，但杜梅却头也不回，听而不闻，任那个男人的背影靠近着。郭胜利心急如焚，拍门的动作更大，震得他手疼。只见男人走到了杜梅身后，举起一把榔头，猛地敲了下去。

郭胜利在办公室沙发上醒了过来。他恍惚地盯着天花板看了一会儿，手指在眼角抹了抹，抹去了一滴泪。

1997 年 12 月底，专案组办公室墙上的白布单地图旁边又加了一块布单，排查范围扩大了。幻灯机照着，陆行知和老杜在新布单上画街道图。老杜边画边跟陆行知聊，问他，听说你爱人是英语专家？陆行知笑笑说，不算专家，是英文翻译。老杜说，那还不是专家！对了，能不能求你爱人帮个忙？我闺女今年高三，英语上想再加把劲儿，你爱人哪天有空，能不能指点指点她？带着宁宁上我家去，我爱人看孩子，管饭！陆行知痛快地答应了。

卫峥嵘急匆匆走进来，问坐在奔腾 486 跟前的朱刑警，白小伟老家那边回话了吗？朱刑警正在玩电脑游戏，机枪扫射着小飞机，说，没呢，咱能量小，要不让领导催催？卫峥嵘从郭胜利那儿回来，就给白小伟老家所在地的兄弟单位去了电话，问白小伟的情况，是不是犯过强奸案。那边听了很重视，答应调查了马上回话。

霍大队突然在门口出现，先招呼陆行知和老杜说，哎先别画了。朱刑警眼疾手快关了电脑。霍大队又转向卫峥嵘，用商量的口气说，明天市局来听工作汇报，省厅也来人，这大会议室腾一下？卫峥嵘说，腾不了。霍大队环顾四周说，总得有个地方开会，你看这……不好看。卫峥嵘说，搞什么形式主义，小会议室不能用？霍大队说，坐不开嘛，再说，你当初说的可是两周啊。卫峥嵘被触到了痛处，炸了，语无伦次地说，我说两周了吗？说了吗？……说了，行！我他妈吹牛了，我能力差，水平低！不干了行不行？你赶紧撤我的职，我现在就回家躺着去！卫峥嵘夺门而去，把霍大队晾那儿了。霍大队摇着头也踱出去了。在场的人面面相觑。

电话铃响，朱刑警抓起听筒，接电话说，孙大妈您好……他回来了？……行，谢谢您老，您就是我们的千里眼……放心，交给我们办！朱刑警放下电话说，黑虎巷的于海强露头了。老杜放下笔，拍拍手整整衣服说，摘他去。陆行知问，于海强是干什么的？老杜说，流氓惯犯，我们大排查一开始就躲了。陆行知自告奋勇也要去，朱刑警说，不用，你守着大本营，我们俩抓他都抓熟了，手到擒来。

老杜和朱刑警去了黑虎巷。车停在路边，朱刑警和老杜下了车，拿上手铐和警棍朝巷子里走。巷子里黑乎乎的，只在巷子深处有一个昏暗的路灯。

冬天夜里凉，朱刑警缩着脖子说，咱们这儿也没出过老虎，叫什么黑虎巷？老杜地方掌故熟稔，给他解惑说，不是那个虎，是蝙蝠，北方有地方叫夜面虎。以前这巷子蝙蝠多，到晚上一群一群的。朱刑警皱着眉说，别唬我，我就恶心那玩意儿，老鼠它表弟似的。

他们走到一户人家跟前，家里黑着灯。朱刑警小声说，我抄后面去。老杜说，我去。说完他提着警棍，沿着一条三尺宽的窄巷，绕向后墙。后面也是条巷子，更黑，一个路灯都没有。老杜把住了后墙，听见朱刑警叫门的声音：于海强！开门！别装不在家，我都看见你了！

片刻，老杜听见院里有脚步声奔后墙而来，墙头冒出一个人，“腾”地跳到了地上。刚落地，老杜就把他按住了，这人要挣扎，老杜用老熟人的口气说，别动别动，海强，是我啊！别抵抗，乖乖的，省得上铐子。

老杜把这人提溜起来，喊，老朱，过来吧！突然，他觉得不大对劲，听到巷子里响起了汽车声。这车没开车灯，听起来车速飞快，向着老杜两人就撞过来了。老杜来不及躲，使劲把于海强一推，一股强烈的冲击让他离开了地面。

霍大队、卫峥嵘和陆行知都得到了老杜入院的消息，他们心急火燎地赶到了医院。到了手术室门前，看到朱刑警在那不停地原地兜圈子。霍大队把他拉住，问，怎么样了？朱刑警说，不知道，抢救呢！霍大队问，看清什么车了吗？朱刑警说，没看见，我赶到那儿车早没影了，就老杜趴在地上，胳膊腿都是软的……朱刑警说着要掉泪，别过脸又要兜圈子。卫峥嵘问，于海强呢？朱刑警说，跑了！突然他甩开霍大队的手，迎上两个走过来的人，是老杜的爱人和他女儿。朱刑警拉住老杜爱人的手说，嫂子，你骂我、打我吧，我没看好老杜。朱刑警哽咽了，杜嫂子脸色顿时煞白。霍大队赶紧上去拉开朱刑警，给杜家母女宽心说，没事儿，正在手术！老杜这身体，准没事儿！他低声交代卫峥嵘，你先带他回队里，别当着人家母女俩哭哭啼啼。然后又对陆行知说，小陆，咱俩留下。

朱刑警在手术室门外也待不住了，心里的大石头压得他喘不过气。他千叮咛万嘱咐，老杜一醒来马上呼他，就跟着卫峥嵘回了警队。

到了分局院里，卫峥嵘和朱刑警下了车，往大队楼门走。朱刑警本来低头耷脑的，突然瞟见楼门边蹲着一个人。他立刻像狼见了兔子似的，箭一般飞扑过去。上去先是一脚，把这人踢翻了，接着又是一通连环踹。卫峥嵘赶紧赶上来把他拦住，在分局院儿里公然打人，让领导看见了就是大事儿。被朱刑警暴打的这人就是跑掉的于海强。于海强期期艾艾地问，杜公安怎么样了？

他们揪着于海强上了楼，关进队里审讯室。卫峥嵘主审，朱刑警在一边气哼哼地坐着，卫峥嵘还得时刻提防着他上来打人。于海强悔恨交加地坦白说，我跑到半路就想，要不是杜公安推我一把，我也得报废了，我不能跑啊，那我还是人吗？卫峥嵘问他，什么车，看清了吗？于海强说，小轿车。卫峥嵘说，什么牌儿！于海强说，车牌号？没看清，天太黑，就看见有个 8。都他妈废话，朱刑警起身就要动手。于海强赶紧补充说，车屁股上有个标志，就是那个……朱刑警吼道，什么标志？于海强比画了几下也说不清，只好说，有笔吗，我给你画。卫峥嵘给他拿来纸笔，于海强在纸上画了几笔，两个人围着看，却看不出是个什么东西。朱刑警又想揍他，卫峥嵘好像看出什么，拿过纸笔，自己画了一个给于海强看，于海强看了连连点头。

朱刑警看去，卫峥嵘画的是个皇冠。郭胜利的座驾就是丰田皇冠，这种情况下，不会有别人了。

他们把于海强关押了便去找郭胜利。一路飞驰到大富豪洗浴城，卫峥嵘先跳下车，扫了一眼门前停车场郭胜利的专用车位，那辆丰田皇冠不在。

大早上的，洗浴城夜场刚歇，还没开始今天的营业。朱刑警和卫峥嵘大踏步往里闯，有伙计迎上来，都被他们一把推开。朱刑警一马当先，逢人便骂，都滚一边儿去！

他们一路闯到郭胜利办公室门口，迎面碰上细虫曲振祥。曲振祥头上贴了块纱布，似乎受了伤，跟卫峥嵘说，找刀哥？他不在。卫峥嵘把他一把推开，开门就进，但办公室里真没人。卫峥嵘和朱刑警里里外外飞快搜查了一遍，曲振祥站在门口看着他们搜。卫峥嵘问他，郭胜利呢？曲振祥说，不在。朱刑警追问，去哪儿了？曲振祥脸上现出讶异的表情，说，你们不知道？不是天天上街帮你们找人吗？朱刑警指着曲振祥的鼻子吼，少跟我装！曲振祥却很镇静，面不改色地说，我真的不知道。

这儿没逮着郭胜利，他们马上又去了郭胜利家。为了防止曲振祥通风报信，他们把他也带上了。穿过洗浴城的走廊厅堂一路向外走时，他们发现气氛好像有点儿不对，马仔们没头苍蝇似的到处乱跑，有人抄了家伙跑向门口，还有人往回跑去抄家伙。卫峥嵘和朱刑警警惕起来，走到大门口，看到门里一堆马仔，也不露头，都拿着家伙朝外看。卫峥嵘冲着人堆儿吼了一声，干什么？马仔们回头，认出是警察，给他们让出一条路。

卫峥嵘和朱刑警在人群中蹚出洗浴中心大门，吓了一跳。大门外，围着更多的人，都拿着家伙，呈扇面形站位，把大富豪门口围了个水泄不通。对方领头的一位，提着根钢管，身上大片大片的血迹。卫峥嵘认识他，对朱刑警说，白小伟的人，你跟队里打个招呼，多调些人来。

朱刑警去打电话，卫峥嵘独自出了门，走上前去迎上对面领头的，大声说，李铁头，你们干什么？白小伟呢？李铁头认出卫峥嵘，没想到对方阵营里还有个警察，汹汹的气势收了些。卫峥嵘又说，现在严打，别往枪口上撞。背后几十个小弟看着，李铁头觉得不能露怯，强撑着气势说，我们找郭胜利。卫峥嵘说，找他干吗？你叫白小伟来，有话跟我说。李铁头有点儿激动了，嚷嚷道，我哥来不了。卫峥嵘看着他身上的血迹，这位又不像受了伤，问，身上是血吗？谁的？李铁头更激动了，气急败坏地喊道，我哥的，郭胜利把我哥砍了！

卫峥嵘一愣，没想到局势复杂了。

眼看江北区南市街就要发生大规模群体械斗的时候，陆行知和霍大队还在医院里，陪着杜家母女，等着老杜从手术室出来。杜家母女气质质朴，一看跟老杜就是一家人。陆行知端来两杯热水，递给杜嫂子一杯，霍大队一杯。霍大队摆手说，给慧慧吧。

陆行知把水递给老杜的女儿慧慧。慧慧正趴在医院的椅子上，在印有“南都市第二医院”抬头的稿纸上写着什么。陆行知看着她，写的好像是英文。慧慧觉察到了他的目光，回头看陆行知，笑了一下说，作业，不写我爸醒了要唠叨的。

陆行知有些意外，慧慧好像从来没想过他爸现在多危险，能不能出手术室，能不能醒过来，好像手术室的门一开，老杜就会笑呵呵地站在他们面前，检查女儿的作业。他突然希望自己也有个这样的女儿。

5

郭胜利持续昏迷，陆行知只好耐心等待。十几年前郭胜利为什么认定白小伟是真凶，这个秘密还被掩埋在沉睡中。

这段时间，对马成群提供的猫头鹰面具，专案组也做了相关调查。当年本市生产玩具面具的厂家、销售类似产品的商家都没人记得这个样子的东西。霍局听了陆行知的汇报，见识了面具的模样，也觉得凶相，不像小孩的玩意，1997 年中国也没流行什么化装舞会、万圣节之类，这东西没有什么市场。陆行知说，如果马成群说的鸟面人是真的，那面具只能是他自己做的了。

情况大致说完，面具这条线索基本又荒了。陆行知起身要走，霍局从抽屉里拿出一张纸，说，等等，这个捎走。陆行知拿起一看，是一张返聘人员登记表。霍局说，让老卫填好签字，我才能从财政拨钱啊。陆行知挺诧异，霍局怎么知道老卫参与了？他转头看了赵正明一眼。赵正明赶紧撇清，我没说啊！霍局装模作样地叹了口气说，虽然我业务水平比不上你，但也是三十多年的老侦查员，不能这么小看我吧。说着他手指敲敲工作报告，没提老卫的名儿，只说我都闻见他的味儿了。陆行知把登记表放下，说，老卫明说了，不要这个。霍局说，胡说，老卫五十了吧，他儿子该考大学了，不用钱？陆行知想了想，把表格叠好装进衣兜，说，我找机会跟他说。霍局问，老卫身体怎么样？还硬实吗？陆行知知道他担心什么，说，他戒酒了。霍局诧异得很，“哟呵”了一声，想象着老卫戒酒的样子。

陆行知接到医院电话，郭胜利醒了。他和赵正明叫上了卫峥嵘，奔赴医院。郭胜利虽然醒了，但气色不好，说话无力，见了他们就问，白小伟真不是凶手？看来他睡着也在琢磨这个事儿。卫峥嵘说，不是。郭胜利咬了咬牙，似乎心又疼起来。卫峥嵘端了杯水，凑到床前喂他喝，看见他胸口敞开的病号服下面，遍布纵横交错的条形伤疤。卫峥嵘认得出来，是刀伤。郭胜利有话要说，但气息跟不上，有些着急。卫峥嵘说，别急，慢慢说。郭胜利苦笑一下，说，没想到他会骗我。卫峥嵘问，白小伟？郭胜利摇头，他说的不是白小伟，是曲振祥。

那天晚上，郭胜利躺在大富豪的办公室沙发上，盯着天花板出神的时候，曲振祥悄无声息地进来，叫了声大哥。郭胜利起身，看见曲振祥神色慌张，额头破了个口子，说有事要讲。郭胜利让他说，曲振祥就说，我知道，您心里怪我白天不上街，其实我天天晚上开车在外面转。郭胜利倒是没想到，问他在外面转什么。曲振祥说，找人，找杀杜梅的人。他顿了顿说，我可能找着了。

郭胜利精神一振。曲振祥说，今天晚上我转到黑虎巷那一片儿，看见一个人，正摆弄一个妞儿，都扒光了。我就悄悄上去，本来想先捅他一刀，但还没到跟前，他就发现我了。他先砸了我一砖，我回扎了他一下，他就跑了。我后来开车追他，但没追上。郭胜利忙问，看见脸了吗？曲振祥说，看见了，但是我不知道看得真不真，我把那妞儿也带来了。

他招招手，郭胜利才看见门边站着个姑娘，衣服被撕烂了几处，抱着胳膊，抖抖索索的，眼神也有些发直，像是吓着了，还没缓过神。郭胜利恍惚觉得，她的样子居然有些像杜梅。曲振祥又说，我觉得，那人像白小伟。

郭胜利一愣，心里盘算着这事儿的可能性。曲振祥提醒说，您不是有白小伟的照片吗，让她认认？郭胜利站起，从桌子抽屉里找出一张照片给姑娘看。打过交道、有过仇怨的，他都留着照片。姑娘看了，呆呆地点了点头。曲振祥说，我没追上，他朝石门路那边跑了，白小伟在那儿不有个场子吗。郭胜利问，你扎他哪儿了？曲振祥回忆着，胳膊比画了两下，好像在想象当时的打斗过程，最后指指自己左小臂说，在这儿扎了他一刀。

郭胜利点点头，眼中突然有了杀气，指着姑娘跟曲振祥说，带她去歇着，好好照顾。说完他打开衣柜穿上外套，把钢铲从刀鞘里拔出来看看，又插回去，别到了腰里。曲振祥凑近了，满脸沮丧地说，大哥，还有个事儿。我开车追他的时候，撞着人了，开的是您的车。郭胜利动作停顿了一下。曲振祥又说，撞的是个警察。郭胜利脑袋“嗡”了一声，听见曲振祥哀求说，大哥，还是把白小伟交给警察吧，还能将功抵罪。郭胜利定下心神，拍拍曲振祥的肩膀，说，你不用管。你已经帮了我的大忙，我不会让你有事儿，车钥匙给我。曲振祥掏出丰田皇冠的车钥匙递给郭胜利，拉着他的胳膊不让走，说，大哥，咱再商量商量吧。郭胜利拿开他的手，把黑色外套的衣扣一一扣好，说，我出去一下，大富豪有你在，我放心。

郭胜利出了大富豪，开着丰田皇冠去了石门路。石门路可以看作是平房区和城区的分界线。一边楼房，一边砖房，一边亮，一边黑。平房破旧不堪，墙上几米一个“拆”字。楼房的这一边也不新，都是二十世纪八十年代的建筑。路的尽头是一座明代古塔，在夜色中伫立着。郭胜利停下丰田皇冠，朝路边一栋临街小楼走去。

这栋苏式小楼有四层，是水泥混凝土结构，有着灰黄的表面和红色的木窗。楼上有个小商贸公司，经营烟酒批发、皮革订货、灯具厨具等。一楼是个歌舞厅，窗户都用遮光窗帘挡上了。入口处上几级台阶，有个对开门，门头上写着“望江门歌舞厅”，用小灯泡围了一圈，没有大红大绿的霓虹灯，挺低调，这里走的是 VIP 路线，平时来的都是熟客。

郭胜利一推门，音乐声扑面而来。他穿过门口的小门厅，长驱直入。门口守着俩马仔，郭胜利在他们面前一晃而过，俩人没看真切，只觉得这人脸熟。一个说，有点儿像那谁呢。另一个说，不可能吧，他一个人敢来这儿？他们抬腿往里走，想找到刚才那人，但里面灯光昏暗，一个旋转水晶球吊在天花板正中，发射出密集的光斑，舞池里一堆人正张牙舞爪，根本看不清人。两人小声商议了一下，决定分开往两个方向绕过去找。

郭胜利穿过跳舞的人群，挨个包厢寻找着。包厢围着舞池，有大有小，小的像火车卡座，大的三条沙发围成 C 字，能坐七八个人。场子里不时有马仔跟郭胜利打个对脸，头一眼也都不敢认，反应片刻，才疑神疑鬼地跟上他想辨个究竟。郭胜利在前面走，后面跟着的人越来越多。

一个大包厢里，郭胜利看见了白小伟，正抱着个女孩亲，亲得热火朝天。他渐渐把女孩压在沙发上，手在衣服上急切地摸索着到处找入口。郭胜利踏一步，一下把白小伟从女孩身上揪起来了。白小伟吼骂道，谁呀！看见是郭胜利，白小伟脸色一变。郭胜利看看女孩，又看看白小伟，说，今晚上火儿没撒出来吧。白小伟还有些难以置信，挺横地问，你他妈来干吗？郭胜利把钢铲掣出来了，锋刃寒光闪闪，吓得女孩尖叫一声，爬起来撒腿就跑。白小伟硬扛着叫骂，靠，行刺我？一边眼睛溜着找马仔。马仔们终于搞清楚了情况，哗啦啦围上来，有的拿刀，有的拿棍，有的抓着个烟灰缸，还有一个拿着麦克风，把包厢围个密不透风。李铁头叫道，放开我哥！郭胜利在白小伟头上晃晃钢铲，说，都别动啊。

马仔们紧紧盯着铲，跃跃欲试。白小伟只觉得头顶寒气下袭，生恐有不识相的笨蛋轻举妄动后郭胜利把自己脑袋当瓜切了，急赤白脸地喊，都先别动！又跟郭胜利嚷道，你他妈疯了？讲不讲规矩？郭胜利伸手把白小伟左臂的袖子捋起来，只见他小臂上缠了一圈绷带，隐约渗出血迹，跟曲振祥描述的位置完全符合。郭胜利笑了笑，说，我帮你泻泻火。话音刚落钢铲便朝白小伟两腿之间插下去了。

当年的事情大致如此。因为曲振祥的指认，郭胜利始终笃定地相信白小伟是杀害杜梅的凶手。他怀着大仇已报的信念坐了十几年牢，没有后悔过，现在才知道白小伟不是凶手。

郭胜利说完了，很疲惫，好像吐完了丝的蚕，望着卫峥嵘，想再最后确认一下，曲振祥告诉他的事儿是不是没有一句是真的。卫峥嵘说，有一点，他真撞了我们一名警察。郭胜利又想到了一个细节，问，白小伟胳膊上的伤呢？卫峥嵘说，我们后来调查过，喝多了碎酒瓶子划的。顿了顿，又补充说，不过白小伟在老家确实祸害过妇女，利用他家的势力逼受害人撤案，这不止一次。他这么说，是想给郭胜利一点安慰，他虽然报的不是杜梅的仇，也算除了一害。

从郭胜利的交代中，陆行知迅速抓出了一个重点，问他，曲振祥带回去那个女孩叫什么名字？郭胜利说，没问。陆行知说，长什么样还记得吗？郭胜利点头，说，有点儿像……杜梅。陆行知说，要是现在看见，你还能认出来吗？郭胜利迟疑着，又点点头，说有七八分把握。陆行知说，下午我派个人来，先画一幅她的模拟画像。郭胜利答应了。

郭胜利突然叫住陆行知，说，陆公安……赵正明扑哧笑了，说，陆公安，好怀旧的称呼，叫陆队吧。郭胜利改口说，陆队，杜梅有个孩子吧。陆行知一怔，说，是有一个。郭胜利轻声问，她现在在哪儿，您知道吗？这个问题陆行知没提防，但也许自从见到郭胜利，他的潜意识里早就想好了答案。跟郭胜利说，我知道。这孩子现在十六岁，生活得很好。如果你想见她的话，最好等到她十八岁成人了，你看行吗？郭胜利忙说，不不，我不是想见她，我不配见，我就是想知道她生活得好不好。您这么说，我就安心了。陆行知说，别这么想，好好休养，日子还长。警察们一出门，郭胜利就老泪纵横。

卫峥嵘、陆行知和赵正明沿着医院的林荫小道，往停车场走。卫峥嵘还琢磨着刚才陆行知的回答，他本不想问，还是没忍住，问陆行知，宁宁真是郭胜利的……？陆行知很快地回答说，郭胜利是 A 型血，宁宁是 B 型。卫峥嵘反应了一下，他还记得杜梅的血型，杜梅也是 A 型。宁宁不可能是郭胜利的女儿。陆行知说，让他有个想头吧。卫峥嵘明白，现在郭胜利的唯一支撑，大概就是这个孩子了。

赵正明没听明白，琢磨了会儿，凭他有限的生理学知识，好不容易才恍然大悟。不过他更关心另一个问题，刚才郭胜利没讲到。郭胜利砍了白小伟，那么多人，他怎么逃出来的？卫峥嵘笑笑说，郭胜利当年还真是个狠人，他跳窗户跑的。那个歌舞厅的包厢，就在窗户底下。

那个现场，卫峥嵘当天早上就去了。望江门歌舞厅那个包厢里的墙上有一扇木格子窗户，窗户玻璃碎了几块，一扇窗被撞得歪歪斜斜，郭胜利是在混战中破窗而出。包厢里，沙发上、茶几上、隔板墙的粉色壁纸上、绿色人造革地板上，血迹斑斑，纵横交错，像一幅波洛克风的画。沙发上遍布刀痕，绽出衬里和海绵。茶几也伤痕累累，除了斫痕，还有钝器砸的坑。法医老吕一边看，一边连声啧啧，转圈指着到处散落的血迹说，看看，什么类型都有了，喷溅型的，甩落型的，滴落型的，擦拭型的，真齐全，叫几个学生来都能上堂课。

现在卫峥嵘想起那个惨烈景象，还觉得不可思议，揣摩着要是自己在那种情况下，能不能顺利突围。赵正明也想象不出那个场面，不过瘾地问，那么多人没追上他？卫峥嵘说，就没几个追的。那些混混，没经过这个，郭胜利一跑，受伤重的赶紧去医院缝针了，受伤轻的着急上碘酒呢。

追捕郭胜利，还是警察的事儿。郭胜利伤人出逃的消息一出，刑侦大队就进入了战斗模式。不光江北区，全市的警察都出动了，协查通报也立即发到了全省各市。

卫峥嵘没出去抓人，而是在专案组等着。他站在窗前，就看见院子里警车一辆一辆拉着警笛飞驰而去。霍大队急匆匆跑进来，焦头烂额地说，能跑哪儿去？他要跑出了南都，咱这人就丢大了！卫峥嵘却不着急，说，跑不远，他这一身伤，不找地方包扎就得死路上了。霍大队说，抓不着他，对不起老杜！

很快有了消息，有人打110，说看见郭胜利的车了。确定了是准信儿，卫峥嵘马上下了楼，跳上车，直奔目标地点。

这是拆迁已经接近尾声的一片城中村，残垣断壁，瓦砾遍地。一栋二层小楼前停着那辆丰田皇冠，楼房是居民自盖的，二楼楼顶都没了，只剩几面墙壁空落落地立着。

数十辆警车和上百名警察把楼团团围住，江北大队负责抓捕。朱刑警看看楼前的丰田皇冠，车头上有撞击痕迹。朱刑警心疼发作，大骂了一句，横眉怒目就要往楼里冲，卫峥嵘拉住他，说，我去吧，我能说服他。朱刑警不答应，也不听命令，拧着头要闯。霍大队叫人把他抱住，怕他鲁莽坏了事儿，示意卫峥嵘去。

卫峥嵘走到楼前，只见锈迹斑斑的铁门关着。卫峥嵘说，郭胜利，出来吧。没人应声。卫峥嵘知道郭胜利最怕听什么，特意加重了语气说，畏罪潜逃，不是你的风格吧。这话果然戳到点子上，铁门开了。郭胜利站在门口，表情平静，伸手一个个扣好外套的扣子，里面的衬衣被他撕成了绷带，一条条缠在身上。外套裂了数条口子，因为是黑色布料，血迹并不显眼。卫峥嵘说，别硬撑了，走吧，缝针上药去。郭胜利笑笑说，别急。扣好扣子，他突然从身后拔出钢铲。在场的警察都动了起来，准备拿人或者直接击毙。

卫峥嵘赶紧扬了扬手，让后方别动。郭胜利伸出左手，铲刃卡到无名指根，抬膝盖猛地一磕。卫峥嵘冲了上去，还是晚了一步，指头已经掉了。卫峥嵘轻而易举就把钢铲夺了，刚才那一下，是郭胜利最后一点力气。卫峥嵘抬手把钢铲扔了，气得骂道，你他妈傻呀！郭胜利脸白得像纸，吸着冷气跟卫峥嵘说，该还的还是得还。

卫峥嵘抓着郭胜利一条胳膊走向警车，说是抓，但几乎是搀着他了。郭胜利回头看了一眼，说，1993、1994 年的时候，杜梅住过这儿。

听卫峥嵘讲了当年抓捕郭胜利的经过，赵正明不胜唏嘘，大概对自己没赶上那个场面深表遗憾。

他们经过林荫道边一处供病人歇脚的小亭子，正好里面没人，陆行知有话要说，示意他们进去坐会儿。坐好了，陆行知跟卫峥嵘说，咱们对对案情？我从曲振祥的角度，你从郭胜利的角度。卫峥嵘应了下来。两人略一思索，做好准备，一来一往地开始讨论。

陆行知说，曲振祥在郭胜利手下，算是秀才遇到兵，怀才不遇吧。所以，他想了个办法把郭胜利弄下去，顺便把白小伟这个竞争对手也拿下了。

卫峥嵘说，正好郭胜利知道了杜梅的事儿，一心想抓凶手报仇。

陆行知说，曲振祥看见白小伟受了伤，觉得是个机会，便找来一个女孩假扮受害者，把凶手栽到白小伟头上。可他为什么要撞警察呢？

卫峥嵘说，郭胜利砍了白小伟，有几种下场：一、也被当场砍死；二、逃了，谁也抓不着。

陆行知说，要是他逃了那还是曲振祥一个心病，始终不踏实。

卫峥嵘说，还可能是三，被抓了。一审讯，问砍人动机，郭胜利可能说出白小伟是凶手。但证据呢？证据在曲振祥那儿。

陆行知说，曲振祥当然不愿意作证，但他了解郭胜利，讲义气，爱扛事，所以就先干一件事儿，让郭胜利能绝口不提他的名儿，还把责任都揽了。

卫峥嵘说，嗯，没有比干警察一下子更合适的了。

陆行知说，那个举报郭胜利的 110 电话，恐怕也是他打的。

两人同时停了话头，思考着刚才这一盘设想有没有什么不妥的地方。当年抓捕了郭胜利审讯他时，郭胜利一口咬定，他去砍白小伟的原因，是白小伟趁他那段时间忙，偷偷抢生意抢地盘。规矩是卫峥嵘上次协调时定好的，白小伟不守约定，背信弃义在先。听说白小伟没死，抢救回来了，郭胜利有些失望。问他在黑虎巷是不是撞了人，他也一口承认了。再问他大半夜的去黑虎巷干什么，郭胜利便不再回答，把铐着的双手往桌上一放，说别问了，该判多少年就判吧。朱刑警违反纪律，悄悄揍了他一顿，下的都是狠手，他也是硬挨，一声不吭。

两人都在心里整理了一道，觉得他们推测的八九不离十。还没交换结论，赵正明先替他们说了，所以是曲振祥设了一个大局，一箭双雕？陆行知看看他，说，小明，这个成语用得贴切，有进步了。

他们回到停车场，陆行知把车钥匙给了赵正明，说，你先回队里，我跟老卫说点事儿。赵正明也没多问，开车走了。

二人上了老卫的出租车，陆行知从兜里拿出那张返聘人员登记表，说，老霍给你的，填好签字发工资。卫峥嵘打开一看，有点儿诧异，老霍怎么知道的？陆行知说，我没说啊，他看报告自己猜出来的，老霍对你的存在很敏感嘛。卫峥嵘把登记表放下，说，不用了，谢谢老霍，我是自愿的。陆行知说，壮壮不是想考警校嘛，一年学费生活费少说也得两万吧，老霍还惦记着壮壮呢，别伤他的心。卫峥嵘想了想，把登记表叠好放进包里，说，等案子破了我就签字，该给我补多少我就要多少。陆行知看看他，知道再说没用。他又从兜里掏出个信封说，这些天的打车费，这你得收，不然跟嫂子怎么交差？卫峥嵘踌躇一下，不推了，任由陆行知把信封塞进他包里。

陆行知手机“嗡”了一声，是条短信。陆行知看了，皱皱眉说，送我去杨漫家吧，就我以前住的地方，杨漫找我有事。卫峥嵘从陆行知话里听出不对劲，问，杨漫家？陆行知才想起来，自己还没跟老卫提过他离婚的事儿，解释说，我俩离了，零四年，闺女周末跟我。卫峥嵘一脸惋惜，张了张嘴。陆行知说，别问了，有空再跟你说。说完他按下“空车”标志牌，开始计费。

路上，两人都没说话，但其实都在想曲振祥。曲振祥现在树大根深，当年郭胜利和白小伟的阵仗，曲振祥两年就全拿下了，还成立了振翔集团，进军各个暴利行业。他头脑灵活，广建人脉，所以屡战屡胜，现在的产业比当年翻了十倍也不止。卫峥嵘突然开口问，什么时候去会会他？陆行知心领神会地说，要动他，得先跟老霍通通气，别让老霍被动了。卫峥嵘点头说，咱们刚才说杜梅遇害后郭胜利报仇，曲振祥就是抓住机会设了个局。他顿了顿，揣摩着说，你说他是抓住了这个机会，还是主动制造了这个机会呢？这个问题陆行知当然也想到了，但在着手调查之前，谁都没有答案。

汽车上了高架桥，视野变得开阔，远处楼群耸立，一派新兴的都市气象。天色渐渐暗下来了。

6

1997年冬至那天，老杜醒了。

朱刑警、霍大队、卫峥嵘和陆行知都第一时间赶到了医院。朱刑警第一个冲进了病房，他两眼发红，嘴唇抖抖的。陆行知他们跟着进来，看见杜嫂子正在喂老杜喝汤，慧慧在病床边，趴在床头柜上写着作业。老杜看见他们，忍着疼勉强笑了笑。朱刑警结结巴巴地说，你……你……你可醒了你！老杜说，死不了，我还没看着慧慧上南大，闭不上眼。

大家都笑了，围着老杜一家说话谈天。警察们声音大，被护士进来打断了几次，让他们安静点儿。陆行知看见老杜忍着疼痛慢慢伸出手，摸摸女儿的头顶，说，坐直点儿，别近视了。作为父亲的老杜和作为刑警的老杜，气质似乎有着可见的不同，虽然都是慈眉善目的胖模样，但作为父亲的脸上特意隐去了警察的气息。警察是要面对黑暗，经常与猛兽搏斗的，他把这些拦在了身后，不给女儿看。望着这对父女，陆行知心里咯噔了一下。

陆行知回到家，发现丈母娘在，好像正跟杨漫吵嘴，两人脸色都不好。宁宁坐在电视机前看着《猫和老鼠》，注意力全被吸引住，不时咯咯笑。

杨母看见陆行知，立马走上来说，小陆，你回来了正好，我正跟杨漫说，你们这日子本来就过得凑凑合合的，给你们准备了新房也不住，又多个孩子，像什么样呢？现在福利院的条件都很好，国家统一管理，孩子吃不着苦。你们不用替政府分这个忧，要把自己日子过好了先，小陆你说是吧？陆行知支支吾吾答应着。杨漫更气，冷笑着说，妈，你说晚了，现在这个忧已经不是政府的了，我们已经正式收养宁宁了，对了，名儿都起好了，叫陆安宁。

陆行知吃了一惊。杨漫她妈脸都气白了，说，你说什么？这么大的事儿不跟我和你爸商量？杨漫说，你又不帮我养，我跟你商量什么，跟他商量就行了。

杨漫望着陆行知，陆行知也望着她。他们同时意识到，这句谎话就要变成真的了。他们居然有些兴奋，有些紧张，好像突然打开了一扇门，门外是什么，他们不知道，但是他们愿意走出去，带着那个小小的人儿。

鲁副局长气急，抓着陆行知问，小陆，是真的吗？是真的吗？陆行知说，我听杨漫的。

第五章　草莓娃娃

1

杨漫给陆安宁找了所幼儿园。她之前请教了心理专家，专家建议说还是要和同龄的孩子多接触，用阳光打退黑暗。杨漫到处打听幼儿园，条件好的入学门槛高，不接受中途插班，听说了陆安宁的身世，更是退避三舍，而且这学期快到期末了，就委婉地推说明年再看。杨漫没办法，只好托到父母头上。杨局长和鲁副局长虽然对杨漫不打招呼就收养孩子的做法持保留意见，但还是伸手帮了忙。正巧有一家幼儿园园长的儿子就在鲁副局长局里上班，这位园长热情地同意了接受陆安宁。

然而入学第一天，还没到中午，陆行知就被杨漫叫去了。陆行知跟卫峥嵘请了假，骑着自行车匆匆赶到。这家幼儿园果然比较正规，楼房齐整，院子干净，墙上还画着红花绿叶小动物。

陆行知进了教室，看见杨漫和女园长正哄着三岁的陆安宁。陆安宁一个人缩在墙角，紧紧抱着一个草莓形状的娃娃。园长循循善诱说，把娃娃交给老师好不好？陆安宁坚决地摇头，言简意赅地回答说，我的！

杨漫看见陆行知来了，苦笑了一下，悄悄和陆行知说，本来还行，可见了这个玩具她就抱着不撒手，还把一个小朋友打了。陆行知走过来跟陆安宁说，安宁，玩具是幼儿园的，还给老师，好吗？这时陆行知在她脸上看到了惊恐，好似意识到了抗拒没用，这个玩具终究要脱手而去了。陆安宁突然大哭起来，叫着，妈妈！我的！陆行知慌忙哄了好半天，陆安宁才止住泪，但又把玩具抱得更紧了。

陆行知跟杨漫商量，幼儿园恐怕暂时待不下去了，只好杨漫辛苦点儿。园长听说他们要走，暗暗松了口气，坚持把草莓娃娃送给了陆安宁。

杨漫和陆行知各自推着自行车往家走，陆安宁坐在杨漫车后座儿童座椅上，抱着草莓娃娃，脸上的泪痕还没干。杨漫琢磨着，陆安宁刚才叫的那声妈妈，应该不是叫她，她们还没亲到那个程度，只能是在叫杜梅。她悄声问陆行知，她以前有这么一个娃娃吗？陆行知回忆着，那次他和卫峥嵘进了杜梅家搜查，床上的几件玩具里没有这个草莓娃娃。

杨漫想到一个可能，问陆行知，会不会是……那天晚上，她带着这个样子的娃娃？陆行知一愣，马上会意了杨漫说的是哪天晚上。警察们把现场周围翻了个底朝天，也没见过这个样子的娃娃。然而看陆安宁抱着娃娃的样子，真有些像久别重逢。

2

卫峥嵘开着出租车把陆行知送到杨漫家时，天色还没全黑。就着最后一抹夕阳，卫峥嵘带着陆行知为什么离婚、曲振祥是不是杜梅案主谋的双重疑惑开车离去，准备抓紧时间再拉几个活儿。

杨漫早就在等陆行知了。陆行知一到，就打开笔记本电脑给他看。杨漫说，这几天安宁不大对劲儿，回家晚，我问她，她说在同学家写作业。我悄悄问了那个同学的妈妈，安宁根本没去过。杨漫打开电脑上一个监控软件，继续说，我电脑上安了这个绿色软件，她清理的历史记录，我还能看见。你看她搜了什么。陆行知看了一眼电脑，脸上像挨了一锤。陆安宁搜了“1997年南都市老城区连环杀人案”。

杨漫问，她那天去找你，到底看见什么了？陆行知想着那天的情形说，陆安宁那天走的时候，挺正常的。再说，她那时候还不到三岁，怎么会记得？杨漫说，母女连心，有些记忆，本来以为不记得了，不定因为什么契机，可能就想起来了。陆行知拧着眉头，焦虑渐渐包围上来。杨漫又问，什么时候能破案呢？陆行知沉默不语，极轻地摇了摇头。杨漫说，破案了，大家心里才都能有个了结。陆行知打断她说，我知道！他语气中有些隐怒，杨漫听出来了，叹了口气，说，咱们可能都没有她敏感，顿了顿又说，毕竟，这是杀了她妈妈的凶手。

陆行知脸色一变，穿上衣服头也不回地出了门。

第二天一早，陆行知就去找霍局。他进了霍局办公室就说，跟你说一声，我要查曲振祥。老霍正戴着老花镜看电脑，反应了片刻，摘下花镜说，曲振祥，理由呢？陆行知说，郭胜利交代了一些新情况，你回头看工作汇报吧。曲振祥背后要有什么大树，你先交个底，一竿子打下去不定惊着什么鸟儿。霍局不紧不慢地说，你别急，什么新情况？咱先开个会研究一下，看是不是有价值，当年曲振祥就从来没被列为重点嫌疑人嘛。陆行知不耐烦地说，有价值！你信不过我？哪里话，霍局又像个老游击队员一样，准备侧面出招，说，我是说策略问题，毕竟曲振祥在市里还是有些地位的，算个公众人物。咱们要打，也得讲究打法。这样，你打个报告，我跟市局研究一下。你先继续现在的调查方向……陆行知拍了下桌子截住老霍的话头，又开炮了，什么调查方向？现在已经穷途末路了，还有什么新的嫌疑人，你给我找一个？难道要等再发一个案子吗？

陆行知一开炮，老霍就哑火。陆行知又有点儿不忍，老霍这年纪，已经当爷爷了，自己不该这么呛他，就妥协说，半个小时后给你报告。

报告递上去，两天后老霍从市局带回批复，上头勉强同意了，但是必须注意方式方法。陆行知马上叫了卫峥嵘，一起去会会曲振祥。其实他当年跟曲振祥没打过照面，卫峥嵘更熟悉。但是陆行知去之前彻查了曲振祥的背景，把所有能找到的都翻出来了。

曲振祥他爸本来是水管厂工人，曲振祥两岁时，他爸受了工伤，人是救回来了，却再也走不了路了。他爸天天借酒浇愁，连着大喝了几年，赔偿金被他喝掉了一半，终于在曲振祥上小学前把自己喝死了。曲振祥他妈是个裁缝，性子急，手脚快，就靠一台缝纫机，一直把曲振祥供到考上大专，也很不放心地去世了。曲振祥个子小，脸又白，又没爸，从小到大没少挨人欺负，被欺负狠了他就逃学旷课，可学习成绩一直维持了班上前五。

读大专时，周围的人还拿他当棒槌。有天他突然奋起，跟人打了一架，虽然没给对方造成什么实质性伤害，自己还断了鼻梁骨，可还是受了处分，被写到了档案里。这件事导致他毕业后没什么好出路，又去了他爸工作过的水管厂当工人。大富豪修建时，去铺暖水管的工人里就有他。他在那儿结识了刀哥郭胜利，认了大哥，从水管厂辞了工作，之后就忠心耿耿跟着郭胜利干，主要是当智囊，打架他从不参加。算算他们俩已经兄弟六年了，没想到他会给郭胜利下这么个死套。可能读书时跟人打架造成的后果，让他明白了“劳心者治人，劳力者治于人”的道理。

陆行知坐着卫峥嵘的出租车，上了石门大街，也就是当年的石门路。当年的平房区已经不复存在，旧楼也都拆了重盖，平地拔高了。石门大街不再是新旧城区的分界线，而成了新城区的主干道之一。但街道尽头，古塔仍伫立着。

卫峥嵘开着车，听陆行知说，曲振祥从没结过婚，私生活很低调，连他有没有女朋友都无从查起，你看这说明什么问题？卫峥嵘说，自我保护工作做得好啊。陆行知从公文包里抽出一张女人的模拟画像，3D 合成的，细节逼真，这是根据郭胜利的描述搞的模拟画像，是曲振祥当年带回去的那个女孩儿，不知道跟他是什么关系。卫峥嵘看了一眼，很惊讶地问，画得这么好？市局老贾画的？陆行知说，是用电脑，专门的软件。卫峥嵘有些感慨，变化真大。他又问，现在法医科怎么样？陆行知这会儿心被占着，没揣摩出卫峥嵘问这个问题是因为想起了白晓芙，回答说，变化更大，南大那套东西都有了，设备齐全，更先进了。

陆行知提到南大，卫峥嵘心里颤了颤问，老吕退了吗？陆行知说，哪能退呢，现在是吕主任了。卫峥嵘有些惆怅，说，有点儿想这些老哥们儿了。陆行知说，那就见见呗。说着他突然伸手一指路边的地下停车场入口，喊道，右拐。

卫峥嵘赶忙打转向，开了进去。这是望江门大卖场的地下车库入口。卫峥嵘寻思着这个地理位置，说，这儿是不是……陆行知说，对，这就是当年郭胜利单刀赴会的望江门歌舞厅。

陆行知和卫峥嵘停好车，上了地下车库的电梯，陆行知按了顶楼。电梯里没其他人，卫峥嵘问陆行知，老霍有什么指示？陆行知说，了解情况为主，不要无据推定。我们是请人帮忙，不要审问。对了，王楠楠案发的那个家具市场，也是曲振祥的。当时老霍就拦下了，没调查他。卫峥嵘稍有些意外，说，老霍……是什么意思？陆行知摇了摇头。

到了顶楼，一出电梯就是振翔集团的金漆大 Logo，看来整个顶楼都是办公区。玻璃门后面就是前台，陆行知掏出证件说，找曲振祥。前台打了电话，过了会儿，来了个漂亮姑娘，自称曲董事长助理，带着他们二人往里走。

助理带他们穿过一条走廊，走廊两侧墙上挂满了金色相框的大照片，都是曲振祥与下属各个子公司成员们的合影。除了在中国的，还有设在外国的办事处，看来生意真做大了。卫峥嵘目光扫过一幅照片时，不由一顿。然而漂亮助理脚下不停，始终面带微笑望着他们，做着请的手势。卫峥嵘不便停留细看，只好走了过去。

一进办公室，曲振祥就笑着走上来迎接。他仍戴着金丝边眼镜，身上外着休闲夹克，里面是高尔夫 Polo 衫。曲振祥和陆行知先握了手，说，您好，是陆队吧。一转眼他看见了卫峥嵘，立刻认了出来，好朋友见面似的热情招呼，卫警官！卫峥嵘笑笑说，曲老板好记性。

办公室极宽大，屋内有一张整木雕刻的大桌子，地上铺着绛红色羊毛地毯，墙上挂了名人字画，八宝格上搁着青花瓷和一些非洲木雕，中西合璧，富贵逼人。办公室朝南一面均是落地大窗，擦得一尘不染，看出去有点一览众山小的意思。曲振祥说，本来我的办公室在中山桥，但还是这儿视野好，风水也好，就搬过来了。陆行知说，风水不见得吧，这儿原来的业主不就破产了嘛。他的语气里，带着点儿讥讽，曲振祥假装没听出来。

身后助理备好了茶就出去了。他们三人在沙发上落座。陆行知故意大咧咧地坐了主位，曲振祥也不介意，很有风度地说，二位来有什么指教？陆行知说，我们有个案子需要找你了解一下情况，感谢曲老板百忙之中，拨冗接待。曲振祥说，陆队客气了，只要帮得上忙，我知无不言。

陆行知明知故问，前段时间家具市场门前的命案，想必已经有人找你谈过话了？曲振祥微笑着，不置可否。陆行知接着说，现在案情有了新进展，不得不再叨扰叨扰。曲老板，你在生意上有什么仇家吗？曲振祥笑着说，我文明经商，遵纪守法，哪有什么仇家。卫峥嵘也笑了，用开玩笑的口吻说，就算有，也是螳臂当车，早被曲老板扫平了。曲振祥笑声更大了些，说，卫警官比当年幽默了。陆行知说，现在没有，十三年前，1997 年，有没有？曲振祥脸色有细微的变化，但还是带着笑容客客气气地说，我不是个树敌的人，我喜欢安定团结。说句自夸的话，十三年前，我为咱们江北的安定，还是做出了一点点贡献的，是不是？卫峥嵘和陆行知笑着点点头。卫峥嵘说，不是自夸，太谦虚了。

陆行知突然改换了话题，说，杜梅你记得吧，在大富豪干过。曲振祥不答反问，这个案子和1997年的案子有关吗？陆行知说，不知道，这不正在查嘛，说说杜梅吧。曲振祥稍一思索，说，她1993、1994年在大富豪，后来有了孩子，就走了。陆行知心里一惊，但没表现出来，没想到曲振祥居然知道孩子的事儿，于是顺势问他，谁的孩子？曲振祥说，她当时是刀哥的……算女朋友吧，但其实她喜欢别人，是个南大的老师，后来这人出国了，再没回来。提到刀哥，曲振祥的语气仍很尊敬。陆行知马上问，这个老师叫什么名字？曲振祥回忆着说，好像姓顾，你去南大肯定能查着，1994年出的国。

这些关于陆安宁身世的信息，陆行知第一次听到。他有些猝不及防，被打乱了节奏。卫峥嵘注意到陆行知的神色，接过了棒，问曲振祥，郭胜利知道孩子的事儿吗，知道是谁的吗？曲振祥说，知道，他一直以为是自己的。那时候，他根本不想知道孩子的存在，但到了现在这个年纪，想必会后悔吧。陆行知问，你后来见过郭胜利？曲振祥挺诧异，说没有啊，刀哥还在服刑吧。

陆行知点点头，从包里拿出了模拟画像，卫峥嵘没料到他这么快就进行到了这一步，想要阻拦，但没拦住，陆行知已经把画像给曲振祥看了，问他认不认识这个人。曲振祥面不改色，看着画像认了一认，说，抱歉，不认识。他又笑说，而且吧，我这人有点儿脸盲，范冰冰李冰冰都分不清楚。陆行知把画像收起，看看卫峥嵘，说，今天就先到这儿吧。卫峥嵘也被打乱了节奏，只好暂时收兵。曲振祥热情送客道，有事儿就来，我随时欢迎。

漂亮助理带陆行知和卫峥嵘原路返回，穿过墙上挂满照片的走廊时，卫峥嵘突然站住了，跺了跺脚，自言自语说，鞋里进了石子了？他走到一幅照片前，一手扶墙，一手脱下鞋子倒了倒。这个举动，让美女助理有些尴尬。

下到车库，卫峥嵘和陆行知上了出租车，关上车门，陆行知才说，对不起，刚才有点儿短路。我这么多年，第一次听到安宁另一种身世。我没问错什么话吧？卫峥嵘却没回答，说，趁我没忘，赶紧记一下，2003 年，澳大利亚墨尔本，振翔公司有个办事处，查一个叫唐玲的。陆行知不解。卫峥嵘说，模拟画像，刚才墙上的照片里有这个女的。陆行知才明白，卫峥嵘当着美女脱鞋倒石子是为了看墙上的照片。有张照片里，三五个人站在一栋楼前合影，其中有曲振祥，还有这个女人。照片下面注有“澳大利亚墨尔本办事处”字样，以及人名，这个女人站在左二，名字叫唐玲。

卫峥嵘发动汽车，又交代说，对了，最好找人保护一下郭胜利。陆行知点点头，还是有些心神不宁。

3

1997 年走到了终点站，新历年迎面而来，但春节不过，中国人都不觉得已经到了 1998 年。元旦也只是草草地一天假，很凑合，就当是个平常星期天过了。专案组大会议室墙上的白布单地图增加到了三个，扩大到了江北区之外。但案情却毫无进展，所有人都有些欺上身来的疲惫。

霍大队和朱刑警看着墙上的地图，脸上都有些怠倦。霍大队问，老杜怎么样了？朱刑警说，他能扛，过几天又是好汉一条。今天很奇怪，专案组就他们两人在，空得慌，安静得不正常。霍大队发现爱放炮仗的声源不在，问卫峥嵘去哪儿了？朱刑警说，刚白晓芙打了个电话，说有什么发现，他马不停蹄就去了。霍大队说，陆行知呢，跟着去了？朱刑警说，没有，老卫去见白晓芙怎么会带着他。朱刑警想了想，说，咱们是不是跟陆行知说一声他们的事儿，让他别老不知趣儿去当电灯泡？霍大队摆了摆手，摇头出去了。

卫峥嵘确实来了南大，以为白晓芙有了什么惊人的发现。白晓芙拿着分析报告，跟他解释说，杜梅和柳梦体表皮肤擦拭取样，都有痕量高分子烃类……她看看卫峥嵘，把后面的内容省略了，说简单讲，是一种润滑油。卫峥嵘想到了另一种润滑油，骂道，这变态玩意儿！白晓芙说，不是，是汽车和机械设备常用的润滑油。凶手作案的时候应该是戴手套的吧，那就是手套上转移到被害人体表的。

卫峥嵘挺失望，脸上还不能表露出来。白晓芙问他，这个线索有用吗？会不会是修车的？卫峥嵘笑笑说，有用也没用，面儿太广了，不一定是修车的。我汽车后备厢里就有手套，上面肯定就有油，哪个开车的没伺候过车？白晓芙说，不光汽车，摩托车、自行车机油成分也差不多。卫峥嵘说，那就更……后半句好心地没说。

白晓芙观察着卫峥嵘，说，你又喝酒了吧？卫峥嵘说，没有……昨晚上喝了点儿，还能闻见？卫峥嵘往后靠了靠，掩饰着扭过头哈了口气。白晓芙说，你脸色不好，上医院查查你的肝吧。卫峥嵘说，我没事儿，肝不好也是气的。

白晓芙从抽屉里拿出一瓶药，上面都是英文，递给他说，我同事从香港捎回来的，护肝。卫峥嵘接过来看看，又放下了，说，用不看，我从不吃药，咽不下去。白晓芙笑了，拧开瓶子，倒出一粒，又端上自己的茶杯，递给卫峥嵘说，我倒要看看你能不能咽下去。卫峥嵘看着白晓芙掌心里的药，又看看水杯。她的手纤秀小巧，掌心红润。卫峥嵘居然有些脸红了。

正要说话，陆行知突然大煞风景地进来了，一眼看见了卫峥嵘，有些意外。来之前，陆行知先去了法医科，找着法医老吕，问他杜梅案的物证里有没有一个毛绒玩具，红色的，像个草莓。陆行知比了比大小，老吕想了想说没有，又说记不清了，让他去南大找白晓芙。

看见陆行知，白晓芙飞快地把手收了回去，把药倒回瓶子里，说，小陆你好。卫峥嵘咳嗽了一声。陆行知好像觉察到了屋子里的气氛，一时也有些尴尬，赶紧交代此行目的，想看看杜梅案的物证里有没有一个玩具。白晓芙在架子上一排纸箱中找了找，说，玩具都在这儿，已经验过了，没有什么发现。陆行知在箱子里翻找，有小动物玩具、拨浪鼓、万花筒，都是从杜梅家拿的，其中没有草莓娃娃。

卫峥嵘没好气地问，找什么玩具？陆行知说，宁宁好像有一个草莓样子的娃娃，可能是她案发那天晚上带着的，不知道在哪儿。卫峥嵘和陆行知对视一眼，两人都想到，如果有这个玩具，很可能是凶手把它拿走了。

关于收养陆安宁的事情，杨漫父母决定，还是要郑重其事地开个会，谈一谈。会议召集人是鲁副局长，杨局长也列席了，双双驾临了陆行知和杨漫的筒子楼寒舍。四个人都进了卧室，门开了条缝，让宁宁在客厅里看动画片。

会议中，对于杨漫的执迷不悟，陆行知的消极抵抗，杨局长表情严肃，鲁副局长则已经有点儿气急败坏了。鲁副局长说，我问过了，收养手续现在还在办理当中，上次根本就是骗我！这个事儿，不行！说完她再次催促杨局长发言表态。杨局长发言说，这个事儿，要慎重。漫漫，你从小就任性、冲动，怪我们把你宠坏了。可收养一个孩子不是买个随身听，也不是养只猫，是一辈子的事儿，不能一冲动就做决定。杨漫说，我们很慎重，也做好一辈子的准备了，是吧陆行知？陆行知“嗯”了一声，不敢说话，就做杨漫的应声虫。

杨局长转向陆行知说，小陆，你不要事事听杨漫的，也要有你自己的想法和意见嘛。你们才成人多少年，走上社会多少年？自己还是孩子，了解做父母的责任吗？能成为合格的父母吗？陆行知支支吾吾。鲁副局长说，老杨，你说话能不能痛快点儿，又不是开思想动员会，还打算一二三四五吗？行还是不行，你下命令，他们敢不听！杨漫嘲笑她妈说，我看你这当父母的就不太合格，还想搞一言堂啊。她妈指着她额头骂道，你就是昏头了，让西方的小资产阶级自由化思想毒害了！你这是在中国，要顾及中国国情！收养孩子，是整个家庭的事儿，涉及现在和将来！不说别的，要是孩子她爸将来回来找她怎么办？杨漫说，她没爸。她妈说，怎么没有？那个犯法坐牢的不是？怎么能跟这种人扯上关系？杨漫瞪了一眼陆行知。陆行知赶忙跟丈母娘解释说，也不一定就是那个人。

好，不管是不是，杨漫她妈敛了敛火力，语重心长地说，你们想过没有，将来你们也会有自己的孩子，血缘关系在这儿，谁亲谁不亲？她会怎么想，心理会不会不平衡？杨漫干脆地顶撞道，谁说我们一定要有自己的孩子？我们没有传宗传代的使命感。有个孩子，爱她一辈子，就行了，干吗非得是自己生的？她妈气得说不出话。陆行知听了，突然有些踌躇、不确定了，他没做过这个思想准备。杨局长看出来了，便跟杨漫讲，你这么想，是不负责任！你是别人的妻子，怎么能说这种话？就算小陆不敢反抗你，小陆还有父亲，你们问过他的意见吗？陆行知看看杨漫，一时不知该摇头还是点头。

突然大家都安静了，宁宁不知什么时候站在了卧室门前，怯怯地望着他们。宁宁看着杨漫说，妈妈，你也不要我了吗？妈妈这个称呼，如轰雷掣电。杨漫愣了一下，泪夺目而出。

4

时近黄昏，16 岁的陆安宁倚着自行车，在职业培训中心的大门口路边等着，辨认着每一个走来的人。

终于，她看见了那个男孩，迎上去打了个招呼。男孩站住脚，认出了陆安宁，说，是你呀，今天杨老师没课吧。陆安宁说，我是找你呢。男孩说，有事儿吗？陆安宁说，你学计算机的，有笔记本电脑吗？男孩扶了扶背包，里头就有。陆安宁说，借我上上网行吗？男孩说，你怎么不去网吧？陆安宁说，去了，跑了好几个呢。听说这段时间管得严，必须查身份证，学生不让上。男孩“噢”了一声。陆安宁撇撇嘴说，就是我爸他们搞的了，草木皆兵的。男孩问她，你爸是干什么的？陆安宁说，警察。男孩笑了，说，那我借你用电脑，不是跟你爸对着干？陆安宁想了想，拧着脸说，对呀，跟我爸对着干怎么了？他跟杨老师离婚了，你难道听他的？男孩被陆安宁的逻辑搞得有点儿晕，说，行吧，就一会儿。

男孩领着陆安宁往夜校走，问她叫什么名字，陆安宁答了后反问，你呢？男孩说，叫我哥哥就行了。陆安宁说，叫叔叔吧！男孩笑着看了陆安宁一眼，说，我叫吴嘉。

他们找了间没人的教室，陆安宁用吴嘉的笔记本电脑上网，吴嘉在一旁看英文小说，是上次从杨漫家拿的那本《了不起的盖茨比》。陆安宁皱眉翻着网页，想找的东西还是没有。她干脆问吴嘉，你能进公安局的内部系统吗？吴嘉有些惊讶，说不能，我又不是黑客，你要找什么？陆安宁说，算了，不找什么。吴嘉说，你怎么不问你爸爸呢？陆安宁没有回答。吴嘉问，怎么了，出什么事了？他投来的目光温柔关切，整个人看上去干净自然，让人信任。陆安宁突然有了倾诉的欲望，说，你知道吗，其实我是他们收养的。

吴嘉睁大眼睛，把书放下了。

陆行知查了唐玲的资料，唐玲 2003 年去了澳洲，2004 年加入澳洲国籍，然后就什么信息都没了。陆行知判断，2004 年之后，唐玲就再也没回国。赵正明坐在电脑跟前说，要找她，恐怕得请国际刑警协助了。陆行知拍了他后脑勺一下，说，电影看多了吧。赵正明进一步推理道，她会不会被灭口了呢？陆行知说，别瞎猜了，你去医院看着郭胜利，看好了啊！对了，去领把枪。

赵正明领命而去，陆行知去找了霍局，表示还要继续深查曲振祥。霍局不大同意，说了上头的意思是适可而止。陆行知跟他掰扯了几句，问上面到底什么意思，霍局又不明说，陆行知就来了火气，两人又有要干起来的意思。

霍局把矛盾引到案情上，直截了当地问，这么说吧，1997 年的柳梦、杜梅，还有那个莫兰，你觉得曲振祥有没有作案可能？陆行知说，这不正在查吗？我主观判断他有，有用吗？霍局说，对呀，要有证据嘛。王楠楠就摆在家具市场大门口，要是他，这是什么动机，很难解释嘛。陆行知说，不查哪儿来的证据？怎么了解动机？你什么意思，为什么婆婆妈妈的不支持？有什么敏感的地方，你能不能说清楚？霍局说，我不是不支持，还是那句话，讲究策略和方式方法。他不是普通的嫌疑人，有头脑有势力，做事滴水不漏，你一个不谨慎，他跑到国外去了，怎么办？

陆行知有点儿窝火，老霍这套太极拳，老不正面接招，又突然回过来一下，打得还挺准。霍局又说，正面强攻不好打，侧面迂回行不行？除了曲振祥，还有没有别的值得跟进的线索了？陆行知一拍桌子说，你要有好招就自己上，把我撤了！说完他转身就走。霍局也有点儿憋气，嘀咕着，嘿，怎么有点儿像当年的老卫了？

陆行知虽然发了火，但还是听老霍的没去正面强攻，先侧面迂回，去查当年在大富豪上班的那些马仔，来推断案发当天曲振祥的行踪。那些当年的马仔们，都已不是“江湖中人”，猛地被扔到了社会上，又无一技之长，十几年过去，个个都是被生活捶打过的样子，没了当年的神气。

其实上一轮嫌疑人排查，已经把他们过了一遍。这次又被警察提审，他们还挺纳闷。陆行知说，这次的问题不一样。1997 年 10 月 18 号晚上，我们刑侦大队的卫峥嵘警官调解了郭胜利和白小伟的纠纷，那天晚上，曲振祥在哪儿？

听到曲振祥的名字，他们都感觉陌生，陆行知提醒他们是大富豪的二把手，他们才猛地反应过来，细虫！有人回忆说，那天晚上细虫应该也在，因为刀哥在哪儿，他就在哪儿。也有人说，细虫不喝酒，应该不在。一位现在是个收废品的马仔，被卫峥嵘认出来当年也在现场，说，97 年我在，但细虫在不在，我真不知道！他现在不是大老板了吗，你们怎么不问他去？然后便开始感慨人生道，大老板就是牛，您看我混的，唉，想当初都是社会人，到头来才明白，混的不是一个社会！陆行知问他怎么没跟着曲振祥继续干，否则现在不就是振翔集团的元老了吗？他叹了口气说，不是一路人。

马仔们审完，毫无结果，当天晚上曲振祥到底在哪儿也没有定论。陆行知没跟老霍打招呼，叫上卫峥嵘，决定对曲振祥来个突访。卫峥嵘说，老霍说了要慎重。陆行知说，已经够慎重了，又没请他上队里喝茶，去喝他两杯茶怎么了。卫峥嵘看看陆行知，看到他几乎藏不住的急躁，没说什么，发动了汽车。

路上陆行知突然问，你还记不记得，曲振祥上次跟咱们喝茶，用的是他自己专门的茶杯吗？卫峥嵘想了想说，不是，他倒是平易近人啊，大家用的都是一样的茶杯。

两人到了振翔集团，陆行知跟前台亮了一下证件，不等她通报，抬腿就往里进。前台认识这二位，不敢拦，急忙打电话。两人沿着走廊，熟门熟路到了曲振祥办公室时，曲振祥已经在门口迎接了。陆行知说，抱歉啊，来得急。曲振祥说，没事，我说了，随时欢迎。

他们仍在沙发上坐了，女助理麻利地上了茶后迅速退出关上门，训练有素，跟曲振祥当年的做派一个样。陆行知端起茶杯喝了口茶，说，曲老板是久经沙场的人，我就不绕弯子浪费时间了，4 月 29 日王楠楠案发那天晚上，您在干什么还记得吗？曲振祥说，记得，我在叠翠温泉酒店，就是以前的大富豪，跟几个客人吃饭吃到午夜十二点左右，然后就在酒店留宿了。陆行知说，十二点之后就是你一个人了？曲振祥笑了笑说，不是，如果需要的话，我可以提供这个人的信息。陆行知明白了，是女人，但他仍说需要。曲振祥说，那我得问一问，明天给你可以吗？陆行知同意后看了一眼卫峥嵘，该他问了。

卫峥嵘放下茶杯，杯子是陶瓷的，上面画着花鸟画。曲振祥面前的茶杯图案不同，但大概是一组套。卫峥嵘说，该回忆回忆当年咯，1997 年 10 月 18 号，我去调解郭胜利和白小伟的纠纷，还记得这事儿吧？曲振祥说，记得。卫峥嵘说，那天晚上我好像没看见你，你在干吗呢？曲振祥说，我一晚上都在大富豪。他说完有些讶异地笑了，怎么，你们不是怀疑我是杀人凶手吧？陆行知也笑，说，对我们警察来说，抓到凶手之前，要怀疑所有人，破案的过程就是排除的过程，这不正要排除你嘛。曲振祥故作惊讶地说，哎呀，那我得找个律师吧。卫峥嵘笑眯眯地回应说，可以呀，但是找了律师，就得上警队去聊了，没这儿视野好啊。陆行知跟着说，也没好茶喝。

三个人都笑起来，好像都在开玩笑。窗外，夕阳西下，光线正是好看的时候，让办公室地板上镀了一层金。

曲振祥不笑了，正色说，那天晚上，我就在大富豪，刀哥被您请去了，那么大的摊子得有人料理。人证您自己找吧，太多了，没有一百也有八十。陆行知问，杜梅被杀那天晚上呢？曲振祥一点不打磕地说，1997 年 11 月 3 号，对吧？我还能在哪儿，也在大富豪呗！大富豪没我在不行。

陆行知说，当年大富豪那些员工，就没有一个在振翔集团工作的？你还真不念旧。曲振祥说，做生意需要的是头脑，不是肌肉，肌肉太廉价了，随时可以替换嘛。他们一个高中毕业的都没有，数都算不清，电脑更别提了。干着干着，他们自己也不愿意留下。他们敬的是刀哥那样的人，我在他们眼里……陆行知立刻接上话说，还是细虫，对吧。曲振祥眼中闪过一丝恼怒，陆行知提起细虫就是为了把他激怒，希望他乱了阵脚，然而曲振祥马上大笑着解了嘲，还是铁板一块。

陆行知说，行了，该问的都问了，我们回去慢慢排除。他说完站起身，往外走时，手中的公文包扫到了曲振祥的茶杯，力度有点儿大，陶瓷茶杯飞了出去，飞出了羊毛地毯的范围，磕到大理石地板上，脆脆地摔成了碎片，茶水茶叶在地毯上洒了一路。

陆行知惊道，哎哟，对不住。他俯身要捡，曲振祥忙说，别动别动，有人收拾。陆行知直起身拉住曲振祥说，这杯子多少钱一个，我赔……不是古董吧？那可糟了。曲振祥说，哪里，就是市场里买的，不值钱。

两人说着话，卫峥嵘早站起来，抽了纸巾，利索地把陶瓷碎片一一捡起，倒进垃圾桶，念叨着，自己的烂摊子自己收拾嘛，不劳别人。

从曲振祥那儿出来，下到地库，两人上了出租车，关上车门，卫峥嵘从兜里掏出一块纸巾包好的瓷片，就是杯口位置，曲振祥沾过唇的那一块儿，他早看好了，刚才收拾的时候悄悄把这一块留在手心里，揣了兜。这是俩人来之前就商量好的。陆行知小心地把瓷片放进公文包。卫峥嵘说，有用吗？哪起案子都没留下 DNA。陆行知说，验了再说。

卫峥嵘开车驶出车库，上了大街，才慢慢说道，行知，我觉得你有点儿急了。陆行知沉默了会儿，说，我是为了安宁，她最近不大对劲儿，怕是当年的事儿又想起来了。卫峥嵘诧异了，她怎么了？陆行知说，现在还没事儿，我就怕有事儿。卫峥嵘点点头说，行知，破案就怕不冷静，欲速则不达，这一点你比我懂。陆行知说，这话老霍爱说。卫峥嵘说，老霍让你慎重，应该有他的道理。陆行知说，有道理他不说，不急死人吗。卫峥嵘沉吟着，斟字酌句地说，我也十几年没见他了，老霍会不会……陆行知斩钉截铁地否认，不会，老霍的腰板儿就没弯过。

两人思考着，种种可能性在脑子里闪过，似乎同时想到了什么，一同说了出来，曲振祥身上有别的案子，更大的案子。

杨漫觉得陆安宁话变少了。母女俩坐在桌边吃饭，电视开着，当了个有声有画的背景。陆安宁吃得安静，不像平时总会叽叽喳喳的。

电视里放的是个民国年代言情剧，却画风突转。画面中一个穿旗袍的女人深夜在街巷独行，一个压低礼帽的男人跟着她。女人越走越快，男人也越跟越快。男人的大衣下面，露出一把刀……杨漫眼疾手快拿起遥控器把电视关了，关完才想起需要个理由，无奈之中只好说了几句套话，真难看，什么审美，误导青少年等。陆安宁似乎并不在意。

陆安宁低头吃了一会儿，突然说，妈，你跟我爸离婚，是因为我吗？杨漫吃了一惊，强笑着说，话题跳跃性不要这么强好吗，老妈跟不上。陆安宁不依不饶，坚持问，是因为我吗？杨漫说，你们小孩儿，怎么老觉得世界都是围着你们转的呢？当然不是了。陆安宁说，那因为什么？我看你们现在挺好的啊，也没吵过架，就像好朋友，为什么要离婚？杨漫说，就像你姥姥说的，你妈我被西方小资产阶级思想毒害了，喜欢自由自在呗。不说了，我得赶紧吃，晚上还有课呢，你洗碗啊。陆安宁安静地望着杨漫，说，妈，你后悔过吗，收养我？杨漫把筷子放下了，接住了女儿的目光，说，安宁，收养还是亲生，都是一样的，你是我的女儿，是陆行知的女儿，我们从来没后悔过。

5

1998 年初，“10・18”系列杀人案的侦破工作完全陷入了僵局，所有的努力似乎都是在原地打转。陆行知也没有找到草莓娃娃。专案组里没人提起即将到来的春节，对重案在身的警察们来说，那不是个喜庆的日子，常常是个冷冰冰的期限。他们排查了巨量的嫌疑人，结果却毫无所获。时间越长，局里队里的压力就越大，卫峥嵘作为专案组主要责任人，越来越焦头烂额。这段时间卫峥嵘像个爆竹，一点就爆。身边的人如履薄冰，恐怕一不小心点了捻子。

排查工作循环往复，日益繁重，刚刚参加工作的实习刑警也天天上街。一个年轻小刑警上交的工作报告马虎了点儿，被卫峥嵘指着鼻子骂。从字迹骂起——你这写的什么东西，是中国字吗？小学毕业了没有，把你们语文老师的脸都丢光了！他骂着把报告扔到小刑警身上，重写！小刑警大气不敢出，捡起报告要走。卫峥嵘又说，回来！他还没骂过瘾——你以为光字儿写得难看吗？这还是小问题！嫌疑人三个人证，怎么只核实了两个？小刑警慌忙说，第三个人证去外地了，手机不在服务区，我马上打电话。小刑警看看卫峥嵘，想走不敢走。卫峥嵘说，熄火了吗？我给你发动发动？卫峥嵘抬起脚作势要踢。小刑警拔腿就跑。

陆行知和朱刑警坐在一旁，背着身儿听老卫训人，面面相觑。朱刑警长叹一声说，说句难听的，现在除了发个新案子，很难有突破了。他说完就后悔了，连声呸呸。

卫峥嵘骂完，突然风风火火往外走，出了门又叫了陆行知。陆行知担忧地看看朱刑警。朱刑警说，肯定又是去现场。

一有空，卫峥嵘就往现场跑。柳梦和杜梅被发现的那两间平房，他反复地勘察，恨不能把墙拆了，一块砖一块砖地审问。先去了柳梦案现场，卫峥嵘蹲在房间地上，目光像探照灯似的一寸一寸扫视每个角落，寻找可能遗漏的蛛丝马迹。

这回终于有了新发现，或者说是新的灵感。卫峥嵘看见墙角有个残破的蜘蛛网，问陆行知，这个蜘蛛网一直在这儿吗？陆行知不记得了，说，得对比一下现场照片。卫峥嵘之意不在蜘蛛网，在乎的是蜘蛛网里的内容。他指着蜘蛛网说，这是不是只蚊子？陆行知看了看网里的昆虫尸体，不敢确定。卫峥嵘说，装起来。陆行知依言拿出一个物证袋，问卫峥嵘装蜘蛛网还是装蚊子。卫峥嵘说，废话！我要蜘蛛网有什么用？万一蚊子咬了凶手呢？血型就有了！

陆行知这才明白卫峥嵘的清奇思路，他看看卫峥嵘，只见他一脸疲惫，眼睛放光，好像有点儿魔怔。陆行知提醒他说，案发已经是秋天了，恐怕……卫峥嵘说，秋天的蚊子咬人更狠！装！

离开柳梦案现场，又往杜梅案现场奔。刚走到巷口，卫峥嵘就炸了。几辆推土机正在工作，这条街巷眼看就要被推平了，发现杜梅尸体那间房子已经变成废墟了。卫峥嵘冲过去，登上推土机驾驶室，把钥匙拔了，冲着司机吼道，谁让你们推的？这是命案现场！司机还以为来了个疯子，赶紧从驾驶室逃了出去，怕被打。

卫峥嵘看着一地瓦砾，鼻子都气歪了，质问说，谁让你们推的？把你们负责人叫来！司机们莫名其妙，有人问同行的陆行知，这人是谁，哪儿跑出来的？陆行知很尴尬，给他们看了警察证，走上去扯扯卫峥嵘，悄声说，师傅，这个现场已经释放了。法医吕师傅、霍队和分局领导都签了字的。卫峥嵘说，混蛋！陆行知又说，你也签了。

卫峥嵘一口气憋回去了，使劲回想着自己是不是签过这个字。陆行知仿佛看见了一个气球渐渐胀大，随时要爆。诺基亚手机铃声突然响起，声音是从卫峥嵘兜里发出来的。卫峥嵘掏出手机，看了一眼，气儿突然泄了，对陆行知说，你回队里吧，我去一趟南大。看来来电的是白晓芙。

卫峥嵘拿上装着蚊子尸体的物证袋去了南大。陆行知自己回到队里，霍大队也在，正跟朱刑警说话，看见陆行知，往他身后瞅了瞅，问，自己回来了？老卫呢？陆行知说，去南大白老师那儿了。

霍大队和朱刑警对视一眼，心照不宣似的。霍大队说，这段时间老卫没少拿你当出气筒吧，别在意，老卫急了，谁都是出气筒，局长也照轰不误。朱刑警接上话说，也就俩人是例外，一个他儿子，一个白晓芙。陆行知对两人的关系早有觉察，一肚子好奇，试探地问，卫师傅跟白老师……关系不一般吧？

提起这个话题，霍大队来了谈兴，摆出揭秘的架势讲道，不一般，十五六年前，差点就结婚了！那时候白晓芙还在读大学呢，不知怎么就看上老卫了。好了一年，眼看要谈婚论嫁了，老卫响应国家号召，到山西当兵去了。白晓芙留了校，一直等着他。

朱刑警突然朝门口叫了一声，老卫！霍大队吓了一跳，朝门口看，没人。朱刑警说，开玩笑，开玩笑。让我也讲讲，你讲的太不生动。霍大队埋怨说，你不都是听我跟老杜讲的嘛。行行，你讲。

朱刑警摆出了说书的架势，讲得活灵活现，好像都是他亲历过一样。老卫去当兵，一年才探一次亲，每次都跟白晓芙发誓，回来马上娶她。谁知道，天有不测风云啊，老卫快要复员的时候，在部队查出了传染病，肝炎还是肺结核来着？朱刑警卡壳，琢磨了一下，对付过去说，反正当时挺严重，现在根本不是个事儿嘛。晴天霹雳呀，老卫大概觉得自己活不长了，还没住院，先去拍了个电报，跟白晓芙说，他不打算复员了，要留在山西，穿一辈子军装，让白晓芙把他忘了，找个好人结婚。你看看老卫干的这事儿！白晓芙那个气呀，可老卫那个部队对外保密，只知道在山西的山旮旯里，白晓芙想找也找不着他。白晓芙这个人，性格也是拧，行，你对不起我，我也干一件让你后悔一辈子的事！老卫呢，医院住了几个月，病好了！那个后悔，也不敢跟白晓芙说呀，眼巴巴地偷偷跑回来一看，白晓芙真的已经结婚了！

霍大队突然也朝门口喊了一声，说，老卫！朱刑警吓了一跳，埋怨霍大队，没意思了啊！结果一转身发现，卫峥嵘真的回来了。朱刑警心提到嗓子眼，观察着卫峥嵘的脸色。

卫峥嵘没说什么，到自己座位坐下了，不知道他听到没有，听到多少。陆行知偷眼看卫峥嵘，他似乎挺平静。霍大队故作镇定地询问公事，白晓芙找你什么事儿？卫峥嵘从兜里掏出那瓶护肝药，放在桌子上，说，没事儿，给了我一瓶护肝药。朱刑警恍然大悟，悄悄拍拍陆行知，小声说，对，肝炎！

一大早，卫峥嵘和陆行知去查一个嫌疑人。回来时，卫峥嵘训了陆行知一路，说陆行知对嫌疑人太客气了，出手太慢，那就是个流氓，要打个措手不及，上去先摁住了再说话。陆行知说他先看见了那人桌上放着的病历，还有药，这嫌疑人有夜盲症，不可能是凶手。陆行知说得没错，无可辩驳。可卫峥嵘想说的不是这个，说的是陆行知的擒拿手法，技艺生疏缺乏力量，抓只鸡都抓不住，要他每天至少要做两百个俯卧撑。陆行知没说，其实他每天做三百个。

回到警队，进了大队门厅，陆行知一眼看见接待椅上坐着个老人，五六十岁，朴素平常，戴着花镜读着一本杂志，脚边一个手提袋，鼓鼓囊囊的。老人听见说话声，放下手里的杂志，和陆行知对视了一眼，站起身来。可卫峥嵘的训话还没停，嗓门很大地嚷道，你犹豫一秒钟，敌人就先开枪了！我告诉你，在战场上，谁也不愿意有你这样的战友！陆行知没有接话，而是望着他身后叫了一声，爸。卫峥嵘一愣，这个称呼实在让他始料未及。

陆行知他爸陆援朝赔着笑脸，向卫峥嵘伸出手，说，行知的师傅吧？卫峥嵘臊了个大红脸，当着老父亲训人家儿子，有点儿下不来台，忙上去握手，随即又注意到他穿着绿色警服裤子。卫峥嵘说，哟，您也是……老陆说，县公安局的，干了 25 年了。卫峥嵘说，刑警？老陆说，年轻的时候干过一年，腿受了伤，转文职了。卫峥嵘说，都一样都一样，这不小陆接了您的班了！老陆看看儿子，跟老卫说，行知啊，就是有点儿文气，你多教教他。不不，他身体素质还是很不错的，卫峥嵘急急忙忙在心里找着词儿，说他心也细，眼也尖，脑子好用，前途无量！卫峥嵘找补得有点儿夸张，陆行知都有些听不下去了。

卫峥嵘端详着老陆的脸色，很有把握地说，老爷子，你也好喝酒吧。老陆笑说，喝。资深酒友一眼就能认出来。卫峥嵘说，我请你喝一顿儿去？老陆说，今天不了，我来看孙女儿。卫峥嵘痛快地一摆手，行，改天！接着吩咐陆行知说，赶紧带你爸回家歇歇去。老陆打开手提袋，掏出一瓶闷倒驴，递给卫峥嵘，说，行知不能喝，你拿一瓶儿，内蒙古战友寄给我的，不上头。卫峥嵘也不客气，接了，眉开眼笑地说，您也当过兵？行，那我尝尝！

陆行知带着他爸回到家，杨漫大喜过望，亲热得不行，一口一个爸，比陆行知叫得还顺溜。老陆勤快，马上系了围裙下厨，三下五除二，就整好了一桌子菜。

最后一道菜是氽丸子，陆行知、杨漫和陆安宁围着饭桌坐着，都眼巴巴等着吃。老陆说，等什么呀，吃吧。杨漫先给陆安宁夹了个丸子，又急火火塞进自己嘴里一个，说，天天都想吃您做的氽丸子，陆行知还是没得到您的真传啊。宁宁，快尝尝，爷爷做得太好吃了。老陆拧开一瓶闷倒驴，给自己倒上一盅，笑说，家常菜，一般般。陆安宁望着爷爷，觉得老头眼生，说，你是爷爷吗？我以前没见过你。老陆笑模笑样地逗她说，爷爷呀，住在花果山，昨天有个猴子跑过来跟我说，你有孙女啦！我赶紧驾着筋斗云就来了。陆安宁不信，说，骗人，你不是孙悟空！金箍棒呢？老陆在桌子底下掏摸，拿出来一盒蜡笔，说，瞧，好多根儿呢！

吃过了饭，陆安宁跟老陆已经熟了。两人你来我往聊了会儿天，老陆一肚子故事，一直讲到陆安宁满意地合上眼睡着了。家里一共两间房，老陆跟孙女睡一间。陆行知给他爸打地铺，杨漫端来一盆热水让老陆洗脚，看看地铺说，爸，你睡床吧，我跟陆行知睡这儿。老陆说，不用，我爱睡硬的，你赶紧睡去。杨漫跟老陆没隔阂，像亲爸和亲闺女，也不再客气，便出去了。

老头儿洗着脚，还翻着杂志。陆行知问，你腿还行？老陆说，好好的，天天走五公里。陆行知看见他爸手里的杂志，说，你怎么还爱看这个？老陆笑笑说，看着玩儿，你也看看，里面有案件呢，不全是瞎编。

陆行知有话跟他爸说，不知怎么开口。老陆看着睡着的孩子说，宁宁真乖，聪明。陆行知终于攒足了勇气，说，爸，问你件事儿，要是我跟杨漫不打算自己要孩子，就养着宁宁，你会难受吗？老陆一怔，低头洗脚，半晌没说话。陆行知有些后悔了，这个问题太突然，不该头一天晚上就问。老陆低着头慢慢说，我不知道……你妈会怎么想。

这一晚，卫峥嵘是在澡堂子过的。一直泡到半夜，人都走光了，只剩卫峥嵘一个人坐在水池里。老陆给他的闷倒驴放在池沿上，快见底了。卫峥嵘拿起酒瓶，一口干了，把瓶子轻轻放在水面上。瓶子在水里起起伏伏，卫峥嵘双眼布满血丝，盯着瓶子发愣，发癔症似的说，你到底在哪儿，给我指条明路吧。他转了一下瓶子，瓶子在水面上滴溜溜旋转起来。

晚上在澡堂子的躺椅上对付了一宿后，卫峥嵘早上回到警队，路过一间办公室，看见屋里地上摆了几排管制刀具、棍棒之类，几个民警正在一件件登记。卫峥嵘寻思，这是端了哪一伙的人？民警却说，是大富豪洗浴城，那个谁主动上交的。大富豪一把手郭胜利在牢里，那个谁，无疑是曲振祥。

卫峥嵘满心意外，和陆行知去大富豪一看究竟。到了那儿，远远停下车，就看见一辆载货大卡车停在洗浴城大门口。马仔们正在卸车，将一台台全自动麻将桌往里搬。他们不爱干这个活儿，边干边抱怨，一个失手还摺了一台。

曲振祥穿得整整齐齐，冷眼望着他们干活，看见桌子摔断一条腿，就站到台阶上招呼说，先别干了，听我说几句。马仔们停下了活计，活动着手腕，还有的吐着痰。曲振祥说，我不讲什么大道理，咱们是做生意的，挣钱就是道理。你们都知道，刀哥临走前把大富豪交给了我，我没别的本事，就是会挣钱。愿意跟着我好好干的，绝不亏待，想走的，我也没二话。说着他问前面一个马仔，你现在一个月领三百块钱，对吧？从今天开始，一个月领五百，所有人都是。工资几乎翻倍，马仔们有些兴奋了。曲振祥又说，既然留下了，就得听我的，以后动刀动枪的事儿，不干！有力气没处使，把它变成钱。光有力气，挣的还是小钱，没出息，有力气加上动脑子，就能挣大钱。曲振祥招呼旁边一个戴眼镜的中年男子说，这是商业技术学校的李老师，以后给咱们上课，教咱们经营管理。马仔们不那么兴奋了，上学无疑是他们最头疼的事儿。曲振祥说，愿意听课的就留下，不愿意听课的不强求。马仔们显然不愿意听，晃膀子就想四散。曲振祥接着大声说，听课的，每堂课发十块钱。考试通过了，发两百！马仔们一听发钱又犹豫了。

陆行知望着这个场面说，他就是细虫？这个人，挺不简单的。卫峥嵘冷笑说，也好，主动改邪归正，给咱们省事儿了。

回到警队食堂吃午饭时，卫峥嵘呼机响了一下。他拿起看了一眼，立马站起身来，招呼陆行知，直奔技侦。卫峥嵘把呼机给陆行知看了，收到一条消息，两句话，“彼之蜜糖，我之毒药。你取不走，我终得到”。这话挺怪，陆行知咂摸了两遍，心头一跳，说，凶手？卫峥嵘哑着嗓子说，不知道，先查号码！

陆行知看看留下的电话，有点儿眼熟，像分局的总机号码，应该是这一片儿的。他突然反应过来，大声说，好像是分局东边两百米那个 IC 卡电话。这个电话他用过。卫峥嵘站住了，问，确定？陆行知说，不确定，但是像。卫峥嵘掉头往外走，说，先看看去，三分钟就到了。

他们下了楼，陆行知开上车，一脚油门就到了。卫峥嵘下车跑到 IC 卡电话亭，读着上面的电话号码跟呼机比了比，回到车上，点了点头。陆行知说，我估计他打完电话，本能上应该朝咱们警队的反方向走吧。卫峥嵘认同地说，往前开。

他们继续向前开，卫峥嵘瞄着路边的人看，他们现在只能凭本能，从路人中找出那一个与众不同的对象。开了几百米，卫峥嵘扭了一下头，脸色有些不自然。他看见一个人，一认出他来，就明白了呼机留言的意思，心里有些不是滋味。

又过了一个路口，卫峥嵘说，掉头，回吧。陆行知不解，怎么了？卫峥嵘说，我想起来了，这是我以前抓过的一个流氓，爱说这种怪话，大概刚放出来，跟我捣乱。卫峥嵘又骂了一句，陆行知将信将疑看了他一眼。卫峥嵘说，回吧，想多了，凶手怎么会知道我的呼机？

卫峥嵘看见的，是白晓芙的前夫。

6

陆行知敲打了曲振祥之后的第二天，郭胜利身体稍有恢复，感觉下地利索了，就央求着 24 小时陪护他的赵正明出了医院。赵正明自从听了郭胜利的传奇事迹，对他颇有好感，没请示陆行知就同他出了门。他们找了一家工商银行，郭胜利在门外的 ATM 机上取钱。银行不大，在一条小街上。郭胜利取了钱，小心地装进一个小布包，挂在胸前。赵正明在一旁等着他弄妥当了，两人沿着小街人行道走。

天气晴朗，郭胜利看上去精神不错，皱纹都舒展开了，像是年轻了几岁。赵正明说，溜达几步，还回医院去吧。郭胜利说，我没什么事儿了，今天就想出院。赵正明说，那得听医生的。郭胜利说，该回去干活了，得挣钱。赵正明笑道，您都这岁数了，身体要紧，挣钱着什么急？郭胜利笑笑，给谁挣钱，他自己有数。

路过一家小饭馆，郭胜利站住了。郭胜利叫，赵公安。赵正明说，不是说了吗，叫我小赵就行了。郭胜利歉意地笑笑，说，小赵，你能不能给卫公安还有陆队打个电话，我想请他们吃个饭，有事儿拜托他们。赵正明说，他们哪能让你请，行，我正好跟着蹭一顿。说完他便拿出手机打电话。

陆行知这会儿正在队里，找法医老吕问曲振祥的DNA结果出来没有。老吕瞥了他一眼，说，昨天刚给我，说着抖抖一张纸，得意地卖弄道，我就弄出来了！又没有比对对象，你干什么用？陆行知说，战略威慑。赵正明电话来了，陆行知接起听了几句，就呵斥道，请吃饭？瞎胡闹，回医院去！

赵正明挨了一顿骂，又给卫峥嵘打电话。卫峥嵘正开着出租车扫街，手机开着免提，听说是郭胜利的请求就同意了，问赵正明在哪儿。赵正明看看路牌说，幸福路和经三路交叉口往东二百米，经三路上。卫峥嵘说，知道了，我离得不远，五分钟的路。他又问，老陆答应了吗？赵正明说，骂了我三分钟后答应了，他以前脾气没这么躁啊。

赵正明打着电话，郭胜利自己慢慢往前踱了十几米，站住了，抬头望着蓝天白云，自言自语着，十六岁了，上高中了吧。

赵正明还在跟卫峥嵘诉苦，这时一辆摩托车沿街开了过来，车上两个人，都戴着头盔。摩托擦着他开过去，赵正明突然觉得脑后风响，举胳膊一挡，他听见骨头裂开的声音，接着头顶挨了一击，咚的一声，眼前一黑，嘴里涌起腥冷的铁锈味儿。

摩托眨眼便到了郭胜利身边。后座的人伸出手，一把抓住郭胜利胸前的小包，扯了一下，没扯走。郭胜利猛然反应过来，一抬手，掌根击中了这人的头盔。当年身经百战的本能反应他还留了些，然而年老力衰，这一下没什么杀伤力。对手晃了晃，突然下车，贴近了往郭胜利身上撞了一下，郭胜利脸色一变，抱着胸，弯下了腰，但布包始终没撒手。

赵正明丢了电话，拖着一条胳膊，摇摇晃晃跑过去，一边跑一边往腰里摸枪。他伤的是右臂，枪也在右边，用左手够起来很困难。

赵正明喊，警察！

那人放弃了抢包，跳上摩托后座。

赵正明左手拔出了枪，喊，停下！

摩托没停，轰然而去。赵正明举枪瞄准，然而路上有行人，他不敢轻易开火。他低下头，看见郭胜利倒在地上，胸前鲜血汩汩而出。

卫峥嵘拐上经三路，远远看见郭胜利倒在路边，赵正明正费劲地用左手压着他的胸口。卫峥嵘急踩油门，风驰电掣般开到他们身边，跳下车奔过去，替下赵正明。他看见郭胜利胸前有个刀口，他用双手压住了，但血立刻就漫上了手背。

卫峥嵘对赵正明大喊，救护车！赵正明满脸是血，怔怔地说，叫了！他左手也染满了血，右臂显然折了，看起来极度紧张，神情有些恍惚了。

郭胜利脸色煞白，看见卫峥嵘来了，居然笑了笑，说，你来了。卫峥嵘说，别说话！郭胜利说，卫大哥……迟疑了一下问，我能叫你卫大哥吗？卫峥嵘一愣，突然心如刀绞，说，叫吧，你这个兄弟，我认。郭胜利摸了摸一直护着的小包，说，包里有两千多块钱，我出来这一年攒的，太少了，你帮我转交给孩子吧，别说是谁给的……她不用知道我。卫峥嵘知道他不行了，挺不过这道关了，答应说，行，我一定给她。郭胜利轻轻叹了口气，说，唉，还想给她再挣几年钱呢。他说完便不再说话了，呼吸声变得又慢又长。

救护车接走了郭胜利，卫峥嵘到路边小饭馆去洗手上的血，看着红色的水从瓷盆流入下水口，好像怎么洗，水都是红的。他的衬衣袖口被血浸透了，照照镜子，胸前也蹭得一片一片的。他不敢回家，今天胡海霞在家休息，只好给儿子打了个电话，让他避着他妈偷偷找几件衣服带来。卫峥嵘把车停在一条僻静的街道，坐在车里等，只觉心里有浓黑的乌云在到处冲撞，要找个出口。

儿子小卫骑着自行车赶来，看见卫峥嵘的衣服袖口染满了血迹，也蒙了，忙问怎么了爸，你没受伤吧？卫峥嵘摇了摇头。小卫问，执行什么任务了？卫峥嵘没说话，默默地换着衣裳。小卫拿着他爸换下来的衬衣看看，说，这洗不掉吧，扔了算了。卫峥嵘扣着衬衣扣子，眼前都是垂死的郭胜利和头破血流的赵正明，又看看儿子，终于说了一句，儿子，听爸的，别考警校了。

得知郭胜利遇袭，陆行知只觉被人心窝踹了一脚。他绷着脸，大步闯入霍局办公室，霍局却不在。陆行知有火没处发，抄起霍局的茶杯掼在墙上。

陆行知去了技侦处，查看经三路的监控。那辆抢包的摩托车经查车牌是假的。大屏幕上调出了数个监控画面。技侦的小刘说，他们沿着逃跑路线，一直跟到小营桥，然后车就出城了。也就是说，不知道去了哪儿。陆行知很恼火。

这时霍局探头进来了，叫，老陆，陆行知，来。霍局带着陆行知回了他的办公室，关上门。办公室里还坐着两位警察，都穿便装。霍局说，市局老叶，你认识，这是省厅的老翟，见过吗？老翟跟陆行知说，老陆，去年表彰会上咱俩见过。老叶、老翟和陆行知握了手。陆行知早猜到了他们的来意，也不废话，开门见山地说，曲振祥身上还有什么案子？霍局朝老叶和老翟笑笑，说，瞧，瞒不过他。

老翟说，我们早就想拿下曲振祥了，这是反腐的一招大棋。但是他背景深、眼线广，不好动。上头研究了很久，成立了一个秘密专案组，调查都是暗中进行的。有些同志已经卧底几个月了，掌握了很多证据，近期就会收网。老叶说，你在调查他，虽然跟我们的目标不一样，就怕打草惊蛇。他这个人非常谨慎，稍有惊动，可能就溜了，我们几个月的工作就白做了。所以，想请你的调查先缓缓。陆行知带了点怨气说，那应该提前跟我打个招呼。霍局打圆场道，秘密调查嘛，知道的人越少越好，本来我的级别都不够。老霍习惯性地去拿茶杯，拿了个空，说，哎我的杯子呢？

陆行知沉吟片刻，努力忍着火气说，行，既然你们盯了几个月了，4月29日曲振祥的动向，你们知道吧，能不能共享一下。老翟和老叶有点儿为难。老翟说，我们的调查不是刑事侦查，这个信息不一定有。就算有……也真的不便共享。陆行知说，命案的优先级还不够？老叶说，不是不够，但现在曲振祥去犯普通命案的可能性较低。陆行知火冒出来了，大声说，人刚死了一个！霍局问，郭胜利吗？还不能排除是抢劫杀人吧？陆行知终于大怒，"啪"地一拍桌子，朝着老霍骂上了，抢劫你个……抢包为什么先打赵正明？你老糊涂了吗？刚戳了一下曲振祥，当年的知情人郭胜利就出事了！这是偶然事件？抢包一年那么多起，哪一起上来就要命？郭胜利那个寒酸样子，像抢包贼的目标吗？你干了三十多年警察，抢劫杀人？赶紧退休吧你！

陆行知拂袖而去，老叶和老翟都有点儿尴尬。霍局解嘲地笑笑，说，我们局里就是这风气，打是亲骂是爱。

杨漫晚上上完了课，从夜校出来。吴嘉追上来，还给她了那本《了不起的盖茨比》。杨漫说，下次再给你捎一本《月亮与六便士》。但吴嘉想要另一本儿，他拿着一本D.H.劳伦斯的书，是杨漫翻译的，说想对照原版一起读。杨漫有些意外，接过书翻看着说，哟，哪儿找到的？早绝版了。吴嘉说，您翻译得真好。杨漫说，别拍马屁了。她突然看见了陆行知站在路边，"哎"了一声。吴嘉认出了陆行知，突然有些不自然，像见到了情敌。他跟杨漫说，杨老师我先走了，然而走了两步又站住说，杨老师，你们真是好父母。

杨漫莫名其妙地看着吴嘉走远，然后走过去问陆行知，找我吗？陆行知说，陪我喝一杯吧。听了这话，杨漫没再多问，他们去了一家小饭馆，要了两碟小菜，一瓶白酒。

杨漫看着陆行知喝了一杯又一杯，喝得面红耳赤。她看酒瓶里的酒已经下去了一半，伸手把酒瓶拿到自己跟前说，差不多了。陆行知眼神都迷离了，口齿不清地说，再来一杯吧。杨漫柔声说，不喝了，啊，这几天安宁挺好的，你别急。

陆行知"嗯嗯"着低下头，闭上眼睛，好像随时都会睡过去。杨漫望着这个三十七岁的男人，疲劳憔悴，头上的短发星星点点，已经白了许多。

两天后，陆行知和卫峥嵘又在高架桥下的停车场见了面，陆行知给他看了一份文件，文件抬头上有"保密"字样，还盖了红章，是调查曲振祥的秘密专案组发过来的，因为郭胜利的事儿，他们还是妥协了。陆行知说，咱们只能看，不能有动作。

卫峥嵘把文件浏览一遍，说，4 月 29 号晚上，跟曲振祥说的一样啊，他在叠翠酒店活动。他接待的这几个人名怎么抹掉了？陆行知说，秘密调查，保密级别高。就这都是我大发了一通火，老霍厚着脸皮要，他们才给的。卫峥嵘顿了顿，呼了口气，劝陆行知说，别那么大的火儿，听听我这个过来人的吧，我那时候是发火专业户，炮仗一样，一点就炸，这对破案没什么好处。你看，我现在是向当年的你学习，你可别变成当年我那样。陆行知点点头。卫峥嵘又问，曲振祥那个 12 点以后的人证问了吗？陆行知笑笑说，问是问了，你猜会怎么说？卫峥嵘当然想得到。

陆行知的手机响了，他接起电话，听了片刻，脸色顿时就变了。挂了电话，他咬着牙，目光有些吓人，突然把手机从车窗砸了出去。卫峥嵘猜测着问，曲振祥跑了？陆行知摇了摇头。卫峥嵘望着陆行知，更加不祥的预感渐渐漫上来。

长江大桥上车来车往，陆行知和卫峥嵘沿着桥边台阶，向大桥下的江岸走去。远远的，就看见桥墩旁边围着不少人，有警察，有法医，忙忙碌碌。他们走近了警戒线，一个负责外围的年轻警察认识陆行知但不认识卫峥嵘，伸手欲拦，陆行知说，自己人。

老朱先看见了他们，快步走上来，喊道，老卫！真是你呀。卫峥嵘笑着跟他搂了搂肩膀，又拍拍后背。老朱说，你真是警察的命，多年不见，一见就是命案现场。

陆行知一路走到桥墩边上，法医老吕正蹲在一具尸体前勘验。老朱喊，老吕，看谁来了！老吕回头看见了卫峥嵘，眉毛抬了抬。他们互相一点头，老吕便继续工作。

被杀的是个年轻女孩，长发如藻，侧躺在桥墩旁边的鹅卵石滩上，扑上岸边的江水一下一下冲刷着她的身体。卫峥嵘看了几眼，说，死者好像遭到了殴打，凶手也没特意摆置尸体，手法不太一样吧，是他吗？

陆行知说，是。他定定地看着江边的女孩，目光像穿过隧道，看到了时光倒流如梭。老吕站起身来，本来他挡住的地方——女孩的胸前，放着一个草莓娃娃。

第六章　女图书馆员之死

1

市图书馆的书库阔大幽深，一排排书架巨碑般林立着。

日光灯下，一个女孩推着运书的小车在书架间穿行。她白皙清秀，戴眼镜，腰里别着 Walkman，一边听歌，一边将小车上的书按位置插回书架。耳机里传出来的音乐鼓点强劲，她跟着哼哼，“人潮人海中……”

她从书架上取下一本书，爱惜地拂去书脊上的灰尘，打开翻了翻。她翻开封底，取出纸质借书卡查看，这本书还没人借过。确认完，她又把书小心地插回书架。与她文静的外貌不大相称，这是一本福赛斯的谍战小说《豺狼的日子》，描述了一次对法国总统的几乎完美的刺杀行动。她爱看侦探小说，福尔摩斯、阿加莎、钱德勒、奎因、江户川乱步，中国的《霍桑探案集》，都看，后来她又发现间谍小说同样惊险刺激，福赛斯、勒卡雷、弗莱明等。只是这个爱好，她羞于跟别人交流。

音乐带动了她的情绪，她轻快地舞动起来。书库里无人，二十五岁的女图书馆员莫兰独自跳着孤独的舞蹈。

白天，莫兰坐在借书柜台后，借书还书，整理书籍。她喜欢穿深色开衫，头发系成低垂的马尾，看上去非常安静、内向，像在日光中时刻注意着收束身体的小动物。

一本书和借书卡被放在了柜台上。莫兰看了一眼，是《豺狼的日子》。她打量了一眼借书的人，拿过书和借书卡，然后又看了对方一眼。

2

1998年元旦后，春节前，老陆在陆行知家住了十来天。陆行知天天早出晚归，收养陆安宁的事情一直没有再提。

这天晚上，陆行知回到家，看到客厅里亮着一盏台灯，他爸正坐在沙发上出神。陆行知小声叫，爸，还没睡？他爸手里拿着一幅画，凌乱的黑色蜡笔线条几乎画满了整页纸，纸的中央，黑色线条包围着一个红色的圆形，红圆上还有个绿色的帽子。老陆说，是宁宁画的，这画的是什么？陆行知知道画的是什么，不敢细说，只说是个玩具。老陆说，你没跟我说清楚，那天晚上，宁宁也在吗？陆行知一愣，听懂了他爸问的是哪天，慢慢点了点头。老陆心疼地深吸了一口气，说，不该呀，这么小，怎么能经历这个呢，宁宁这么乖的孩子……陆行知安慰说，我们可以慢慢疏导。

老陆不语，伸手在苍老的眼角抹了抹。陆行知说，爸，睡吧。老陆示意陆行知坐下，说，这几天，我一直在想啊。老陆顿了顿，整理了想说的话，又慢慢讲，我在想你妈，跟她聊天儿。我问她，要是养了儿子这么多年，他不是咱们亲生的，你难受吗？你妈说啊，我是他妈，不是亲生就不是咱们儿子了？还是你自己想想吧，男的总比女的在乎这个。你妈聪明，说得真对。陆行知等着他爸往下说。老陆又说，多少事儿上，女人都比男人有胸怀。我也想明白了……老陆望着儿子，目光豁达通透，说，宁宁就是我孙女，没什么难受的。陆行知觉得心里好像有什么化了，要从眼睛里流出来。

第二天一早，窗外还有些黑，陆行知轻手轻脚走进厨房。蒸锅里压着备好的小菜主食，灶台上小火熬着小米粥，他爸起得比他还早。陆行知打窗子看了一眼，老头儿正在楼下遛腿。搁米面的架子上还放着那本地摊文学杂志。陆行知拿起来，看见正打开的页面的文章标题是“神秘的十二生肖杀手”。他笑笑，读了几行，注意力突然被吸引，接着读了下去，居然越读越精神，一直读到文章末尾，愣了一阵儿，转身快步回了卧室。

杨漫还在床上睡着。陆行知推了推她，杨漫迷迷糊糊醒了。陆行知说，哎，你帮我查点资料行吗？杨漫点点头。陆行知说，要是英文的，你得帮我翻成中文。杨漫这才清醒了，问什么资料啊？陆行知拿着杂志，看着文章最后一行，写着“根据美国黄道十二宫杀手事件改编”。

老陆要走的前一天是个周六，他特意炒了几个菜，请卫峥嵘来家里喝酒，陆行知作陪。杨漫和宁宁不在家，特意出门玩去了，给几个老爷们腾地方，以免他们喝得不痛快。

三人围着桌子坐定。卫峥嵘拿起一瓶本地高度白酒给老爷子倒上，说，先喝我的，没你的闷倒驴有劲。老陆说，我喝不出好赖，到嘴里都一个味儿。老陆把一瓶闷倒驴给了卫峥嵘，说，明天我就回去了，行知不喝，剩一瓶你带走。卫峥嵘问，怎么不多住几天，怕碍小两口的事？老陆说，是也不是，该回去了。行知这孩子，你多带带他。卫峥嵘歉意地笑笑，说，我脾气暴，小陆没少挨怼。老陆说，怼就怼，出人才。

两人一口酒一口菜，一人一盅，喝得飞快。陆行知没喝，拿着几页打印纸翻着给卫峥嵘看，说，师傅，你看看，我觉得咱们可以借鉴借鉴。纸上是美国十二宫杀手案的资料，还有杨漫严谨的翻译。陆行知又说，这是美国六七十年代的案子，到今天还是悬案……卫峥嵘打断他说，当着你爸，说什么案子！老陆说，不碍事，都是警察嘛。

卫峥嵘闷了一口酒。陆行知顺杆儿爬，说，案件发生了多起，美国警方排查了很长时间，推断了凶手的年龄、性格、职业、教育水平、家庭状况……卫峥嵘又打断了他，说，不是我不爱听，美国的案子，咱们借鉴不着。美国地广人稀，邻里之间能隔上几里地，这家开枪，那家都听不见，凶手的犯罪条件多便利。咱们这儿，你家放个屁，邻居都能听见音儿，街坊里出现一个陌生人，早被大爷大妈盯上了，大环境就诞生不了美国那种杀手。所以说，美国总结的那一套，咱们这儿根本不适用。

陆行知想反驳，卫峥嵘趁着酒兴，不给他机会，接着说，我看过一个美国片，叫……沉默的羊羔？警察跑到监狱里，请犯人帮忙抓人，这种警察干什么吃的？你老看这些东西，不是浪费时间嘛。说完他又征求老陆的意见，您说是不是？老陆说，咳，这恐怕是遗传的我，我就杂七杂八什么都看，福尔摩斯，阿加莎，从小他也跟着看了不少。卫峥嵘又有点儿臊。

陆行知说，其实我想说的是，后来美国警方锁定一个人，嫌疑重大。他们取得的最关键证据之一，是来自于这一连串案件之前，他们找到一个更早的被害人，刑侦专家认为是十二宫杀手的第一次行凶，这个被害人跟他是认识的。老陆说，所以呢？陆行知说，我有一个思路，如果柳梦也不是咱们这个凶手第一次行凶呢？柳梦被杀的作案手法比较熟练，甚至很从容，不像是第一次干。咱们是不是也可以去找找他的第一案？如果找到了，凶手可能就藏在这个被害人的社会关系网里。

陆行知和老陆看看卫峥嵘。卫峥嵘干了一杯酒，说，十二宫杀手美国人逮着了吗？陆行知说，没有。卫峥嵘觉得自己的意思已经表达到了，说，当着你爸，不想打击你的热情。你要找就找去，我不拦你。但是，该干的工作，你别给我撂下。陆行知说，没问题！说完他就站起身，准备闪人。老陆问，去哪儿呢？陆行知说，去市局查卷宗。老陆说，你师傅还在呢！卫峥嵘摆摆手，说，去吧去吧，耽误咱爷俩儿喝酒。

陆行知走了，卫峥嵘跟老陆接着喝。卫峥嵘说，老爷子，你哪年的兵？老陆说，69年，刚结婚就去了内蒙古，回来才生的行知。卫峥嵘感叹说，唉，还是你明智，就该结了婚再去。您爱人呢？老陆说，行知十四岁那年走的，之后就我们爷俩儿。卫峥嵘叹口气，拿起酒，瓶中只剩了一个底儿，说，杨漫她们什么时候回来？老陆说，带孩子去游乐园了，得玩一天，给我们腾地方呢。这儿媳妇没话说，行知有福气，找对人了。卫峥嵘拿起闷倒驴，用牙起开了，有点儿糙汉子的感时伤怀，说，找对人就好，比什么都强。咱们今天把这瓶也干了。

陆行知穿着厚大衣，跨上自行车，飞一般出了小区。天气凉了，树都秃了，街上清冷得很。他到了市局档案库，跟值班民警说明来意。民警听说他是“10·18”系列杀人案专案组的，直接开了绿灯，想查什么尽管查。他领着陆行知，去库里抱了一尺多高的卷宗出来。档案库外面有个阅读用的小办公室，有桌有椅，就是整个房间没热气儿。

民警也是个老人了，认识卫峥嵘，问陆行知是不是老卫的徒弟，陆行知说是。民警就打趣说，火烧屁股了吧，翻这些老案子找灵感。陆行知不大明白民警为什么用了“火烧屁股”这个词。民警说，听说前两天老卫被叫到市局，各级领导指着鼻子骂了他两个钟头，年前再不破案，恐怕他就得来接我的班儿了。陆行知不由愕然，卫峥嵘前几天确实跟分局领导到市局汇报工作，回来之后脸色如常，该干啥干啥，被骂这事儿一个字也没讲。民警补充说，老卫那脾气，还不急得把档案库点了。

陆行知在档案库里待了一天一夜，才把卷宗看完。他看得仔细，一句一句往下捋。房间里挺冷，他裹着大衣，缩着脖子搓着手，三顿饭都是烧饼就热水对付的。周日白天杨漫呼过他两次，第一次他正看到一份要紧的卷宗，就没回，第二次呼机响起的时候，他才发现天都快黑了。陆行知看了一眼呼机，杨漫留言说，咱爸已经回去了。陆行知才想起今天他爸回老家，连忙拿着挑出来的两份卷宗就要往家里赶。他站起来的时候腿都僵了，扶着桌子站了半天才缓过来。

回到家，杨漫说，咱爸不让打扰你。冰箱里放着老陆做了好几天的饭菜。陆行知心里过意不去，给他爸打了个电话。老陆已经平安到家，叮嘱陆行知说，好好照顾宁宁。陆行知吃了口饭，倒头就睡着了。

第二天一早，陆行知揣着两份卷宗去见卫峥嵘。到了专案组，他先往会城区刑侦大队打了个电话，问了其中一份卷宗的情况，然后排除掉了这个，只剩下另一份卷宗。打完电话，他看到卫峥嵘已经到了，正小口喝着一杯浓茶。

陆行知把这份卷宗放到卫峥嵘面前。卫峥嵘看他满脸疲惫，眼睛发红，头发都油了。卫峥嵘没碰卷宗，说，讲讲。陆行知说，五年以内的凶杀、强奸和强奸未遂的悬案，我都过了一遍，最后挑出来两个，一个会城区的，一个南岸区的。会城区的是强奸案，我问过了，嫌疑人基本能确定，已经意外身亡。最后只剩下南岸区这个杀人案，1995 年的。死者是市图书馆的工作人员，女性，25 岁，叫莫兰。

卫峥嵘打开卷宗，翻看着案情记录，问，有什么并案的依据吗？陆行知踌躇片刻说，死者是在住处床上被发现的，死因是窒息死亡，没穿衣服。卫峥嵘看着照片，死者莫兰上半身盖着床单，脸也蒙上了，显然并没有被特意摆成不自然的姿势，又问，现场发现铅笔了吗？陆行知说，没有。

卫峥嵘把卷宗放下说，那你怎么确定这是凶手的第一案？陆行知说，我……不确定，但感觉这个最像，大概是直觉吧。卫峥嵘冷笑了一下，说，世界上没有直觉这个事儿，所谓的直觉都是经验里来的。如果能在现场一眼就感觉到了什么不对劲的地方，那是因为看过了一百个现场，你才看过几个？陆行知有点儿不自信，仍坚持主见地说，我想查一查。现在没有更好的线索，年前又必须破案，我觉得不能放弃这个方向。

卫峥嵘猛地看了陆行知一眼，也没问他从哪儿听说了年前必须破案这个期限，说，挨骂的是我，不用替我操这个心。陆行知请求说，让我查吧。卫峥嵘有点儿烦，忖度着，努力把火气赶走。

他们去了南岸大队，找到负责该案的刑警老严。老严带他们去了莫兰两年前的住处，一个老小区里的一居室。房子是莫兰父母的，他们不住这儿，一直空着。

老严一边掏钥匙开门一边说，要能帮我把案子破了，我上你们队里送大红花，请你们吃顺兴楼！我不嫌丢面子，这两年，我都快垮了，天天做梦都是破案，睁开眼心里就有块石头。老严指着自己花白的头发说，两年前，我一根儿白头发都没有。卫峥嵘说，咱们警察嘛，都明白。

进了门儿，房间里东西都被搬走了，只剩下些不好搬动的大件家具。客厅有一套旧沙发，卧室床上只剩下了床板，柜子也空了。整个房间均匀地落了一层灰尘，一看就是很久没人来过了。老严指着床说，人就死在这儿，铺盖都存物证了，日用品什么的家人都处理了。这房子空两年了，租不出去。

他们把各个房间都过了一遍，确实没东西了，没什么好勘察的。卫峥嵘问，门锁都没破坏？老严说，没有，所以我们判定是熟人作案。陆行知说，被害人的脸被蒙上，是凶手下意识的愧疚感。老严不解地问，愧疚？愧疚杀什么人？卫峥嵘打断陆行知继续抛出理论的企图，说，看照片现场挺乱。老严说，是，我们推测，凶手走之前找过什么东西。我们都找遍了，也没发现什么，一件男人的东西都没有。

陆行知站在卧室里的老式木制衣柜前，打开柜门里里外外地看看。他目测了一下衣柜高度，探头进去看看里面的顶，又曲起指节轻轻敲了敲，然后顺着边儿一点一点摸。卫峥嵘注意到他的举动，问，干什么？陆行知说，好像有夹层。卫峥嵘说，拉倒吧，演间谍片儿呢？老严想起了什么，说，你别说，这姑娘家里有好些间谍小说，还有侦探小说，想不到一个小姑娘爱看这个。老严也把头伸进柜子说，撬下来看看？

卫峥嵘不大想掺和这个愚蠢的行动，他顺手抓起床边一根晾衣服用的金属杆子，递给陆行知，说，有劲儿就使。陆行知把分叉的杆子头儿插进柜顶边沿，使劲撬了撬，顶棚的软木板松了。他把软木板取下来，上面是硬木板，中间夹层什么都没有。陆行知有些失望。卫峥嵘拿起晾衣竿，杆头是活的，撬歪了。他把竿头拔下来，想重新安上，却发现中空的金属杆里有东西。他伸进一根手指，把东西取出来，是一张卷起来的白纸。三个警察面面相觑，轻轻把白纸展开，是张铅笔素描人体画，看模样画的是莫兰。只是画上的莫兰摆出的姿势，和柳梦被发现时的姿势一模一样。

卫峥嵘和陆行知对视一眼，都看出来了，不会错，每个细节都一样。

3

因为江边遇害女孩身边的草莓娃娃，这案件直接并案了。2010 年的“4・30”杀人案，现在增加了一个被害人，变成了“4・30”系列杀人案。这对南都市公安系统，尤其对江北分局，是一个巨大的打击。现在科技强大，侦查手段发达，追查这么紧也没阻止凶手杀人，简直是屈辱。

老霍上市局开了个会，大概被捶了满头包，回来就叫陆行知过去。陆行知进办公室时，老霍正在吃巧克力，桌子上已经扔了两个包装纸，在吃第三个。压力太大，巧克力的消耗量有点儿控制不住了。

陆行知几天没刮胡子了，短发也早该修了，毛糙糙的，眼里都是血丝，看上去有些野气，进门就问，市局什么指示，给多少时间？霍局说，你别管，按你的节奏破你的案，要处分也先轮到我。陆行知说，世贸会之前吧？说着他把一张手写的纸拍在霍局办公桌上。霍局问，什么？陆行知说，军令状，不用到世贸会，一个月之内破不了案，我自动请辞。霍局看着陆行知打了个哈哈，但陆行知没笑。霍局其实也有点儿勉强，没什么心思开玩笑，说，不破案，你辞得了吗？你放得下这个心，也开出租车去？陆行知说，一个月，有用的线索也差不多尽了，还破不了就是他赢了，我败了。

霍局突然把巧克力一丢，忽地站起身，罕见地发了火，点名喝道，陆行知！败的不是你，是她们。人死了，一眨眼就没人关心了，亲戚或余悲，他人亦已歌，这时候，能帮她们的只有警察！要是你陆行知都破不了这个案，南都市就没别人了！人手不够，我去给你要，想请谁回来，请去！你敢撂挑子，我天天上你家捶门！陆行知笑了笑，说，谢谢，就想听你给我打打气。说完便转身出去了。霍局被闪了一下，喘呼呼地坐下了。

陆行知走进专案组，老朱马上递上资料。江边遇害女孩的身份证复印件、户籍登记、指纹档案等都查到了。老朱说，对上指纹了，被害人叫薛红，本地人，是江阴南路柔柔美发店员工。陆行知倒有些意外，说，这么快？老朱说，对，那个美发店被抄过，有案底。陆行知明白了柔柔美发店是个什么性质的店。

他和老朱去了法医科找老吕，虽然草莓娃娃已经让他坚信是同一个凶手所为，还是想知道确定的答案。工作台上放着薛红的遗体，被白布覆盖着，老吕向陆行知和老朱说明了检验结果。他先展示了颈部勒痕——机械性窒息致死，与前几案作案手法一致；又向他们展示了薛红身上的伤，说，死者头部、面部、躯干四肢有多处皮下出血，软组织挫伤，肋骨三处骨折，造成了肺出血。这么说吧，死前她被激烈殴打过，好像跟她有深仇大恨似的。老朱提出疑问说，这不像以往的犯罪手法啊，之前哪个被害人也没让打成这个样子，确定是同一个人干的吗？

老吕没正面回答，而是拿出一张分析单接着说，草莓玩具验过了，上面除了死者的，还有一个人的DNA。老朱问，谁的？老吕拿起一个物证袋，看着陆行知说，她的。物证袋里面是几根头发，袋子上马克笔写着“陆安宁”。薛红被发现的当天，陆行知就去了一趟杨漫那儿，从女儿的梳子上采集了几根完整的头发，拿给了老吕。

现在可以确定了，这个草莓娃娃，就是陆安宁三岁时的心爱之物，没想到十三年后她的DNA仍在。杜梅被杀的那天晚上，凶手把它拿走了。

陆行知和老朱回到专案组办公室，老朱一眼看见一个身形有些胖的人正跟霍局聊着天，立刻叫，我的天！那人笑眯眯地回过头来，是老杜。老杜也老了，好像更胖了。老朱上去给了老杜一个拥抱，说，不在美国给你闺女看娃，跑回来干什么？老杜说，你说呢，你遮遮掩掩地告诉我案子的事儿，不就是巴望着我能回来？老朱不否认这个意图，说，哎呀，看你老的，美国的饭不养人啊。

陆行知和老杜握了握手，问，身体怎么样？老杜伸出大巴掌，噼噼啪啪在自己身上拍了一个遍，说，没毛病，就是闲得慌。怎么样，能回咱们队里吗？陆行知说，回来就是回了。老杜说，什么时候上岗？陆行知说，这就上班吧，走访去。

陆行知他们即刻出发。老朱好像比老杜还高兴，兴兴头头地说，哎呀，这两天队里损兵折将，刚伤了一个小伙子，就来了个老大叔！哎对了，老卫也回来了，两个老大叔，Old Uncle。老杜说，别说英语，我现在听见英语就反胃。

他们兵分两路，老杜和老朱去了薛红家走访。陆行知叫上了卫峥嵘，去江阴南路的柔柔美发店，询问薛红的小姐妹齐莎莎。

江阴南路是条小路，周围都是老居民区，路边都是各种小店铺。卫峥嵘和陆行知开着出租车，沿街寻找着柔柔美发店，边找边讨论着这次的被害人薛红。卫峥嵘说，这样下狠手殴打被害人确实不寻常，和他的惯用手法有出入。陆行知却说，有变数是好事，说明他不冷静了。卫峥嵘觉得不大对劲，说，为什么呢？通常凶手对与自己有深仇大恨的人才有这么大的怒气吧，现在他应该不会犯这种低级错误。陆行知思考着，说，也有可能是因为年纪大了，体力下降，没控制好被害人，遭到了反抗，把他激怒了？卫峥嵘说，那也没有留下 DNA。陆行知说，也许他留下了，所以才把人丢到江边，想利用流水洗去痕迹。

说话间，陆行知看到了柔柔美发店，粉色打底的招牌还在，但是门口的两个螺旋灯筒却关着。透过窗口的大玻璃看进去，里面也不亮，不像还在开张的样子。他们在路边停下车，进了柔柔美发店，发现里面也不是美发店的样子。理发椅和洗头台还在，但空地上摆满了大大小小的纸箱、蛇皮袋。一个头发染成红棕色的年轻女孩正拆着纸箱，店里乱糟糟的。

卫峥嵘退出去又看了一眼门头的招牌，是柔柔美发店没错。陆行知问这个女孩，这儿还理发吗？女孩抬头看了他们一眼，说，不干了。陆行知说，你认识薛红吗？女孩停下手说，认识啊，我也正找她呢！我都快累死了，她他妈跑哪儿凉快去了！看来这女孩应该就是齐莎莎。

老朱和老杜去了薛红母亲家，是一个中档小区内的一套普通的二室一厅。不平常的是她家的客厅里堆了各种木料、树根。一间开着门的卧室里，一个相貌平常的中年男人坐在桌子后面，正拿雕刻刀侍弄一个树根。这人也不跟他们打招呼，只顾忙自己的。老朱他们事先了解过情况，薛红亲生父母早就离婚了，这个人应该不是亲爸。

老朱和老杜在客厅腾出的一块地方里挤挤挨挨地坐着，跟薛红母亲聊。薛红母亲情绪低落，倒没有流泪，只是说话声音很小，连带着他们俩也放低了声音，像在说悄悄话。薛母说，她搬出去三年多了，很少回家，不爱跟我们说话，我们也不了解她。老杜说，噢，关系不太好？年轻人嘛，喜欢叛逆，她跟她爸关系怎么样？薛母说，我跟她爸早就离婚了，她爸搬到云南去了，没联系过。老杜看看卧室里那位雕刻家，故作意外地说，噢，那位原来不是亲爸，薛红跟他关系怎么样？薛母说，一年说不上三句话。老朱问，吵过架吗？老杜不满地看看老朱，说，三句话吵什么架？老朱说，那看会吵不会吵了。没动过手吧？

薛母还没回答，卧室里的雕刻家中断了创作，进了客厅。他不是走进来的，而是坐着轮椅，自己把着轮子拐进了卫生间，看都没看他们一眼。老朱咂吧了一下嘴说，当我没问。老杜朝卫生间看看，又问女主人，你不用去帮把手？我有段时间腿坏了，自己还真不好办事儿。薛母说不用，他会。

老杜和老朱对了对眼，打算告辞。薛母往卫生间看看，用蚊子哼哼似的音量问他们，那个……红红前两个月跟我借了五万块钱，怕是……找不回来了吧？老朱有点儿想骂人。但老杜明白，这钱恐怕是背着男人借出去的，安慰她说，我们帮你问问，尽量尽量。

美发店里，陆行知跟齐莎莎说了薛红的情况，莎莎情绪立刻崩溃了，坐在箱子上哭了半个小时。陆行知等她哭声渐小，变成了抽泣，才试着跟她聊天，问她美发店怎么不开了？莎莎说，老板娘嫁人了，去非洲了，走之前把店租给了她和薛红，一次性三年，租金打了对折。陆行知看看周围的箱子袋子，说，你们这是……？莎莎说，我们俩合伙开了个淘宝店。人要有理想的呀，青春那么短，总不能一辈子给人……洗头吧。陆行知点头说，嗯，挺好的，你们卖什么？莎莎从箱子里抓出一些内衣袜子、头箍发带等廉价装饰品，随手丢到地上，看上去都是从小商品市场批发来的。陆行知问她，怎么不开实体店呢？正好有地方。莎莎恨恨地说，哪有钱装修呀！淘宝店也挺好，陆行知顿了一顿，语气自然地开始问正事，你跟薛红住一起吗？莎莎说，她住这儿，我回家住。

美发店后的洗头台旁边有道门，门上挂着白布帘，布帘上印着“中医推拿”。卫峥嵘起身，撩开布帘，看到后面是个隔间，里面放着一张小床，像是以前的按摩床。隔间里还有些家具和一些女孩子的日用品。

陆行知接着问莎莎，薛红有男朋友吗？莎莎说，没有，都太丑了，她要找吴彦祖那样的。陆行知明白了，然后，尽量用委婉的语气问，你们以前开美发店的时候，有没有一些常来的熟人、回头客？莎莎警惕地看了看他。陆行知忙说，我没别的意思，你大胆说。莎莎也是个直肠子，说，有啊。陆行知问，知道名字吗？莎莎撇撇嘴说，怎么会知道，说了可能也是假的，难道给我们看身份证啊。陆行知又问，可疑的人呢？他想了想，又解释道，就是说，看着不像好人的，可能有些暴力行为的人，有吗？莎莎认真想了想，说有。陆行知忙问，长什么样子，有什么特征，记得吗？莎莎说，长什么样子我说不清，就是个老男人吧，都很猥琐的呀。

陆行知听出来了，莎莎脑子里的坏人跟他说的不是一回事，这姑娘思路简单、不敏感，面对真正的坏人也看不出来。这些年经办的各种案件中他见过不少这样的姑娘，她们往往从小学习一塌糊涂，很早辍学，匆匆长大，身体比大脑发育得快，少不更事就被扔进了社会，给虎视眈眈的恶人们输送着新鲜的受害者。然而陆行知还没放弃，又问她，你说的这些人，大概多大年纪？莎莎看看卫峥嵘，说，跟他差不多，她又看看陆行知说，有的跟你差不多。

最后陆行知打开手机，给莎莎看曲振祥剪彩的照片，问她认不认识这个人。莎莎辨认了一下，说，这是个大老板吧？要是认识他，我们还用开这个破店吗？

陆行知和卫峥嵘从柔柔美发店里出来，就在江阴南路上找了个小饭馆，要了两盘饺子，边吃边聊。

卫峥嵘还惦记着刚才陆行知给齐莎莎看曲振祥照片的举动，提醒陆行知说，说句不好听的，你现在觉得曲振祥犯案的可能性有多大？不等陆行知回答，他又接着指出，曲振祥刚刚被咱们敲打过，这个节骨眼上，除非他是铁打的神经，或者丧心病狂了，才敢犯案吧。陆行知没说话。卫峥嵘放缓了口气说，我也想替郭胜利出口气。有时候，咱们拼命怀疑一个人，可能就因为知道他是个坏人，犯过罪，该被法办，但他犯的不一定是咱们要抓的罪。陆行知说，老卫，我懂。有时候拼命怀疑一个人，还因为害怕，怕这个线索丢了，就又回到了零点。卫峥嵘对这种担惊受怕再熟悉不过，就像在原地绕圈子，当年他都快绕出精神病了。

两人吃着饺子，陆行知一盘儿扫光了，卫峥嵘才吃了一半。陆行知喝了口水，抽张纸巾把嘴擦了，苦笑了一下说，我怎么有种预感，薛红的案子又是个死胡同呢。凶手对咱们的套路太了解了，避监控、反侦察，指纹、DNA……一点痕迹也不留。

卫峥嵘出着神，突然想起了什么，说，莫兰案你还记得吗？陆行知说，卷宗都快背下来了，我现在都不确定莫兰到底是不是第一案了，不就那张画嘛，姿势一样，万一是巧合呢？说不定是临摹的哪一幅外国名画。卫峥嵘问，莫兰案的物证现在在哪儿？陆行知说，队里。卫峥嵘说，生物物证当年白晓芙冷冻保存了，莫兰指甲缝里有极少量皮肤组织，那时候白晓芙说没有检验价值，等 DNA 技术成熟了，也许能检出结果。

陆行知忽地站起来了，不等卫峥嵘吃完就结了账。两人直奔南大生化系。

白晓芙当年所在的实验室已经今非昔比，环境好、设备新，到处一尘不染。一位男实验员在，姓楚，三十多岁，卫峥嵘看着他的面相，大概算了算，12 年前，他只怕大学还没毕业。一问，小楚 1998 年刚好毕业，那一年对他来说是个节骨眼，所以事情记得很清楚。小楚说莫兰案那些物证，肯定不在这儿了，白老师出了那个事……去世的时候……

一提到白老师，陆行知注意到卫峥嵘的脸色变了。小楚说，1998 年我刚留校。白老师去世，实验室是谢老师接管了。然后，到 2002 年，就跟你们公安系统分割了。那些物证的去向，恐怕得问谢老师。陆行知问他谢老师现在的去向，小楚说，他作为访问学者去英国了。说着他抬头看了看墙上的挂钟，又说，这会儿那边是半夜，可以先发个电子邮件。小楚拿出纸笔，给他们写了电子邮箱。卫峥嵘呆呆地坐着，看起来有些恍惚。

从实验室出来，他们一直走到了卫峥嵘的出租车跟前，老卫还恍惚着。他把车钥匙递给陆行知，陆行知明白，卫峥嵘正想着白晓芙，就接过钥匙上了驾驶位。

路上，陆行知开车，卫峥嵘在旁边沉默地坐着，半晌不发一声。卫峥嵘很少这样感情外露，陆行知还有点儿不习惯了，想找话打破一下安静，就说，2002 年，咱们法医科装备升级，老吕还差点退休呢，觉得太难了，学不会，没想到现在成专家了。卫峥嵘望着车窗外向后倒退的街景，没接陆行知的茬儿，喃喃地开口，说，人的脑子，真是奇怪。刚开始的时候，我一天数不清想起来多少回，睁眼闭眼都是她。我心里疼得忍不了，就想给自己一枪。就算过上几年、几天想起来一回，心里还是疼得像捅了刀子。现在，一年中有几回，在医院里看见白大褂，会冷不丁闪一下，心里像堵了块东西，过会儿也就化了。说实话，她的模样我都有点儿记不真了，像拍照片拍虚了，知道什么样子，但是要仔细去想鼻子、眼是什么样，又记不清楚。

陆行知从没跟卫峥嵘有过个人感情方面的交流，一时有些没词儿。卫峥嵘说，1998 年我离开警队，有一半的原因是为她。顿了顿又说，一大半吧。陆行知不知怎么安慰他好，卫峥嵘回过头，说，没想到吧，老卫还有这一面。陆行知艰涩地说，想得到。

4

根据女图书馆员莫兰家晾衣竿里发现的素描画像，卫峥嵘同意了陆行知并案的要求，作为“10·18”系列案件的前一案，从南岸区大队调来了莫兰案的卷宗和物证，交由专案组统一侦查。

法医老吕看了莫兰案的生物痕迹检验报告，莫兰指甲缝里发现了极少量他人的生物组织，但是并没有分析结果。1995 年负责检验的人是白晓芙。卫峥嵘和陆行知去了南大找白晓芙，顺便准备将莫兰的画像拿给美术系的老师过过眼，肖像画得挺逼真，像专业人士所为，万一是美术系毕业的学生呢。

到了南大，陆行知听霍队和老朱讲过卫峥嵘和白晓芙的往事，这回学乖了，不想当电灯泡，主动提出他去美术系，两人分头行动，这样快一点儿。卫峥嵘瞄了一眼陆行知，没有反对。

陆行知去了美术系，找到了联系好的老师。老师拿着莫兰的画像端详了会儿，摇头说，业余的，应该没受过专业训练，你看这个人体比例，还有肌肉线条的表现，应当是自己摸索的吧。但能画到这个程度，还是有天赋的。陆行知有些失望，问这幅画是用什么铅笔画的，老师说，应该就是普通的 HB 铅笔。老师从笔筒里抓起一大把铅笔，都是 H 系列或 B 系列的，说，铅笔软硬不同，各有用处，HB 的一般只用来起稿。

卫峥嵘去实验室找白晓芙，推门进去就看见白晓芙穿着白大褂，正在试验台前看显微镜。卫峥嵘叫，晓芙。白晓芙抬头，看见是他，笑了笑，说，你好。卫峥嵘一愣，这招呼打得有些正式。他随即看见实验室一角的桌边坐着个小男孩，十岁左右的样子，正在写作业。白晓芙介绍说，这是我儿子，放学早，先来我这儿写作业，晚上顺便在食堂吃饭。她对儿子说，叫卫叔叔。小男孩长得清秀，像白晓芙，礼貌地说，卫叔叔好。

卫峥嵘明白过来，凑到男孩身边，讨好地堆起笑脸，问他叫什么名字，小男孩口齿清楚地回答说，张山山。卫峥嵘又问他上几年级，张山山说，三年级。卫峥嵘勾头看看他的作业说，字儿写得真整齐。张山山望着卫峥嵘问，你是大学教授吗？他大概把卫峥嵘当成他妈的同事了。卫峥嵘失笑，从来没人把他当成过知识分子，更别提大学教授这个级别的，连忙自谦说，我哪点像教授？不是，我是警察。张山山挺认真，实话实说，我看你也不像。卫峥嵘有点儿没面子。孩子又问，你怎么没穿警察的衣服？卫峥嵘说，我是刑警，不一定穿警服。说完又换了孩子的口吻说，怕坏人认出来嘛，好好写作业。

卫峥嵘踱到白晓芙身边，拿出莫兰案的检验报告，问，这是你经的手吧？白晓芙打开看了看，说，两年了都，怎么又翻出来了？卫峥嵘说，并案了，同一个人干的。白晓芙吃了一惊，看了儿子一眼，示意卫峥嵘小声。张山山正往这边偷看，跟他妈对视了一眼，又低头写作业。

卫峥嵘压低声音说，指甲缝里的东西，没验出来？白晓芙说，是有极少量皮肤组织，但太少了，我就没有检验。我有数的，验也没用，还浪费了物证。卫峥嵘有点儿郁闷。白晓芙又低声说，我都保存着呢，如果哪天DNA基因检验技术成熟了，也许能有结果。她对并案这事儿还将信将疑，问，中间隔了两年，确定是一个人吗？卫峥嵘说，这个应该是第一次。

白晓芙留卫峥嵘一起到南大食堂吃饭，卫峥嵘推辞了，有孩子在，他不自在。从南大出来，天已经黑透了，他在路边小摊随便对付了一顿。卫峥嵘开着车，走石门路，进了老城平房区，沿着街巷慢慢兜圈子，也说不上有什么目的，就是巡游。开着开着，他就感觉不对劲儿。他从后视镜看了一眼，有一道车灯好像已经跟了他很久，似乎是一辆摩托车发出的。

卫峥嵘拐进一条黑漆漆的小路，马上熄了车灯，靠边停了。果然那个车灯也跟着拐了进来，然而在路口就停下了。卫峥嵘没动，盯着它瞧。对方仿佛也在等待、观望着，没有跟进来。过了一会儿，突然车灯熄灭，从后视镜中消失了。卫峥嵘坐在黑暗中猜度着，有些不安。

陆行知晚上刚到家，杨漫就把他拽进了卧室。陆行知看杨漫精神紧张，脸色发红，不知道她要干什么，想着如果要亲热，他现在有点儿力不从心。杨漫却不是这个打算，只见她从卧室床底下拉出一个鞋盒，打开了，里面是一双红白相间的旧帆布运动鞋。

杨漫问他，认识什么牌子吗？鞋的侧面有红色条纹和一只展翅雄鹰，像被拉长的 W。陆行知觉得眼熟，想了想说，前几年挺流行，就是南都本地产品，什么鹰，对了，鹰力牌。早些年南都本地电视台整天放鹰力鞋的广告片，宣称十年不破，省优部优，要走出国门，征服亚洲。当然这个宏愿没有实现，这也就省内比较流行。虽然价格亲民也不算贵，但陆行知也没穿过，他穿得最多的是解放鞋。

杨漫说，这是我大学里穿的，今天打扫卫生找着了，穿上试了试，没想到宁宁一看见就哭了，还是大哭，就像那天把她一个人丢家里那样的哭。陆行知确实是累了，脑子反应有些迟钝，努力琢磨着这事儿的意义。杨漫又提示说，脱下来拿走她就不哭了，拿出来她又哭。她望着陆行知，好像要替他把话说出来，又怕他说出来。陆行知想到了，顿时后背发凉，疲劳突然一扫而光，陆安宁看见过凶手的鞋。

第二天，陆行知把鞋拿到了队里，给卫峥嵘看。卫峥嵘没明白，以为是莫兰案的物证。陆行知说不是，这双是杨漫的，凶手很可能穿的是这种鞋，宁宁看见这鞋就哭，条件反射了。以她的视线高度，可能凶手的鞋给她留下了很深的印象。卫峥嵘没否定陆行知的推测，拿起鞋看看。鞋的事儿，有个人比较了解，但是卫峥嵘一想起要去见这个人就头皮发麻。但为了工作，他还是带上陆行知去找了胡海霞。

胡海霞有个鞋摊，在一个卖杂货的便民大市场里。大市场在居民区里，像个大车间，有一个高高的顶棚，下面摊位混杂，从油盐酱醋、针头线脑到廉价服装、首饰、皮鞋都有。

胡海霞卖的都是不值钱的大路货，也卖拼错了字母的阿迪达斯、耐克之类。见到卫峥嵘，她气不打一处来，但当着陆行知又不好发作，便对卫峥嵘正眼不看，只跟陆行知说话。胡海霞对鹰力鞋倒是门儿清，也有感情，掰着鞋底子说，这是鹰力鞋呀，看质量多好，南都的老牌子，我卖了好多年呢，流行得很，满大街都是。前几年鞋厂倒闭了，又甩了一批，南都每家每户只怕都有这么一双！也就是说，想从鞋子找人，基本是大海捞针了。陆行知和卫峥嵘都挺泄气。旁边试鞋的一位大妈插话说，我老头子就有一双，穿了十年了，耐磨呀。现在这鞋，动不动就开胶。胡海霞撇下卫峥嵘他们，赶紧维护商业信誉，跟大妈说，开胶您找我退来！陆行知和卫峥嵘没别的问题了，便起身告辞。刚走两步，胡海霞隔空扔过来一句，来了也不给壮壮捎个玩具，心里真是没这个儿子！卫峥嵘顿了顿，又觉没什么可反驳的，只能低头跟陆行知走了。

接下来的调查方向，是南都图书馆。他们去前打过了电话，莫兰的前同事，一位四十来岁的苗大姐接待了他们。今天周末，图书馆正忙，苗大姐找了几处也没个方便的地方说话，于是把他们领到了书库里。书库占了大半层楼，一眼望去，几十排书架，满满地码着各类图书，在半明半暗的光线中，沉静肃立。

卫峥嵘被书库的巨大藏书量震撼到了，感叹说，一辈子没见过这么多书。苗大姐说，外面人多，这儿清静，你们还是问莫兰的事儿？卫峥嵘说，对，您尽量回忆回忆。苗大姐说，莫兰这个姑娘，很内向，不爱说话，但工作认真负责，从没出过差错。她父母都是我们单位的退休员工，身体本来就不好，她一出事，她父亲当年就去世了。她母亲受了刺激，也不太正常了，今年我们还去慰问过，不记事儿了。卫峥嵘问，她有过男朋友吗？苗大姐说，没有，她不爱跟人交往，看她年纪也不小了，我们都替她着急，老给她张罗，她就是不愿意。

陆行知问，听说她喜欢侦探小说？苗大姐有些意外，说，不太了解。她回忆着说，莫兰空闲的时候手里总是拿本书，埋着头，记得我有一次看见书名是……《浪漫的告别》？是言情小说吧。陆行知说，应该是《漫长的告别》，雷蒙德·钱德勒写的侦探小说。苗大姐将信将疑，显然对莫兰的这个爱好不大理解，觉得跟她的气质照不上。

陆行知望着一排排书架，拿下一本，翻到封底，抽出借书卡，看到上面竖排的表格里有每个借书人的名字和还书日期的小红章。陆行知眼睛一亮，问苗大姐，你们这里的书籍是怎么分类排列的？苗大姐说，按《中图法》分的。你要找什么？先查索引吧。陆行知说，这些卡片呢，如果填满了你们会保存吗？苗大姐不大明白陆行知的意思。陆行知解释说，我想看看侦探小说都是谁借的。苗大姐说，卡片填满了就扔了，没有保存价值呀。卫峥嵘听明白了陆行知的意图，说，你觉得是常来借书的人认识了莫兰？陆行知点头说，喜欢同一类书，就有共同的话题。

苗大姐还是不敢相信，这么大的事儿能在她眼皮底下发生而自己却毫无察觉。她肯定地讲，从来没见过莫兰有男朋友，男性朋友都没有！卫峥嵘说，她有，而且很亲密，亲密到能给她画画。苗大姐不明白，卫峥嵘也没继续解释，画裸体像的事儿过于私密，况且跟她说了也没用。

卫峥嵘从书架上抽下一本书，打开看封底的借书卡，小红章盖的都是 1997 年的日期。卫峥嵘说，两年了，都换了多少张了。陆行知望着林立的书架说，试试看吧。卫峥嵘皱着眉说，侦探小说，对了还有间谍小说，成千上万本，怎么找？陆行知说，我来找。幸好有老陆的传承，这方面的书他也熟门熟路。

夜里的书库，像个巨大幽深的洞穴。陆行知走在长而深的书架之间，手里拿着一沓索引卡和笔记本，在书架上寻找着。他找着一本《犯罪心理学》，取下翻到封底，查看还书日期，最早也是 1997 年的，就把书重新插了回去。

这时，书库的另一头传来卫峥嵘的声音，说，还真有 1995 年的，叉的悲剧。陆行知马上猜出来，他说的是《X 的悲剧》，奎因写的，也在他列出的单子上。两人隔空对话，陆行知说，把借书人的名字抄下来吧。卫峥嵘又感慨地说，两年都没人借了，多浪费。

陆行知又找着一本《豺狼的日子》，打开看看，最早的记录是 1996 年，他把书又插回书架继续找。然而他突然想起了什么，有点儿懊恼，捶了自己一拳后穿过一排排书架，去找卫峥嵘。卫峥嵘拿着一本书正在翻看，陆行知突然出现，吓了他一跳，忙把书合上匆匆插回书架。老卫表情尴尬，刚在书架上看见了一套《金瓶梅》，这书他听过，一直好奇，刚打开翻了一下，就被陆行知撞见了。

陆行知根本没在意他翻的什么书，也没注意他脸上的尴尬，懊恼地说，对不起，我想错了，不该只找 1995 年的。就算莫兰死了，他还是会回来借书的，说不定比过去还频繁。卫峥嵘问，什么意思？陆行知说，1996 年，1997 年，所有的名字都得抄下来。卫峥嵘郁闷坏了，觉得大半夜白忙了。他一挥手说，别抄了，把借书卡都抽出来，复印！

按照陆行知的书单，他们把封底的借书卡都抽了出来，让值夜班的打开图书馆复印室，一张张复印。陆行知把几张借书卡放在复印机上，拼成 A4 纸的大小，印到一张纸上。陆行知机器人似的干了两个小时，精神颓败。卫峥嵘则坐在一旁打盹儿。两人都没注意，天已经亮了。

苗大姐来得早，一看他们还在，说，你们警察真够辛苦的，这么多人名，怎么查呢？卫峥嵘惊醒了，不好意思地搓把脸，站起拿了陆行知复印好的纸张，翻了翻，很吃惊，没想到这么多。卫峥嵘说，别印了，这个工作量，全市警察动员起来，三个月也排不完。陆行知却不搭腔，机械地重复他的动作。卫峥嵘说，行，你起来，我印！他把陆行知拉到一边，自己接手，可复印机这东西怎么用，他却弄不明白，越搞越闹心。陆行知问苗大姐，你们有没有注意到，常来借书的人谁穿鹰力鞋？白色的，带红色条纹。苗大姐说，我们……看脸，不看脚啊。

整个白天，陆行知都没有回家补觉，就坐在图书馆进门大厅的休息椅上，手中拿着厚厚一叠打印纸，一边查看，一边用笔做着记号，凭记忆找出那些出现不止一次的名字。他不时抬头，扫一眼进进出出的人。不看别的，就瞅他们的鞋。他的样子，看上去像个大学生。

卫峥嵘走来，在他身边坐下，说，有吗？他问的是鹰力鞋。陆行知摇摇头。卫峥嵘说，回去睡一觉吧。陆行知说，不用，我还行。卫峥嵘对他的态度没那么硬了，似乎温和了些，劝着说，破案有时候是短跑，全力冲刺雷霆一击就破了。但有时候是长跑，体力得匀着点用。

陆行知看看手中的借书名单，说，我知道他的名字十有八九就藏在这里头。他又抬头看看来往不断的人说，说不定这些人里，就有他。可就是不知道是哪一个，不知道是谁，这感觉……陆行知笑了笑，笑得有点儿凄凉。卫峥嵘问，什么感觉？陆行知说，是绝望吧。卫峥嵘也笑了，说，没绝望过这么几次，都不算真正摸着了刑警的门路。能挺过这些绝望，咬着牙继续前行的，才是合格的好警察。

卫峥嵘和陆行知拿着从图书馆复印的借书卡回了队里，分发给专案组的警察们。陆行知向大家交代说，这里面的人名，有很多重复出现的，就是说借过不止一本书。我们的目标是把这些重复出现的人名都找出来，按照出现次数的多少排列一下。

朱刑警翻了翻手里的复印件，有点儿烦，说，我记性不好，看过就忘，挑不出来。陆行知已经想好了对策，最快的办法，就是把这些人名都输入电脑，最后汇总成一个文件，再利用电脑做一个排列，马上就完成了。朱刑警又说，局里一共才几台电脑，别人还用着呢！朱刑警今天的态度很奇怪，故意憋着气想吵架似的。卫峥嵘忍不住呵斥说，等他们下班，你再用！家里有电脑的回家弄，明天早上把软盘交上来就行。朱刑警干脆把名单一撂，说，我打字慢，给别人吧。卫峥嵘说，你怎么回事？朱刑警说，我没怎么，这个莫兰到底是不是第一个被害人，你们怎么就那么确定？一张画算铁证吗？要是她自己对着镜子画的呢？

卫峥嵘虽然生气，但还是压着火儿说，你不想干活就算了！朱刑警马上反弹，叫道，谁不干活？我偷过懒吗！你们再想想，莫兰 1995 年被杀，1995 年到 1997 年之间——他转头问陆行知——没找着别的案子吧？这两年他干什么去了？修身养性，两年之后突然又兽性大发，解释得通吗？卫峥嵘说，解释能有一百种，我懒得跟你说！朱刑警说，你神通广大，怎么还没抓着！刻薄了卫峥嵘这一句，朱刑警一身火气地出去了。

卫峥嵘有点儿莫名其妙，说，怎么了他，来例假了？旁边有个警察解释说，老杜要提前病退了，他心里烦。卫峥嵘理解了。不过老朱提出的问题，并不全是气话，1995 年到 1997 年之间，凶手怎么忍了两年呢？

5

塔里黑乎乎的，空间狭小，有台阶盘旋着向上升。陆安宁跟在吴嘉身后，沿阶而上。陆安宁喘着气问吴嘉，他怎么让你进来？吴嘉说，我是他救命恩人。陆安宁想起刚刚看到的看门老头，有些难以置信。吴嘉笑着说，其实我给他塞了二百块钱。陆安宁说，真大方。

不知上了多少级台阶，陆安宁累得迈不动腿时，吴嘉推开了一个小门，阳光猛地照射进来，把她的眼睛都耀花了。等眼睛适应了光线，她就看见了城市。他们在古塔的顶层，碧空如洗，天气晴好。

陆安宁放下琴盒和书包，极目远望了一会儿，又从包里掏出零食来分给吴嘉吃。吴嘉说，我小时候上来过，那时候看得远，还能看见城外的村子和藕塘。陆安宁挺惋惜，说现在都被大高楼挡住了，真煞风景。吴嘉笑笑说，我觉得挺好啊，高楼也是风景。城里人老羡慕田园生活，羡慕小桥流水人家，真让他们去农村住着，断网断电，连抽水马桶都没有，待得住吗？现在村民家里也安互联网啊，谁都想看看更大的世界。陆安宁觉得他说得好像有道理。

吴嘉也望着远处，话却是对陆安宁说的，过去的噩梦，都忘了吧，向前看。跟噩梦赛跑，让它追不上你。你还可以飞起来，让它够不着你。有那么多人保护你，你不用怕的。陆安宁轻轻点了点头。

吴嘉的手机震动了一下，他打开一看，短信是杨漫发的，“你跟我女儿在一起？”吴嘉一惊，有些紧张，朝塔下四处望了望。其实他看也是白看，这个高度，看不见什么，也就看不见杨漫的车就停在石门路的树荫下。

杨漫是跟着陆安宁过来的。陆安宁早上在洗手间待的时间有点儿长，出来时花枝招展，杨漫看出来，她还擦了自己的口红。她今天本来有小提琴课，杨漫要送，她却不让送，说约了同学一起走。从杨漫身边经过时，杨漫闻出她还喷了自己的香水。母亲的直觉如狐狸一般开始发挥作用，陆安宁前脚出门，她后脚也跟着出来了。眼看着陆安宁上了 32 路公交车，明显不是去音乐学校的路线，杨漫凭着蹩脚的车技，一路跟着公交车到了古塔。下车的人多，她没看到陆安宁去了哪儿，然而过了会儿，她就看见了吴嘉。杨漫逻辑推理能力不行，却直觉感到不对劲，便给吴嘉发了条短信。

过了会儿，吴嘉小心地回了个“是”。杨漫对早恋不早恋这事儿并不在意，知道了女儿的行踪就好，况且吴嘉也是个靠得住的孩子，就又给他回了一条，“注意安全，按时送她回家。”吴嘉总算松了口气。

陆安宁也听见了短信提示音，问是谁。吴嘉说，没事儿。吴嘉表情有点儿不自然，陆安宁不知道哪条神经搭错了，突然问吴嘉，你是不是喜欢我妈？吴嘉定了定神，笑着说，是啊。陆安宁惋惜地直接否定他说，算了吧，你干不赢我爸的，他们俩离是离了，关系还好得很。再说，她也太老了吧。吴嘉说，我喜欢杨老师，是学生对老师的喜欢，我还喜欢食堂大妈呢，那是顾客对厨师的喜欢。陆安宁笑了，好像放了心。

两人吃完了一包薯片，吴嘉拧开一瓶纯净水递给陆安宁，说，哎，你拉一段儿小提琴吧。陆安宁有些不好意思，她只会拉最基础的入门曲。吴嘉说，没关系啊，是音乐就好。陆安宁不再推辞，打开琴盒，拿出小提琴来，在脖子窝处顶好，下巴压住，然后琴弓一划，一曲《天空之城》便在城市上空飘扬开去。

莫兰案的DNA物证，是目前希望最大的案情突破口。陆行知当天从南大实验室回到分局，马上找了老霍，让他出面询问，当年南大跟市局交割的物证都落到哪儿了？同时他也给人在英国的谢老师发了电子邮件，说了说情况。

第二天老霍给他回了话，说，南大保存的物证没丢，2002年交割给市局了，统一入的库。DNA技术成形之后，经费来了，就隔三岔五验一批。你去市局问吧，找技侦的老易。

陆行知答应了，正要去市局，老朱喊他，有个英国来的电话找他。陆行知想着正好，先跟谢老师确认一下情况。他接过电话刚说了句谢老师，对方却说，不是，我姓顾。对方语气很不友好，接着直愣愣地问，你是陆行知吗？你上周给我发了邮件。陆行知反应了一下，才想起他是谁。上次曲振祥跟他说了陆安宁生父的事儿，他悄悄向南大了解情况，果真打听到1994年有个姓顾的老师出国，年龄也对得上，只是出了国就再没回来。陆行知问到了他的联系方式，也发了一封电邮过去，然后就把这事儿忘了。这位不知道为什么，直到今天才打来电话，也没打自己的手机，直接打到了局里。

对方不客气地说，你听好了，我收到这个邮件，真是莫名其妙。我不认识什么大富豪的杜梅，她有什么孩子跟我没关系。我现在家庭幸福，事业有成，希望你不要再来打扰我。再骚扰我，我下一个电话就打给你们局长。对方挂了电话。陆行知呆了一呆，有些气闷，原来对方把电话打到局里，还有个威胁的意思。这个姓顾的这么气急败坏，陆行知判断八九不离十，他就是陆安宁的生父。既然他急着撇清关系，就去他妈的吧。

“叮”的一声轻响，陆行知手机收到消息，是莎莎发来的一张照片。照片上一个中年男人，面相有些猥琐，坐在理发椅上正在剪头，看样子是莎莎偷拍的。莎莎附了一条文字信息说，“他叫李德民。你能找到他吗？”

有姓名有照片，查到李德民轻而易举。陆行知又叫了卫峥嵘，老卫叮嘱过，只要有嫌疑人，就叫他，他一个都不想错过。他们和老朱老杜一起，带上莎莎去找李德民。李德民住的是个新建小区，单元门都上电子锁，绿化也不错。两辆车埋伏在小区绿化带后面，其中一辆坐着陆行知和卫峥嵘，后排是莎莎。老朱老杜的车把着另一条路。

卫峥嵘翻着李德民的案底资料，说，够干净的，只有一次邻里纠纷，他还是被打的。卫峥嵘看看陆行知，陆行知也有点儿毛，问莎莎，你确定是他？莎莎不说话，只点点头，红棕色的乱发挡着她的眼睛。陆行知又问，薛红跟他有什么矛盾？莎莎说，反正有矛盾。陆行知观察着莎莎，疑惑越来越大。莎莎突然恨恨地说，他是个骗子。

这时，步话机里传出老朱的声音，露脸了，怎么办，拿不拿下？陆行知看见李德民从单元门里出来了，走到一辆电动小摩托跟前正在掏钥匙。再慢一步，他就上车了，要抓就麻烦了。陆行知说，拿下吧。

老朱和老杜从前面的车上下来了，包抄过去，一前一后。老朱迎着李德民的面，亮了亮证件，说，李德民吧，跟我们来一下。李德民脸色变了变，转身就要回单元门里去。老杜在他身后，搓着手，早就跃跃欲试要施展擒拿。李德民一回身，老杜大手如钳，猛地拿住了他的胳膊，但刚拧了半圈，李德民就叫起来了，等等等等！我跟你们走，上个厕所不行吗！老杜擒拿只施展了一半，有些不过瘾。

陆行知在车上等着老朱和老杜把人拎过来，莎莎突然打开车门跳出去了。陆行知和卫峥嵘对视一眼，赶忙打开车门跟上。莎莎跑到李德民跟前，先抽了他一耳光，尖声喊，怎么不接我电话？李德民直往老杜身后藏。莎莎揪着他不放，说，借我的三千块钱呢？你给我吐出来！

陆行知明白了是什么情况，有点儿郁闷。老朱搞清楚状况后马上就火了，对莎莎嚷嚷道，搞什么搞！谎报警情，你这是犯法知不知道？莎莎说，他借钱不还才犯法呢！老杜说，你看看，现在的年轻人，不加强法制教育真不行。

把齐莎莎和李德民交给老杜批评教育，卫峥嵘去拉活儿，走时跟陆行知说，一有 DNA 的消息，第一时间给他电话。陆行知自己去了市局，找霍局提过的老易。当年从南大转移来的物证，转移过几个地方，最后市局前后购置了几批物证冷藏柜，统一保存了。老易听陆行知要莫兰案的物证，说，1995 年的？正好，刚验完。以往的物证，他们会按年份、重要性，分批次检验 DNA，再把结果录入 DNA 数据库。

老易把 1995 年的物证目录索引全部打印出来，让陆行知自己找。几页纸的表格，陆行知满怀期待，一条一条往下看。但找着找着，陆行知的表情开始有了担忧。几页都看完了，期待变成了失望。陆行知不死心，问老易，确定都验完了？老易回忆着说，没有？不该呀，2008 年新买了一批冷藏柜，不会转移的时候漏了吧。你别急，我上仓库找，找得着找不着我都给你打电话。陆行知无奈，也只能这样了。

等了两天，南大的谢老师从英国给陆行知回了邮件。陆行知匆匆看完，马上又去市局物证仓库找老易。谢老师说了一个情况，1995 年时，莫兰一案并入了“10·18”系列杀人案，白晓芙当时给物证重新编了号，后来 2002 年和公安局交接的时候，有可能出现了差错，给归到 1997 年的物证里去了。

老易查看着冷藏柜的存放目录，从 1997 年的物证里找。陆行知在一边等着，不由得有些紧张，竟有些手足无措，比高考发榜时找榜单上自己的名字还要紧张。老易找了半天，小心地取出一个物证袋，递给陆行知。陆行知接了，看见物证袋里有个试管，试管里有一根小小的棉签。物证袋上的编号年份起初是 1995，旁边又写了个 1997。陆行知小心翼翼地拿着这份物证，像持着上古宝物。

回到警队，陆行知马上去了法医科，把物证袋交给老吕，说，现在就检测，加急，拜托了啊。老吕看见物证袋上的字样，立时郑重起来，招呼他的年轻助手说，小郑，锁门！从现在开始，手里的活儿停下，别的活儿都不接，觉不睡饭不吃，先把这个处理了再说。

陆行知回到专案组，给谢老师回了邮件表示感谢后又去处理其他工作，然而他总不由自主地去看墙上的钟表。终于，他坐不住了，得去干个活儿分散一下注意力。他出了分局，在路上的市场买了菜和肉，去杨漫家给她们做顿饭。

到了敲开门，杨漫看他的架势就说，我吃过了。陆行知说，再吃点儿。杨漫观察着陆行知的脸色，像是兴奋，又有些紧张，问他，怎么了，案子有进展？陆行知提着菜进了厨房，还没下手又出来了。他发现家里少了个人，问杨漫，安宁呢？杨漫说，不在。陆行知看看表，说，补习班早下课了吧，怎么还没回来？杨漫迟疑了一下。陆行知马上看出来了，马上追问，怎么了？杨漫说，去展览馆了，有个艺术展。陆行知意外地说，你怎么没去？你不最爱逛艺术展吗？杨漫说，有人陪。然后又轻描淡写地补了一句，她有喜欢的人了。陆行知一惊，提高了声音问，什么？谁呀？杨漫说，别一惊一乍的，是我夜校的一个学生，一个大男孩，人挺好的，有分寸。安宁这段时间情绪不错，我看多亏了他。陆行知脸上的表情很纠结，半晌说，她才十六！杨漫说，也不一定就是早恋呀，可能把他当哥哥了。陆行知这才知道，当爸的听说女儿有了男朋友是这种心情，根本按捺不住，喝道，哥哥也不行！说着就要走，饭也不做了。杨漫喊道，哎，你可别当那种父母！陆行知人已经到了门外，不忿地嚷嚷说，我是她爸！你当妈的不懂！

他马不停蹄地去了展览馆，在出口抓耳挠腮地等到傍晚，几次差点没忍住进去逮人。陆安宁和吴嘉刚走出展览馆就看见了他。陆安宁很意外地叫了一声爸，语气有点儿心虚。陆行知沉着脸，眼睛像扫描仪似的从头到脚刷了吴嘉一遍。吴嘉大方地伸出手，说，您好。陆行知没跟他握，招手说，你来，我跟你说几句。陆安宁不干了，说，爸，你什么意思？吴嘉说，没事的。

陆行知把吴嘉叫到一边，问他多大了，吴嘉说，二十三，您别误会，我当安宁是小妹妹的。陆行知说，知道我是干什么的吧？吴嘉说，知道您是刑警，她最近心情不好，我就是陪陪她，真的，您就放心吧。陆行知不放心，说，身份证给我看看。吴嘉听话地打开背包找身份证。陆安宁在一边，隐隐约约听了个大概，一听要查身份证，又羞又臊，急了，走过来呵斥她爸，爸！你还想不想见我？

陆行知还没答应，手机突然响了，来电的是齐莎莎。陆行知不太想接，但为了回避陆安宁的锋芒，他还是走开两步，接起来说，莎莎。莎莎在电话里愣头愣脑地说，我知道是谁了，这次是真的！陆行知不置可否地应道，是吗，是谁？莎莎说，你来店里找我吧。陆行知说，告诉我名字。莎莎说，我不知道名字，但我知道是谁！莎莎这姑娘有点儿虎，陆行知敷衍地说，行，我忙完了就过去。

陆行知挂了电话，吴嘉已经拿出了身份证递过来，但陆安宁伸手把身份证夺了给他塞回去。这时陆行知的手机又响了，这回是霍局。霍局简短地说，马上回来，有重大任务。说完就挂了。陆行知一怔，猜测着到底是什么事儿。吴嘉小心地问他，身份证您还看吗？陆行知说，下次吧。冷着脸对陆安宁嘱咐着赶快回家，说完就匆匆返回局里了。

进了霍局办公室，他发现除了霍局，秘密专案组的老叶和老翟也在。

陆行知跟他们打个招呼，就问，什么任务？老翟说，曲振祥的事儿情况有一点儿复杂，在当前这个时机，不适合我们出面抓捕。老叶说，怕树倒猢狲散，抓了他，跑了更大的。老翟又说，所以我们想请你们帮个忙，以凶杀案嫌疑人为由，把他提溜过来，我们秘密突审。老叶补充说，正好你们查他的事儿，已经传开了。抓他的时候，最好当着人，把凶案嫌疑人的说法讲得板上钉钉。

老翟老叶轮番说完，看着陆行知。陆行知面无表情，没答应，也没拒绝。老翟抱歉地说，上次的事儿，对不住。老叶也说，都是警察，铁打的纪律。老翟有些赔小心地问，你看，能操作吗？陆行知还是不说话。霍局有点儿挂不住，问，有困难？陆行知说，不困难。霍局说，是不是有什么条件？陆行知摇头说，他人在哪儿？老翟说，叠翠酒店，外围我们都把好了。老叶说，你要多少人都没问题。陆行知这才说，那我有个条件，抓他，我只带老卫、老朱、老杜。他们中有两位是编制外的人，能批枪吗？

能批，专案组就是能量大，批了四支。陆行知、卫峥嵘、老朱和老杜会合了，当即出动，到了叠翠酒店附近后先在车里验枪，准备拿人。

卫峥嵘手持一把六四，退弹夹拉枪栓，嘁里咔嚓检查一遍，手法娴熟，好像从没撂下过。只有卫峥嵘自己知道，这已经算生疏了，他感慨地说，十几年没摸了。老杜也检查着自己的枪，问他，想吗？卫峥嵘说，想啊，我当过兵。老杜说，我不想，世界上没有这东西才好呢！但没办法，还得用它对付坏人。他们各自把枪插进腰间的枪套。陆行知看了一圈，说，走吧。

他们下了车，向叠翠酒店耀眼如昼的灯光走。与当年的大富豪洗浴城相比，这家酒店庄重典雅多了，原来的黄色大理石砖全部换成了白色，一些欧洲人像雕塑错落有致地点缀在适合的角落。卫峥嵘说，没想到我还会再进这个门儿。老杜说，这里比大富豪更“大富豪”了。陆行知扫了一眼，朝贵宾洗浴区的入口走去。卫峥嵘环顾四周，目光掠过大堂和通道各处，观察着在休息区、咖啡厅的客人们，低声跟陆行知说，咱们的人还是挂相，至少来了七八个吧。陆行知也低声说，不止。

他们刚进了贵宾区的仿古红木大门，就有服务人员迎上来。陆行知亮出证件问，你们曲总在哪儿？指指就行。他们按着服务员的指点往里走，看到里面的贵宾区有桥有木，流觞曲水，雾气腾腾，一看就是园林大师设计的。他们一直走到深处一个包房门前，看到门口立着两个保镖。保镖早看出是警察，想有所动作，老朱跨上一步，亮出证件，又露了露腰里的家伙说，别动，好好待着。

老朱留下看着保镖，其余三人推门进了包房。包房宽敞豪华，像故宫养心殿一般。曲振祥和几个保养得当的男人坐在沙发上，都穿着白浴袍，品着红酒，抽着雪茄。

曲振祥看见他们进来，脸上变色，马上微笑着站起身说，哟，陆队，贵客临门，有失远迎啊。陆行知说，我们不是来做客的。曲振祥并不恼，还是谦恭客气地说，我正接待生意上的朋友，咱们换个地方说话。陆行知也不看在场的其他几人，只看着曲振祥说，别换地方，你换身衣裳吧。曲振祥一愣。陆行知一字一句，清清楚楚地说，曲振祥，你涉嫌故意杀人罪，现依法逮捕。

曲振祥笑了，说，杀人？我杀谁了？卫峥嵘接口说，郭胜利。老杜跟着说，再给你加一条，袭警。1997 年是你开车撞的我吧。曲振祥还是不慌，问，证据呢？陆行知说，没证据我们能来吗，曲大老板？到了局里，会给你放幻灯片，一条一条都明明白白的。说着他拿出了手铐。在座的几个人都不说话，微低着头，用眼睛的余光观察着形势。

陆行知问曲振祥，体面地走还是铐上走？曲振祥笑笑，眼神有点儿毒，说，就来了你们几位？陆行知满不在乎地回应说，常规阵容嘛，怎么着，嫌场面不够隆重，配不上你曲大老板的身份？曲振祥还是笑，说，你就这么自信能从这儿把我带走？陆行知也笑着说，哦，想拒捕是吧，你可以试试嘛。曲振祥不笑了，盯着陆行知的眼睛。陆行知脸上还是挂着微笑。

他们就这么对峙着，包间里安静极了，室内水景的流水声清晰可闻。在座的一个男人突然咳嗽了一声，好像在传递某种暗号。曲振祥脸上的肌肉跳了跳，跟陆行知说，当着朋友，体面点儿吧。

曲振祥跟他们回了江北分局，直接被关进了审讯室。老翟和老叶跟陆行知紧紧地握手，警察之间无须多言，点个头就是道谢。老翟和老叶进了审讯室，门一开一合间，陆行知看见了曲振祥吃惊的脸。这也是他最后一次见到曲振祥。

陆行知朝专案组走，路上碰见了匆匆奔来的法医老吕。老吕说，正找你呢，怎么关机了？陆行知说，有任务。老吕说，DNA 结果出来了，我比对了曲振祥，不是他。老吕在陆行知脸上并没有看到意外，也没有看到沮丧。陆行知拿着老吕给的报告，虽然脸上表情没变，但可以看出有光从他的眼睛里慢慢透了出来，他问，验出来了？就是说，我们有他的 DNA 了？老吕说，是啊。陆行知大力拍了一下老吕的肩，拿着报告大步走去。老吕有点儿纳闷。

抓捕完曲振祥，卫峥嵘回了家，摸着黑进了卧室，蹑手蹑脚地在胡海霞身边躺下。幸好她已经睡着，自己不用解释干什么去了。但他头刚挨着枕头，手机就嗡嗡起来。胡海霞哼了一声。老卫赶紧按下接听，把手机凑到耳边，就听见陆行知说，有他的 DNA 了。卫峥嵘忽地坐了起来，慌忙下了床，摸黑穿上一只拖鞋，趿拉到卫生间。他关上门，也没开灯，忙问，有 DNA 了？陆行知说，有了。挂了电话，卫峥嵘在黑暗中呆站着，突然泪就下来了。

陆行知用手机给卫峥嵘打完电话，桌上的座机又响了。来电的是市局值班室，问，陆队长吗？陆行知说我是。对方就说，有个叫齐莎莎的找你，往市局打了好几个电话，你手机又打不通，我怕有什么急事。陆行知这才想起来，还没给齐莎莎回话。他放下听筒，打开手机查看，发现收到了好几条短信，都是齐莎莎发来的，一眼望去全是惊叹号。

“你怎么关机了！上次的事对不起！我要将功赎罪！我真的知道是谁！”

“红红以前认识一个人！好久没联系了！那天肯定是去见他！”

“她拿了我的项链！留了纸条！是他送她的项链！她又送给我的！”

“还关机！我今天就睡这儿了！”

陆行知被这串感叹号弄得有点儿眼晕，想着现在的孩子话都不会说了吗？他随即给齐莎莎回电话，却听到“您拨打的用户已关机”。看了看时间，刚过午夜十二点，还不算太晚。陆行知决定去美发店找齐莎莎一趟。

开车走在路上时，他又给齐莎莎打了个电话，还是关机。陆行知突然有点儿不安，加快了速度。陆行知赶到了美发店时发现，美发店的门关着，灯是黑着的。

他走到门前，透过门上的大玻璃往里看。但太黑了，什么也看不清。陆行知打开警用手电往里照，里面看上去比上次来时更乱了。手电光照到通向后面的门，门开着，光束从挂在门口的白布帘上晃过去。陆行知一愣，手电再次对准了白布帘，上面有星星点点的暗色。陆行知认出来了，这是血迹。

他没有敲碎玻璃，以防上面留有指纹，而是立即返回汽车，打开后备厢，取出一副塑胶手套戴上，又拿了一盒开锁工具。陆行知走回店门前，观察着门锁，从工具盒里挑了一样，稳了稳有些发抖的手，用了不到一分钟把门锁打开了。

他进了门，穿上鞋套，向后面走。走近了，他在手电光中清晰地看到白布帘上喷溅的血迹。陆行知戴着手套的手慢慢伸向布帘，手臂止不住地微微发着颤。

第七章　十二年

1

1998年春节，陆行知带着杨漫和陆安宁回了县城老家，和父亲老陆一起过年。他家有个院子，院子里有一块六七十平的地，主要用来种菜。老陆平时吃的菜基本都是自己种的，白菜、小青菜、黄瓜、西红柿、豆角、茄子、香菜，都有。到了冬天，老陆自己搭了塑料棚进行温室养植。院中有一棵梧桐树，陆行知还记得，小时候，每逢夏天，树上总掉下食指粗细的大青虫，扭动起来十分有力。

除夕夜，陆行知和老陆在厨房置办年夜饭，杨漫抱着宁宁坐在布沙发上，翻看着一本相册。相册记载了陆行知从小到大的成长史。母女俩像探宝般，不时发出惊喜的尖叫。杨漫说，看爸爸小时候，傻不傻？宁宁端详着照片，照片里陆行知抱着个玩具枪，表情十分严肃。这张照片是在照相馆里照的，彩色还是手涂的，涂得像个哪吒。宁宁说，不傻。杨漫又指着另一张照片说，哇，爸爸上高一的时候，帅不帅？青春期的陆行知黑不溜秋的，嘴唇上还有微须，正是难看的时候。宁宁很诚实，说，不帅。宁宁指着一张陆行知刚参加工作时的警服照，说，爸爸帅。陆行知听着客厅里的欢笑，心里有暖洋洋的东西在流动。

吃过年夜饭，一家人坐在沙发上看春晚。外面的鞭炮声此起彼伏，不时有烟花照亮夜空，杨漫就抱着陆安宁出去看。陆安宁边看边拍手鼓掌，兴奋极了。看完回了屋，猛地暖和起来，她很快就睡着了。杨漫挨着陆行知，也昏昏欲睡。电视上王菲和那英出场，唱起了《相约九八》。中国人的九七年就要过去了，陆行知突然觉得不是滋味，轻轻起身，走出了屋门，站在院子里，望着县城上空不时升起的焰火，闪闪烁烁。

老陆也出来了，站在儿子身边，他知道儿子揣着什么心事。老陆说，给老卫打个电话吧，他是主办人，压力更大。陆行知说，恐怕快不是了。

大年夜，卫峥嵘留在队里值班，儿子跟着胡海霞回娘家过年了。八点钟的时候，卫峥嵘跟儿子通了个电话，先问他姥姥做了什么好吃的，壮壮数了几个菜名，又说，爸爸不在，我吃着也不香。卫峥嵘心里一酸，让儿子跟舅舅放炮去，城里禁止燃放烟花爆竹，外面连个炸音都没有，回到老家，正好放个痛快。卫峥嵘交代他，点着了快跑，别回头看。

卫峥嵘放下电话，摸索着桌上厚厚的文件资料，都是些打印出来的名单、摸排记录等。他拿起一瓶半斤装的白酒，拧开了送到嘴边，又放下了。卫峥嵘下了楼，踱到值班室。值班室大爷以警队为家，也是一个人，正一人喝酒吃菜，看着春晚。

桌上两三个熟食卤菜，卫峥嵘给他添了一瓶酒，看着他吃喝，自己却不动筷子。大爷问老卫，第一回一个人过年吧？卫峥嵘点点头。大爷又说，儿子怎么没跟着爸？节假日不归你吗？卫峥嵘摇了摇头，有点儿烦。胡海霞提出带儿子回家过年时，他没有争执。他的父母都不在了，父子两人过年确实有点儿凄冷。

电视里，那英和王菲唱起了《相约九八》。卫峥嵘看着电视，眉头越皱越紧。全国人民都在迎接九八年的到来，只有他还想拽着九七年的尾巴不放。大爷酒有点儿上脸，眯着眼看卫峥嵘，说，上头给的期限是年前吧，过了年，怎么办？卫峥嵘指了指凉拌菜。大爷说，凉拌？卫峥嵘说，吃你的吧！我转转去。

卫峥嵘起身，穿上外套出了门。他开车在城里转了一圈，大马路上前所未有的冷清。他不知不觉开到了石门路，右侧的平房区漆黑一片，死气沉沉。街道上空空荡荡，无人无车。卫峥嵘突然踩下油门，汽车轰鸣着向前飞驰，闯了一个红灯。卫峥嵘哈哈大笑起来，直到笑出眼泪。

2

过了年，专案组刑警们被召集起来，开了年后第一次全体大会，由霍大队主持。除了江北大队的，还来了一位不苟言笑的生面孔，是个中年人，方脸，戴着黑边眼镜。霍大队说，年过完了，仗还得打，从今天开始，“10·18”系列案件由姜辉同志负责。在座的刑警不由得悄悄看向卫峥嵘。卫峥嵘坐在后排一个不起眼的角落，腰背微弯，目光朝下，面无表情。陆行知没有回头，不忍心看。

霍大队接着说，姜队在座的可能认得，但不大熟悉，他是去年从广东调到市局支队的。不过没关系，一起工作很快就熟悉了。老姜，你说说。姜队接过话头，中气充沛地开口说，同志们，连日奋战，辛苦了。但辛苦归辛苦，活儿还得继续干。过年这几天，我没干别的，把所有案卷从头到尾看了一遍，看得出大家做了很多工作，摸排细致，调查深入。我也没有更好的办法，只能更细致、更深入。不过有一个问题，1995年的图书馆职员莫兰被杀一案，是不是系列案件的首案，我看还值得商榷。仅凭一幅画，我没有被说服。

陆行知举起了手。霍大队说，小陆，让姜队说完。姜队说，陆行知吧，我看到了，并案是你首先提出的，你说。陆行知站起来说，姜队，我觉得这幅画虽然不是铁证，但已经足够将案件联系起来。仅仅凭一幅画的内容指向“10·18”系列案的被害人柳梦，可能是巧合，但画的主人莫兰被杀，且杀人手法与“10·18”系列案件有一定重合，就不能视为巧合了。系列杀手，或者叫连环杀手，通常有一个蛰伏、觉醒和成熟的过程，莫兰案可能是他的一种演练和雏形……

姜队抬了抬手，打断了陆行知的发言，说，不谈理论。系列凶杀案，我在广东破过几起。那我再问一个问题，从 1995 年到 1997 年，凶手为什么没有作案？朱刑警闻听直了直腰，他也问过这个问题。陆行知老实回答说，不知道。姜队说，我不否定你的推断，莫兰案可能是首案，也可能不是。我看了你们的调查进展，在摸排借书的人，现在排完了百分之二十？这个调查方向要耗费大量人力和时间，如果错了，时间我们浪费不起。陆行知有点儿气馁地坐下了。后排的卫峥嵘抬起了眼。

姜队接着说，我看主要的调查方向还是要集中在柳梦和杜梅的社会关系上，做更细致全面的梳理。莫兰这个方向，他朝着陆行知说，你可以继续跟，其他人就不要……卫峥嵘突然开口了，声音洪亮地说，还有我。举座皆惊，纷纷转头看老卫。霍大队有点儿尴尬，说，老卫……姜队说，卫峥嵘同志吧？他看着卫峥嵘，又看陆行知，点了头，说可以。

散了会，陆行知和卫峥嵘这个双人小组继续原来的调查方向，其他人都被调去从头梳理柳梦和杜梅案的嫌疑人。

卫峥嵘去了趟厕所，在洗手台洗手时，霍大队进来了。他走到便池前边解裤子边说，老卫，别有情绪啊。卫峥嵘说，服从安排。他的语气平静，没有显露出任何情绪。霍大队说，我也累，真想撂挑子。我都想好了，退了就去开出租车，咱们技术好，路又熟，交通规则记得清，上手就能开，挣得还比现在多……

卫峥嵘不理他，转身出去了。他跟陆行知在楼下会合，两人商量了一下，打算分头行动，陆行知去走访下一个频繁借书的家伙，卫峥嵘去南大找白晓芙，莫兰的画像交给了她，想让她试试用化学分析法能不能显影两年前的指纹。

卫峥嵘把车钥匙抛给陆行知，说，车你用。陆行知说，你开吧，我骑车。两人正在推让，朱刑警追过来说，抱歉，车得交回去统一分配，你们俩……老朱看看眼前的情形，有点儿尴尬，一咬牙说，开走吧，我就说没追上。但陆行知还是把车钥匙还回去了，他和卫峥嵘一人一辆自行车出了分局。

卫峥嵘去了南大生化实验室，只有白晓芙一个人在。她戴了手套，把莫兰的素描画像小心地从试验台中取出，说，碘熏法不行，我订购了特别试剂，前天刚送到。这画就算保存得不错也两年时间了，显影效果不太好。卫峥嵘凑上去，看见画上有些不太明显的指纹纹路，细看才能看出一些细纹，像虫子胡乱爬过留下的印儿，纸的边缘较多，而且都是重叠的，分不出单个的。白晓芙说，恐怕没有鉴定价值了。卫峥嵘把画放进塑料夹，小心收好，说，让老吕看看。

白晓芙觉察出卫峥嵘的精神不振，有些心疼，说，既然退了，就歇歇吧。卫峥嵘说，又不是退休。白晓芙问他，给你的药吃了吗？卫峥嵘说，我最近喝得少。白晓芙笑了笑，笑中似有些悲哀，说，是吗？我那天也喝了点儿酒，原来喝酒真能开心一点儿。这话有点儿突兀，超出了他们的日常谈话范围，饱含了情绪，深入了内心。卫峥嵘吃了一惊，说，你为什么喝？白晓芙说，没事儿。卫峥嵘又说，女的还是少喝酒。他的语气有点儿生硬，不像关心，倒像是在劝诫。卫峥嵘自己也觉察到了，想补救一下，又说，喝酒不好。白晓芙果然误解了，脸色冷下来说，对，你以前说过，不喜欢女人喝酒。凭什么，这还男女有别吗？这么多年你的大男子主义还是没治好。

她脱了白大褂，开始收拾东西，说，我该接儿子去了。卫峥嵘说，今天不是周末吗？不跟着他爸？白晓芙说，早就不跟着了，周末也跟我。卫峥嵘好像被戳痛了，想起了自己跟儿子的处境，皱眉说，那他爸多长时间见他一次？白晓芙冷冰冰地说，不见才好呢，我跟法院申请了独立监护，他能不能探视我说了算。卫峥嵘表情有些不自然，说，那也是他爸。白晓芙一顿，盯着卫峥嵘，表情有些难看，说，有些人，不配做爸爸。卫峥嵘好似头顶被敲了一记警钟，脸色变了，说，你说谁？白晓芙反应过来，卫峥嵘也是个离了婚的父亲，忙说，你误会了，我怎么可能说你呢？卫峥嵘脸色再没有和缓过来，拿着画，沉着脸掉头就走。

陆行知去了卫生局下属的一家事业单位，找着了要见的人，叫包健，这人三十出头，肤白、微胖，头发整齐偏分。这单位十分清闲，没几个人上班。接待室也很简陋，挨墙放着一个报纸期刊架子。陆行知问包健，你经常去图书馆借书？包健探头想看陆行知的名单上写着什么，随口回答说，不经常，您什么事儿？陆行知拿出个市图书馆的借书证，说，你一年换了两本借书证，挺经常的吧。包健的借书频率极高，每周两三本，看他的样子，自从坐下，屁股就在椅子上推磨，又不像个爱读书的人。包健吃了一惊，恍惚了一下，说，难道那个传闻是真的？陆行知看看他，不知道他说的是什么传闻。包健煞有介事地解释说，有些书，借过的人就会被记录在案了。但我没借过那些书啊！陆行知也有点儿蒙，说，哪些书？我都不知道。算了，你爱看什么书？

谈话时，不时有好事者门口探头进来，或者干脆走进来取报纸。包健对这种打探很介意，跟陆行知说，同志你小声点儿，我不爱看书。陆行知说，那犯罪小说你可借了不少。包健说，我不管什么书，别人要什么我借什么。陆行知很意外，别人？谁要的？包健左右看看，压低了声音说，跟您说，您可别外传。有人投资了网上书库，就是把书录进电脑里，变成电子文件。我们单位不是有扫描仪嘛，我把书借来扫描了，再卖给他们。这对陆行知来说也是个新闻，没想到还有人干这个，他问包健扫描了卖多少钱一本。包健踌躇满志地说，这是远期投资，将来这书可以在网上卖，也可以卖光盘。每卖出一本，我就可以收百分之五的利润，这个事儿是大有可为的。又问陆行知，哎你们局里有扫描仪没有？陆行知有点儿哭笑不得，说，就是说你还没拿到一分钱？包健有点儿不高兴，说，你也觉得我是让人骗了吧，说了是远期投资！

卫峥嵘拿着莫兰的画像回到队里，给了法医老吕，让他试试能不能提取完整指纹。从法医科出来之后，卫峥嵘给儿子打了个电话，接电话的是前丈母娘。小学寒假还没完，壮壮还在姥姥家住着。老太太不大待见这个前女婿，说壮壮玩去了，就挂了电话。卫峥嵘心里没着没落，烦躁起来，骑自行车出去，找了个馆子，自己喝了顿酒，没注意就干掉了大半斤。出了饭馆，冷风一吹，就觉得昏头昏脑，自行车也骑得摇摇晃晃。

拐上一条小路后，卫峥嵘突然撇了车，缩进墙角的阴影中。等了片刻，只见一个骑车的人影拐进来，在路口骤然减速，卫峥嵘弹簧似的跳起，跨上一步，劈手把人从车上拽了下来，就手反剪了按在墙上。原来他刚才的醉态都是装的。

被他按住的男人，不出所料，就是白晓芙的前夫。卫峥嵘说，你跟着我干什么？男人冷眼看着别处，一言不发。卫峥嵘说，我们什么事儿都没有！男人微微冷笑了一下，也说不出是鄙夷还是愤怒。卫峥嵘吼道，你要还在乎她，就去跟她赔罪、求情，负起男人的责任，好好过日子，跟着我有屁用！男人却说，她从来没在乎过我，我就想看看你有多了不起，现在看，也不比我强。男人的声音很平静，不带一丝情绪，就像在叙述一个事实。卫峥嵘一愣，放开了手。

第二天卫峥嵘起晚了，将近中午才去了法医科。老吕正在吃饭，一边在饭盒里划拉剩下的米粒，一边跟卫峥嵘说，我看不了，太碎了，没那本事。你去找郝大手吧，画儿已经给他了。

卫峥嵘跟陆行知说了一声，打算自己去中山大队找郝大手。那地方远，没必要俩人都蹬十公里自行车。刚打开自行车锁，一辆桑塔纳在他身边停下，开车的是陆行知。卫峥嵘看看这车，知道是老霍的。陆行知说，霍队把他的车给咱们了。大门口，霍大队骑着自行车，向他们挥挥手，出了大门。

路上，陆行知开着车，问卫峥嵘，郝大手是谁？卫峥嵘说，郝景运。咱们南都警界有几个神人，火车站的神眼老刘，画模拟画像的神笔老贾，还有看指纹的大手老郝。他要看不出来，就不用找别人了。

老郝身材精瘦，戴着厚片眼镜，像个中学老师。他见卫峥嵘和陆行知来了，先把莫兰画像给了他们，又从抽屉里拿出一张纸，上面有几个指纹，排成一列。老郝说，就分出来这几个，比对的指纹给我。卫峥嵘眼睛一亮，老郝果然有手段。那些昆虫来回爬过似的细碎残断的痕迹，老郝居然真的从中提取出几个指纹。

陆行知赶紧递给老郝一张纸，上面是莫兰的十个指纹，按 1 到 10 编了号。老郝把两张纸放到眼前，逐一对比。但最后得出的结论竟然都是莫兰的。老郝摇了摇头，挺失望。卫峥嵘和陆行知更失望，指纹这个线索算用尽了。

陆行知拿着两张纸对比着，说，真想学学您这本事。画像上取下的指纹破碎残缺，不知老郝怎么做到的一眼定乾坤。老郝说，不用学，将来都靠电脑，国外的指纹比对软件比我快一百倍。等咱们也有了，我就该退休了。陆行知有些遗憾。老郝看出来了，说，是好事儿，就得魔高一尺道高一丈，新技术打败我，不是犯罪打败我，我退而无憾。老技术警察的胸襟，让陆行知十分佩服。

老郝忽然想起什么，指着画对卫峥嵘说，去二监狱问问吧，听说他们那儿以前有个犯人，就爱画这个，有用没用打一竿子。

3

二监狱在城郊。从老郝那儿出来，他们开着霍大队的车直接出了城。路上跑着很多农用三轮，大都是走亲戚的。男人开车，女人和孩子裹着大衣坐在车斗里，脸通红，泛着过年的喜悦。

因为事先打了电话，一名狱警接待了卫峥嵘和陆行知。监狱院子里正在杀猪，要给犯人们改善生活。他们在一间破旧的办公室里坐了，说明了来意，狱警马上说，是，有这么个犯人，去年上半年就放出去了。他是1995年进来的，判了一年六个月。他没事儿就画，墙上、杂志报纸上，都让他画得乱七八糟，犯人们还传看、起哄，很干扰秩序。

服刑时间对得上，正好是1995年到1997年的空窗期。卫峥嵘心中一喜，问，画还有吗？狱警说，那没有保留，危害精神文明嘛。墙重新粉刷了，纸上的也都销毁了。陆行知拿出莫兰画像给狱警看，说，您看像那个人画的吗？狱警看了看，十分肯定地断言，我看就是那个人画的！卫峥嵘问，犯人叫什么名字？狱警有点想不起来，问一个进来倒水的同事，那个老画黄色图画的犯人叫什么来着？同事说，噢，武小文吧。

回程的路上，卫峥嵘紧锁眉头，右拳一下一下捶着左掌，自言自语说，看走眼了？不该呀。陆行知说，武小文是谁，你认识？卫峥嵘说，瓜皮。陆行知立马想起来了。柳梦案他们在街巷走访时，瓜皮坐在门口，想敲他二十块钱。杜梅案时，瓜皮在家里床上，让人打伤了，鼻青脸肿的。对这个外号印象太深，让他反倒忽略了大名。陆行知说，他不像啊，就是个……卫峥嵘接口说，二流子，去年他骚扰我儿子幼儿园一个老师，我教训过他。他这人，也不犯罪，就是犯贱，能有杀人的胆儿？陆行知说，要不要跟队里汇报一下，先把他看住了？卫峥嵘说，嗯，让老朱去盯一盯，咱们马上到。

卫峥嵘、陆行知和朱刑警在武小文家的巷子里会合了，待在一个墙角，一起遥望武小文家。朱刑警说，他刚回家，提了只烧鸭。咱们找瓜皮干什么？陆行知说，你不是问过，凶手 1995 年到 1997 年之间，为什么没作案么？武小文这段时间在二监狱，是莫兰案发之后两个多月进去的，去年上半年才出来。朱刑警吃了一惊，说，你说的这个武小文是瓜皮吗？会不会是重名？瓜皮就是个二流子，还是个二流的二流子，杀鸡都够呛。卫峥嵘说，就是他，1995 年他怎么进去的？朱刑警双手一击掌，说，老杜！问他吧，他办的案，最清楚，咱们也该瞧瞧他去了。

老杜年前就出院了，现在遵照医嘱，天天在家做康复训练。虽然希望不大，他还是想养好了回警队。他训练的地方，是家门口一个居民遛腿的便民公园，里面有个小孩玩的区域，有沙坑，有爬杆，有双杠。老杜把着双杠，艰难地挪着步，杜嫂推着轮椅在一边看着。天冷，穿得厚，老杜像头狗熊似的动作笨拙。挪了几步一抬头，发现朱刑警正笑眯眯地看着他。老杜惊喜地嚷道，嘿，来看我也不拿东西？朱刑警说，不是来看你的，是来问案的。老杜转头看见了卫峥嵘和陆行知，说，扶我一把，回不去了！

扶着老杜在轮椅上坐好了，其他三位坐在公园石凳子上，说了武小文的嫌疑，问他武小文当年的案子。老杜也不敢相信，说，瓜皮，不能吧，就是个……朱刑警打断说，不用说了，是个二流子，我们损了他好几回了。1995 年他犯的什么事儿？老杜说，我不是说他是二流子，他是个败家子儿啊。其他三位不明所以，老杜厘了厘思路，从头说起，他家以前挺阔的，是个大户，在老城区有个院子，两进两出，十几间房，雕梁画栋的，漂亮极了。新中国成立后国家把院子收了，“文革”后他们家想要回来，闹了好些年。八几年有一次纠纷，他爸心脏病死了，后妈跑了，武小文还小，这事儿就搁下了。那时候他们家还是有钱，又没人管他，他就成了个小流氓，三天两头进去，以拘留所为家。武小文成人以后，继承了他爸的使命，接着要房子。他就这一个生活目标，也不找工作，什么事儿都不干，坐吃山空。可那院子住了七八户人，谁愿意搬呀，有政策也执行不了。1995 年那回，武小文喝多了，提着汽油桶上门，要把院子点了。朱刑警说，怎么又是汽油桶，马成群是跟他学的？老杜说，马成群不敢点火也是跟他学的。武小文哪敢点啊，火机都没带，就让群众抓获了。马成群闹事那天，他也在呀，我跟马成群喊着话，他在一边唱对台，煽乎马成群点火。朱刑警说，发现柳梦那天，他也在现场，探头探脑的，一脸贱相，问我人是不是光溜溜的，我把他轰走了。

四位警察各自琢磨着。朱刑警说，就他还是有钱人后代？见人就伸手。老杜说，我还是觉得……杀人犯没他这么熊的，老卫你说呢？卫峥嵘没说话。陆行知说，很多杀人犯，看起来不像杀人犯，比如泰德·邦迪……提起外国人名，陆行知犹豫了，看了一眼卫峥嵘。卫峥嵘说，两次案发时他都有不在场证明，咱们复查复查吧。他们站起来告辞，卫峥嵘说，老杜，好好养伤。老杜眼巴巴看着他们，恨不能一起去。

回到警队，陆行知先查了借书人名单，找到了武小文的名字，在名单上一共出现了九次。其实也就 1997 年半年时间，这个频率算高的了。卫峥嵘望着墙上的地图，指着一处说，武小文家的院子就在柳梦和杜梅案发现场正中间，像尺子量出来的，有意思。他找出杜梅案时武小文给郭胜利交代的那张纸，上面的手印和血迹还历历在目：11 月 3 日晚，吃过晚饭，去刘大头家打牌。10 点半，输光了，王胖猪替我。我看他们打牌……卫峥嵘把纸叠好装上，跟陆行知先去找刘大头。

刘大头家跟武小文家隔一条巷子，有个院儿，里边三间起脊青瓦房，院子像个垃圾场。牌桌还在客厅里摆着，一地瓜子皮，乌烟瘴气。正好，除了刘大头，武小文提到的王胖猪也在，是个挺胖的女的。

卫峥嵘问他们那晚武小文是不是在这儿打牌，跟他交代的情况是不是贴合。刘大头说，真记不清了，打到后半夜，眼都花了，头也晕了，除了牌桌上这几个，其他人在不在没印象了。陆行知问王胖猪，武小文是坐你旁边吧？王胖猪说，开始是，他这人事儿多，一会儿去上厕所，一会儿嗑瓜子，还老指点我出牌，烦得我不行，我让他滚了。也就是说，武小文是不是坐在牌桌旁边一直观战到早上，他们也不肯定。

卫峥嵘有点儿火大，呵斥道，那你们为什么作证？刘大头说，他……也可能在呀。王胖猪说，他人还行，每回来都拿只烧鸭。卫峥嵘和陆行知很是郁闷。刘大头想找补两句，说，不是我看不起他，就他这块料，也就偷偷卖给初中生几盒打口带，犯罪他真不敢。打口带？卫峥嵘从没想到武小文跟打口带有什么联系。刘大头解释说，就是港台的、外国的走私磁带，打了眼的。卫峥嵘说，我知道！他怎么卖这个？哪儿来的？刘大头说，他有个店呀，文具店，在江门中学门口。

卫峥嵘和陆行知第一次得知这个信息，武小文这个二流的二流子，见人就要钱的货，还是个店老板？他们马上联系了江门中学的管片儿民警老扈，一起开车去了学校门口。到了那他们就看见了文具店，极小一间临街房，门头上就“文具店”三个楷体油漆字。

三个警察决定先不惊动武小文，坐在车里远远观察。老扈说，他去年出来之后，找了我们，正好我们有帮扶政策，他重新做人的态度也很诚恳，就准许他租了这个门脸儿。卫峥嵘说，诚恳？他还有诚恳的时候？老扈说，对呀，他很诚恳地表示以后不再主动挑起房产纠纷，从长计议，和平解决。陆行知问，他开店的本钱是自己的？老扈点头说，瘦死的骆驼比马大，他家到底有底子。卫峥嵘猜测说，他家以前是资本家？老扈说，不是，他祖父以前是个有名的画师，他父亲也能画两笔。

武小文居然有这么个家庭背景，跟画画有这么深的渊源，卫峥嵘和陆行知精神一凛。陆行知问老扈，他会画吗？见过他画画吗？老扈说，那倒没有，不过他字写得不赖，“文具店”三个字就是他写的。卫峥嵘望着那三个字，掏出瓜皮招供的那张纸，对比了一下字迹，发现是天上地下的区别。那张纸上的字歪歪扭扭，还不如小学生，看来是他故意装出来的。

这时他们看见武小文走出店门，伸了个懒腰，对正要进店的一个学生摆手说，关门了。随后武小文锁上门，骑上一辆破破烂烂的小摩托，扬长而去。陆行知看看表，说，关门够早的。老扈说，做生意哪能这样，所以他也不挣钱。陆行知琢磨着说，他家的院子快拆迁了吧。拆迁款会是个天文数字，也许他等着这笔钱呢。老扈皱了皱眉，说，有几户不愿意搬呢，有点儿麻烦，我们也一直在做工作。卫峥嵘又问了一遍，他出来之后真的再没闹过？老扈说，没有。

放下老扈，卫峥嵘和陆行知开车跟上了武小文。小摩托破破烂烂，比自行车快不了多少，跟起来反而很困难。卫峥嵘跟陆行知换了位置，自己开，他像钓鱼似的，不远不近吊着跟。只见武小文路过一个漂亮姑娘，嬉皮笑脸地吹了声口哨。没等姑娘的眉毛立起来，武小文攥攥车把，摩托加速而去。看他还是个没成色的流氓样。

一路跟到了图书馆，武小文在路边扎好摩托，进去了。卫峥嵘随后停下车，跟陆行知说，不用盯太紧，跟丢了不怕，别暴露了。陆行知点头下了车，卫峥嵘则掉头回了警队。

陆行知跟着武小文，进了图书馆阅览室。陆行知随手拿了本杂志，找了个座位坐下，把头埋低，杂志挡住大半张脸，眼睛余光瞟着在书架之间找书的武小文。

此时的武小文，看起来跟之前那个流里流气的人不大一样，神情都有了变化，变得庄重、文明了。陆行知看见他慢慢靠近一个正在选书的女孩，上下打量着她。陆行知不由盯紧了些，却见武小文俯身捡起了一张借书卡，用卡尖碰碰女孩的肩膀，把卡还给了她。女孩笑着表示感谢，武小文也微笑着点了点头，然后目光又回到书架上。这个动作很正常，很礼貌，看不出有什么意图。这让陆行知有些意外。

卫峥嵘回到队里，找到霍大队，先没说武小文的事情，开口便跟他要人，说要盯个目标。霍大队面有难色，说，我跟姜队不好开这个口，你要盯谁？价值大吗？卫峥嵘说，不大我能跟你要人？保不准我们先破案！

老霍以为他是赌气，又要做思想工作。卫峥嵘无奈，只好汇报了武小文的情况。霍大队听完，不大信服，说，这个关口上，武小文作案的可能性不大吧，有必要紧盯吗？卫峥嵘说，我怕他跑了。霍大队说，他又不知道你们瞄上他了，跑什么？老霍说的也在理，卫峥嵘有点儿来气，说，我现在摸不清他的套路。我们以前不知道他出身书画世家，也不知道他还自己开了文具店，更不知道他会不会突然跑了！霍大队表示理解，抱歉地说，要不，你们俩先盯一盯，轮个班，辛苦点儿，车尽管用。以前这活儿，俩人也就干了，要是有什么新的发现，我再跟姜队说。

说的是实话，1988年，老霍还年轻的时候，跟更年轻的卫峥嵘出过一次任务，俩人盯了一个逃犯一个半月，行程上万公里。四五十天下来，两人各瘦了十多斤，胳肢窝都快长出蘑菇来了。

卫峥嵘说，我没事儿，不辛苦，但陆行知有家有口，不能没日没夜吧。霍大队说，要是你们俩都累趴下了就叫我。话说到这份儿上，卫峥嵘不好再开口了。

4

卫峥嵘和陆行知开始轮番盯梢武小文。卫峥嵘分配了时间，自己晚上盯，陆行知白天跟。有时陆行知给卫峥嵘带早饭，有时卫峥嵘给陆行知带晚饭，带了就在车上吃。武小文的行动很规律，他家、文具店、刘大头家、图书馆，基本上就这四个地方，昼出晚归，毫无异常，他去图书馆比去刘大头家去得勤。

晚上八点，卫峥嵘来接陆行知的班儿。此时武小文已经回家去了，早早关了院门。他们坐在车里，扒拉着卫峥嵘拿来的盒饭，里面是辣椒炒肉配米饭。其实陆行知吃不了这么辣的，也不敢跟卫峥嵘提。卫峥嵘问，又去图书馆了？借书了吗？陆行知悄悄抽着冷气说，没借，他就是看。卫峥嵘说，他可能知道咱们调查借书的事儿了，这小子，挺机灵。陆行知借机停下筷子说，刘大头他们不会说漏了咱们在调查他吧？卫峥嵘吃得极快，这还是当兵时养成的习惯，吃得不快就觉得吃不饱。他几口吃完，把空盒扔到后座，说，借他们几个胆也不敢。陆行知只吃了一半，偷偷把饭盒合上说，其实我看他……话没说完，他摇了摇头，又说，他这个二流子做派，是不是故意做给别人看的。为什么呢？卫峥嵘说，就算他小时候有家教，社会上混几年，也就真的死皮赖脸了。陆行知拿起水杯，灌了口凉水，说，但在图书馆里他不是那样。卫峥嵘舌头在嘴里捯饬着残存的饭粒，说，要是装的，不更说明问题吗？为了让咱们放松警惕，看走眼了都不知道！陆行知说，这也可能是一种反社会心理的外在表现。卫峥嵘不想听陆行知放大词儿，漱了漱口说，吃完了就回去吧。陆行知忙把后座的饭盒也取了，一起拿在手上，下了车。

卫峥嵘在车里坐了两个多小时，去武小文家门外看过一次，没什么动静。他去巷子里撒了泡尿，又返回车上坐好。将近夜里 11 点时，他的呼机响了。卫峥嵘拿起看了一眼，是白晓芙，又放下了。又过了会儿，他有些心神不安，转头找找，看到巷头的杂货铺还开着。

杂货铺窗口放了个公用电话。卫峥嵘拿起电话拨了号，一接通，白晓芙就问，你的手机怎么换人了？卫峥嵘说，上交了。白晓芙说，哦，那你自己买一个吧。卫峥嵘没接茬儿，问，有事儿吗？白晓芙说，想跟你聊聊天。卫峥嵘说，我这有事儿。白晓芙被呛了一下，说，哪天有时间，一起吃个饭好吗？卫峥嵘干脆地说，最近恐怕没时间。白晓芙说，你不是被撤了吗？卫峥嵘语气有点儿愠怒，说，职务撤了，但我还是警察。白晓芙说，那你要忙多少天，我可以等你。卫峥嵘不软不硬地说，不好说。

白晓芙沉默了好一会儿，卫峥嵘以为电话断线了，喊了声喂，白晓芙说，你还是这样，突然就立了一堵墙，不解释不交流，把人拒之门外，让人自生自灭，你还觉得自己很伟大，是吗？卫峥嵘被说蒙了，心虚地反问道，什么……你说的是什么话？白晓芙说，这次我等着你。说完她就把电话挂了。

卫峥嵘一口气噎在了嗓子眼，恨不能抓起电话，马上给白晓芙打过去追问。可他又不能这么干，只觉得怒意在心里越聚越多，像开水壶的盖子盖不住了，再憋着就得炸了。他开车离开了武小文家，一路开到了武小文的文具店。

中学门口这条路，白天热闹，但到了晚上一个人都没有，店铺都跟着学生们的时间表开门打烊。卫峥嵘在文具店门口停下车，走到店门前，看了看门锁，突然飞起一脚，把门踹开了。

卫峥嵘进了门，反手把门关好。他打开手电筒，照了一圈。店面也就十几平方米大小，货架摆得很拥挤。但麻雀虽小五脏俱全，文具、书籍和音像制品都有。卫峥嵘在架子上寻找着，只见书架上有学生常用的笔记本、辅导书，还有一些文学书。文具区有钢笔、铅笔、橡皮、墨水、转笔刀等。突然，他的手电灯光停在一盒墨绿色的 HB 铅笔上，这种铅笔和柳梦杜梅身边发现的一模一样。卫峥嵘取了几支铅笔，又去音像制品区拿了几盒磁带，还在书架上拿了笔记本和书。他回到收银台，把桌面上的东西都扒拉到地上，然后闪身出了门。

卫峥嵘开车驶过夜晚的长街，脸上的怒气还在。他在一个垃圾箱旁停下车。把磁带和笔记本踩烂撕破了，丢进了垃圾箱。他回到车上，拿起车座上的几支铅笔，借着路灯的光观察着。

第二天换班后，他拿着这几支铅笔找了法医老吕，问他能不能检测出来，这几根铅笔跟柳梦和杜梅案发现场那两根是不是同一批生产的。老吕有点儿莫名其妙，问他，哪弄来的？卫峥嵘说，你别管。老吕说，我测不了，你送到白晓芙那儿吧，这种检测也不是她的专业，让她找找人。没想到卫峥嵘却说，你找人吧。说完他扔下铅笔就走。

正是放学的时候，陆行知在武小文的文具店外，看见两个初中女生从店里出来，叽叽喳喳说着话。走出一小段路，陆行知悄悄把她们拦住了，给她们看了证件，说，别紧张，就问你们几句话。女生们根本不紧张，还有点儿兴奋。陆行知问她们，你们经常去那个文具店里买东西？女生说，是啊。陆行知又问，店主的态度怎么样，有没有什么不对劲的？女生们你一言我一语地说，挺好啊，挺正常的。陆行知有些不好意思地问，有没有……过于友好，就是说……成熟点儿的女生说，你是不是想问他是不是色狼啊？陆行知有点儿尴尬。两个女生都笑起来，说，没有啦，他很爱看书呢！另一个也应和着说，对呀，他不怎么跟我们说话。有时候钱不够，他就送给我们了，好大方的。陆行知越听越意外，武小文在她们眼里，简直是个绅士。

今天卫峥嵘来换班，不到下午五点就到了，武小文的文具店还没关门。卫峥嵘打开车门坐进来时，陆行知正在想事儿，他看见卫峥嵘，下意识看了看表说，你来早了。卫峥嵘说，没事儿，你回吧。陆行知没动，想跟卫峥嵘聊聊，说，这几天，我越来越感觉武小文不像凶手。卫峥嵘问，什么意思，他不还是那个样？

这时他们看见武小文走到店门口，拿螺丝刀拧着门锁上的螺丝钉，看起来像是打算换锁。卫峥嵘观察着他，跟陆行知说，你可说过，凶手年纪在30 岁到 40 岁之间，有一定文化程度，有个较为自由的职业。比照你这套理论，他哪点儿变了？我看他倒是越来越像了。陆行知说，不是，我觉得他这个两面性，确实是反社会心理的外化，他恨那些老城区的居民，也不喜欢警察，所以在他们和我们面前就是个浑不懔的样子，但他在不恨的人面前，就表现得很正常。卫峥嵘不太喜欢陆行知思路的走向，说，两面三刀，还是心理不正常。陆行知硬着头皮坚持把话说完，不正常跟不正常也不一样，咱们“10·18”系列案件这个凶手是性心理扭曲变态，不是通常意义上的反社会，他可能在所有人眼里都很正常，至少无害，但武小文不是这样。

卫峥嵘有点儿烦了，他看见武小文修好了门锁，碰上门试了试，打算闭店走人，卫峥嵘说，别说理论了，咱们现在要找证据。说完他就打开车门下了车。陆行知跟下来问，你去哪儿？卫峥嵘没答话，径直朝文具店走去。

武小文正在店里收拾东西，准备关门。卫峥嵘进来了，进门就说，听说你这个店被盗了。武小文看见这位老熟人，十分意外，呆了一呆，脸上突然挂起了流里流气的笑，就像变了张脸似的说，哟，您大驾光临，小店承受不起。卫峥嵘注意到了这个变化，好像刚认出他来似的说，瓜皮，不知道你还是老板呢！昨晚上是不是被盗了，丢东西了吗？武小文说，没什么损失，还劳您跑一趟……哎，我也没报警啊。街道居委会报警了，卫峥嵘说，不光你，好几家店都失窃了。武小文说，我真没丢什么东西，谢谢政府关心。

卫峥嵘在店里溜达了一圈，跟武小文说，走吧，上你家去聊聊。武小文一愣，笑得更贱兮兮地说，为什么上我家，您倒是给个理由。卫峥嵘盯着他说，不想请我去？这条街上有的店丢了酒，有的店丢了烟，有的店丢了钱，整条街的店主，就你有前科。这个暗示很明显了。武小文看着卫峥嵘，虽还在笑，但眼神越来越冷，说，这是要先排除我的嫌疑是吧，谢谢您。

陆行知始料未及，卫峥嵘竟然带着武小文直奔他们的车来了。卫峥嵘打开车门，请武小文上车。武小文也不客气，大咧咧地爬到后排坐下。卫峥嵘自己坐进副驾驶，说，走吧，去他家。陆行知不明所以地打着了火。

到了武小文家，天色刚刚黑下来。他家里和陆行知上次进来差不多，简陋寒碜，四处透风。武小文跟卫峥嵘说，找吧，找着了我束手就擒。卫峥嵘对陆行知说，你找，我跟瓜皮聊聊天。路上听卫峥嵘敲打武小文，陆行知大致听懂了是怀疑武小文窝藏了赃物。知道卫峥嵘是另有所图，陆行知也随机应变，四处查看着。他进了侧屋找，不过找的是跟杀人案有关系的线索。

卫峥嵘打量了一下外间，说，瞧这日子过的，比要饭的没强哪儿去。武小文无所谓地说，凑合呗。卫峥嵘突然正色道，你这样对得起你爷爷、你父亲吗？武小文一愣，没料到卫峥嵘知道他的家世。卫峥嵘接着说，他们都是文化人，算……著名艺术家吧，你这么混日子，不给他们丢人嘛？他们能安心？武小文脸上有点儿挂不住，他被话戳到了心窝子，不大笑得出来了。卫峥嵘又说，他们的本事，你学到多少？会画画吗？武小文没吭声。卫峥嵘故作不经意地问，听说你会画人像？

侧屋里，正在翻找的陆行知听到卫峥嵘的问话，微微一惊。

武小文问，您听谁说的？卫峥嵘不搭腔，从衣兜里抽出一根铅笔和一张叠起的白纸，放到武小文面前，说，给我画一个。武小文笑着摇摇头。卫峥嵘说，画吧，就画我，画得好，我给你介绍工作。武小文盯着卫峥嵘的眼睛疑惑地说，您……什么意思？为什么让我画画？卫峥嵘也看着他说，想见识见识你的本事。

两人对视着，武小文脸上的笑容渐渐消失。陆行知突然过来搜查这个房间，打破了两人的僵局。房间实在简陋逼仄，显而易见，能藏东西的地方不多。陆行知搜完了，向卫峥嵘摇了摇头。卫峥嵘抬头看看顶棚，又低头看看人造革地板，说，不用拆房吧。武小文松劲儿了，拿起了笔，哀求说，别折腾我了，我画行不行？

他看了一眼卫峥嵘，然后铅笔就开始在白纸上游走，手法熟练，行云流水，布局、勾线，一气呵成。陆行知和卫峥嵘目不转睛地看着他画。武小文画好了，又添了几笔，推给卫峥嵘。不过他画的不是卫峥嵘，而是个怒目的虬髯大汉，穿着长袍，气势威猛，也许卫峥嵘留了胡子就是这个样。卫峥嵘问，画的是谁？李逵？武小文说，钟馗，我爷爷画这个拿手。卫峥嵘笑笑说，捉鬼的，行，我收了，谢谢。他把画叠好，铅笔装起，招呼陆行知，走吧。

卫峥嵘和陆行知离开之后，武小文等了一会儿，直到汽车声在巷子里渐行渐远，完全听不见后，才长出了一口气。他关上了院门屋门，上了锁，回来搬了把椅子，在卧室墙角放下。他登上椅子，双手轻轻挪开一块顶棚的板。东西就藏在上面，好在陆行知没发现。他琢磨着，得换个地方了。

陆行知开着车，卫峥嵘拿着武小文画的钟馗端详着。陆行知对他搞这一手有点儿意见，提醒说，这么干太冒失了。卫峥嵘不在乎地说，盯也盯不出个鸟来，还是得敲打敲打。陆行知问出了憋在心里的疑问，你怎么知道他的店被盗了？卫峥嵘迟疑了一下说，我有特情。他没再解释，陆行知估计再问他也不会讲，只好旁敲侧击地说，有些手段不能用。卫峥嵘岔开话题问，你在他家搜到什么没有？陆行知说，没有，但是我感觉他好像有点儿……心虚，应该藏着什么东西。卫峥嵘把画叠好，说，你先别回家，送我去见个人。

他们联系了上次陆行知见过的美术系老师，请他对比武小文的画和莫兰的画像。卫峥嵘问，能看出来吗，是不是一个人的手笔？老师说，不像。他说得相当肯定，卫峥嵘像被迎头浇了一盆冷水。来之前，他几乎肯定老师会说就是他。陆行知问，他会不会有意隐瞒自己的风格？老师说，也有这个可能。他指着武小文的画说，不过这张更好，有功底，是武先生的传承。卫峥嵘还抱着点儿希望问，那就是他进步了？老师说，不能这么讲，就像毕加索、凡·高的画，早期和后期画风改变很大，但还是一脉相承有迹可循的。老师又看了看两张画，说，抱歉，我只能说百分之九十不是一个人的作品，但不敢说是百分之百。

辞别了老师，先送陆行知回家。卫峥嵘好似受了打击，沉着脸，一路无语。车在小区门外停下，陆行知说，以后咱俩换换班吧，我晚上你白天，你好能观察一下他白天的样子。卫峥嵘语气阴森地说，鬼在晚上才显形儿。

放下陆行知，卫峥嵘开车走了两条街，突然感到疲劳似乎一下袭上身来。他在一家脏破的烧烤店前停下车，走到店里坐下，要了瓶酒。店主问，青岛还是南都？卫峥嵘说，白的。

5

早上，卫峥嵘在车里醒来了，眼泡浮肿，头像被钻头打了似的疼，昨晚上喝的多半是假酒。车停在大路边，外面行人如梭，已经到了上班时间。

卫峥嵘忍着头疼，开车回到警队，先到卫生间吐了，然后在洗手台洗脸，还捧着凉水漱了口。外面像出了什么事儿，楼道里脚步杂沓，人声嘈杂，楼下警笛声响，听上去出动了不少警车。卫峥嵘走出卫生间，只见过道里警察们急匆匆地走过。他迎面碰上了朱刑警，老朱看见他，眼神不大对劲，看得卫峥嵘心里发毛。

又出了一起命案。地点就在老城平房区，离杜梅的案发现场不远。

卫峥嵘跟着警车到了现场，他眼神发直，朝人群中心走去。执勤民警阻拦着怨气冲天的大爷大妈们，他们的叫喊在卫峥嵘耳中是毫无意义的雷鸣般的噪声，吵得他更是头疼欲裂。

人群前方是被推倒的平房，地上都是砖头瓦砾等建筑废料。卫峥嵘看见霍大队和姜队在一起，小声说着话。姜队回头看了他一眼，又转过了头。从人群之间的缝隙，卫峥嵘隐约看到砖头瓦块上有一具白色的尸体。

他呆住了。身边的人来回穿梭，在他眼中都是虚影。有个尖厉的声音似乎从远方传来，又像来自他的脑中，像耳鸣被放大了一千倍，压倒了所有的环境音，又像一支箭穿透了他的头颅。

一只手抓住了他的胳膊。陆行知叫道，师傅。卫峥嵘转头看了看他，目光呆滞。陆行知的声音也被隔在了耳鸣声之外。陆行知带着他往外走，卫峥嵘像木偶一样跟着。陆行知边走边说，我问过老吕了，没有铅笔。卫峥嵘哼了一声，像病人的呻吟，陆行知以为他没听清，大声重复说，没有铅笔！

案情分析会很快召开，姜队主持会议。姜队说，是不是凶手再次作案，现在还不能下结论。死者身份已经确定了，和上两起的被害人有区别，是已婚，年纪大了一些，也不是老城区的住户。咱们先重点调查她的配偶……

卫峥嵘和陆行知都坐在后排。卫峥嵘发着呆，对所有的发言充耳不闻。

散会后，卫峥嵘在专案组坐了半天，咬着牙，好像在努力对抗着头痛。昨晚上那瓶酒，是他这辈子喝得最后悔的一瓶。过了会儿，他站起身往外走。刚下楼，陆行知就追了上来，问他去哪儿，卫峥嵘不说话，钻进汽车，把车门关上。陆行知绕到副驾驶去拉车门，却发现车门上了锁。卫峥嵘踩下油门，抛下陆行知，飞速出了分局大院。

他先去了武小文的玩具店，店门关着，他拍了门，但没人应。卫峥嵘一脚把刚装好的门锁踹开了，店里没人。他返回车上，一路开到武小文家，推开院门，走到屋门口，仍是抬腿一脚破门而入。他没留意脚下，咣当一声，踢到了地上放着的两个脸盆，一个泡着衣服，一个泡着一双鞋。卫峥嵘盯着脸盆，眼睛似要喷火。他一路闯到卧室，武小文还在床上躺着，一副刚被惊醒的样子，眯着眼睛努力辨认着来人。卫峥嵘直冲着他走过去了。

陆行知蹬着自行车，以最快的速度往武小文家赶。还没进巷口，就见卫峥嵘的桑塔纳从巷子里冲出来，擦着他身边飞速掠过。陆行知看见卫峥嵘身边坐着武小文，被一只手铐铐在车门上方的把手上。武小文低着头闭着眼，脸上有血迹。

车飞驰而过，卫峥嵘好像根本没看见他。陆行知满头大汗，只好掉转自行车往回骑。等他气喘吁吁赶回大队，刚进专案组，朱刑警一把拉住他，说，老卫怎么回事，疯了？陆行知疾步走到审讯室门口，朝里看了一眼，只见武小文在里面，顶着一脸血，声嘶力竭地喊着，警察打人了！警察打人了！幸好审讯室隔音好，外面听起来声音发闷，传不远。

卫峥嵘在霍队办公室。陆行知赶到时，看见办公室门开着，霍大队和姜队都在。卫峥嵘急切地争辩说，我没打他，是还没出门的时候，他自己往门框上撞的！霍队说，老卫，这个是能鉴定的……卫峥嵘说，那就鉴定！快让老吕去他家，他穿过的衣服鞋都在盆里泡着！姜队看看卫峥嵘的状态，低声跟霍队交代说，你处理吧，就当我不知道。说完姜队往外走，看见了门口的陆行知，对他说，你回来吧，协助这边调查。

霍队对卫峥嵘说，老卫，你先歇几天吧。卫峥嵘怒斥，歇个屁！霍队仍劝说，歇几天，回来还能当警察。他的语气温和，像长辈劝服执拗的晚辈，然而话里的意思，再明显不过。卫峥嵘脸色灰了。

卫峥嵘暂时离开了警队，但是没回家歇着，回去了他也歇不住。他叮嘱陆行知，随时向他通报调查进展，每天下班后在花园路的一家小超市门前见面。卫峥嵘在小超市里买了一小瓶二两装白酒，空嘴喝完，等到街灯放亮时分，终于看见骑自行车过来的陆行知。陆行知说，武小文被放了，他主动邀请咱们去他家搜查，结果没有任何发现，盆里的衣物鞋子也没检出什么东西。卫峥嵘冷笑，咬牙切齿地说，好，很好，武小文，有本事。陆行知说，这起案子可能真不是他，死者的丈夫有很大嫌疑，说不定是模仿作案，想混淆视听。卫峥嵘没吭气。陆行知又说，武小文跟队里说，再看见你，就上市政府告你去。卫峥嵘骂了一句，说，是吗？还真吓住我了。

大白天的，武小文在文具店里整理货架，他剃了个光头，头上的伤痕结了痂，脸上的青肿还没消退。卫峥嵘大咧咧进来了，自己拉把椅子坐了下来。武小文看见他，本能后退了一步，强笑着说，你还真跟我耗上了？卫峥嵘说，正好我放了几天假。

两个学生进来买东西。卫峥嵘指着武小文跟学生讲，你们知道他是干什么的吗？流氓惯犯！还买他的东西？学生说，你是谁呀？卫峥嵘亮了亮证件。学生们吐吐舌头，转身出去了。武小文说，行，不干了，我关门。

武小文骑着小摩托在前面走，卫峥嵘骑自行车在后面跟着。小摩托破，跑不快，卫峥嵘跟得不疾不徐，不急不躁。武小文问，你车呢？卫峥嵘说，这不是车？武小文说，别跟了！卫峥嵘又说，走你的，哎，过马路左右看，红灯停绿灯行。

武小文突然转了弯，卫峥嵘跟着拐。骑了一段，卫峥嵘觉得不对劲，加速跟了上来，说，你去哪儿？武小文说，市政府。卫峥嵘猛蹬几脚，把武小文的车拦住，说，别闹事儿。武小文不理他，绕着继续骑。卫峥嵘一把攥住他的车把，把钥匙拔了。武小文下了车，突然走到了路中间，一手指着自己头上的伤，一手指着卫峥嵘，高声喊道，那是位警察，这是他打的！哎，都来看看啊！

路人闻声驻足，车辆跟着减速，交通受到了影响，人越聚越多。卫峥嵘上去想把武小文拉回来，武小文干脆撒起了泼。堵车的司机伸出头骂起来，喇叭声响成一片。交警发现出了情况，匆忙跑过来了。

卫峥嵘被霍大队叫去了。办公室的门关着，还听得见霍大队的训话声。老霍真急了，大着嗓门说，你是警察还是街头混混？然后“砰”的一声，像是砸了个水杯。外面偷听的警察们面面相觑。朱刑警说，霍队没发过这么大火儿。谁知接下去就听霍大队说，哎，你还砸杯子？你有什么不服气的？你不想穿警服了是不是？破罐破摔，连带着让我们也穿不成？我告诉你，这起案子不是武小文干的！是死者的丈夫，刚刚已经招了！然后又传出了椅子翻倒的声音。霍大队说，去哪儿？我还没说完！只听卫峥嵘说，去找武小文。

霍大队气恼地嚷嚷，还去？卫峥嵘！卫峥嵘说，我去给他道歉！声音一落门就开了，卫峥嵘大步走出，偷听的人们赶紧各忙各的。

卫峥嵘去找武小文，真是去道歉的。武小文白天闹那么一出，那条路的交通瘫痪了一小时，还引来了记者，影响很不好，卫峥嵘不想连累队里。不过这时他还不知道，这晚发生的事情会改变他的人生。

武小文并不在家。一个小时之前，他趁着夜色出了门，走到小巷里一处堆放着破桌烂椅的杂物堆前，将破烂一件一件移开。破烂移走后，露出三个蓝色的汽油桶，和马成群的那三只一模一样。这其实就是他那天偷偷捡回来的。他提起汽油桶回到自家门前，往小摩托后面挂了个拉货用的小车斗，又把三只汽油桶放进去，盖上塑料布。他关好院门，骑上小摩托走了。

卫峥嵘骑着自行车走在去武小文家的路上时，武小文已经到了他家的祖传老院门前。他下了车，拿了把铁尺插进门缝一挑，挑掉了门闩。他轻轻推开门，推着摩托进去了。

卫峥嵘还没到武小文家的巷子，呼机响了。他拿出来看看，是白晓芙。进了巷口，那家杂货店还开着，窗口放着公用电话。卫峥嵘犹豫一下，骑了过去，片刻又返了回来，拿起电话，给白晓芙回电。

白晓芙在电话里说，以为你不给我回了。她听上去语气娇嗔，口齿黏滞，好像有些醉意。卫峥嵘说，刚才在路上。白晓芙直白地问，你能来找我吗？看来她真是醉了，卫峥嵘没说话。白晓芙说，来我家，我儿子今晚不在，送朋友那儿了。卫峥嵘说，我有事儿。白晓芙笑笑说，能不能换个借口？卫峥嵘又说，真的有事。

电话那头没了声音，卫峥嵘耐心等着，听见白晓芙轻声一笑，说，这些年我是怎么过的，没跟你说过，今天我想跟你聊聊。别怕，不是要骂你，我结这个婚，不是你的错，是我自己做错了。卫峥嵘犹豫着说，你喝多了。白晓芙笑出了声，说，其实我很能喝，你都喝不过我，不信来试试。

卫峥嵘思量着去还是不去，最后把话在嘴里化软了，说，早点睡吧。白晓芙说，不想来我家，那就换个地方。记得那个电影院吗，咱们最后一次看电影，我想看《庐山恋》，你要看《高山下的花环》，看完你就去当兵了。

卫峥嵘有点儿急，说，喝了酒你就在家待着，别乱跑。白晓芙干脆地说，你来不来都行，反正我会去。说完就挂了。卫峥嵘放下电话便打定了主意，给武小文道完歉，就去见她，听她把话说完，也把自己想说的话都说了。

他骑车到了武小文家门外，看见灯黑着，打门缝又看了两眼便准备离开。突然，他注意到了路边被搬开的杂物堆。卫峥嵘凑过去查看，闻见了股怪味儿。他抽抽鼻子，走回武小文停摩托的地方，仔细查看地上，看见地上有一摊汽油。卫峥嵘脸色变了，十几年的侦查员本能让他立即判断出武小文去了哪儿。他回忆着武家老院的位置，使劲蹬着车，在狭窄的胡同里穿行。

卫峥嵘赶到武家老院时，只见院门前聚着十几个人，有男有女，有老有少，大部分人穿着秋衣秋裤就出来了，像刚经历了地震，从被窝里逃出来似的。有人在嚷嚷说，“谁有手机，赶紧报警！”

卫峥嵘撂下自行车跑过去，说，我是警察，怎么了？大院居民们说，有个疯子要放火！我们不出来，就被他一块儿烧了！这个大院门楼虽破旧不堪，大门上的朱漆早就褪了皮，快掉光了，但门头上的砖雕还在，刻有花鸟人物历史故事，有些旧时的气派。现在院门开着，里面黑洞洞的。

卫峥嵘问，谁要放火？他们说，就是那个老来找事的，这两年倒是不来了……卫峥嵘说，没事儿，他就是吓唬人，不敢点。有人指着自己的鞋说，汽油都泼了！鞋湿了，闻得见味儿，真是汽油。

卫峥嵘脸色一变，向院门走去。突然院子里亮了起来，耀眼的光芒迅速涨大，火焰像个巨大的拳头从院门里探出来，疯狂地击打着空气，呼呼的声响如鲸鱼喘气。居民们一片惊呼。卫峥嵘呆住了，火光照亮了他的脸。院门似被风吹，“砰”的一声，自己关上了，把火焰阻断住了。紧接着门楼一震，砖石碎裂，塌了一大块。然后，整个门楼就都烧了起来。

院子里突然响起武小文的叫声，救我！救命！院门被捶响，他想出来。卫峥嵘向院门口冲，然而被人们七手八脚地死死拉住了。火太大，谁去都是送死。卫峥嵘挣扎着，嗓子眼发出低吼。

来了四辆消防卡车，用了一个小时，才把火扑灭。倒塌的门楼底下发现了武小文，烧得不剩下什么了，他可能往自己身上也浇了汽油。居民们裹着消防队送来的毯子，无言地望着废墟。

卫峥嵘坐在马路牙子上发呆。一辆桑塔纳驶来，霍大队跳下车，向卫峥嵘奔过来。卫峥嵘好像泄了劲儿，精气神儿都没了，说，霍队，我错了，我不该逼他。霍大队蹲下，脸上没有责怪，而是痛惜和难过。他把手放到卫峥嵘肩上，说，老卫，白晓芙出事儿了。

卫峥嵘开着霍队的车，发疯似的往医院赶。霍队说，夜班公交车司机自己投的案，太突然了，只看见个人影就撞上了。人怕是不行了。

到了医院急救中心，卫峥嵘一步三级跑上楼梯，在走廊里飞奔。突然，他停住了脚。走廊尽头，站着两个人，一大一小。男人的手放在儿子肩上，张山山的哭声在走廊里回荡。男人听见脚步声，回头看了一眼，目光虚虚地飘过来，卫峥嵘觉得自己好像被冰山裹住了。

卫峥嵘走回停在路边的桑塔纳，打开车门坐了进去。他发着呆，好像灵魂已经不在。痛苦突如其来，卫峥嵘弓着背低着头，像个傻子一样放声大哭，好像要把欠了白晓芙十几年的眼泪都补回来。

陆行知骑车赶来，看见桑塔纳，正要走近，看见了车里的卫峥嵘。虽听不见哭声，但他辨别出这是一个正在痛哭的人。陆行知不敢打扰，只远远地看着。桑塔纳顶上的灯闪了闪，灭了。世界好像也一下变黑了。

卫峥嵘三天没上班。大白天的，公共浴池的工作人员领着霍大队，走到一张搓背用的小床前。床脚躺着个空酒瓶子，床上躺着卫峥嵘。霍大队让工作人员忙去，自己轻轻把卫峥嵘推醒，说，老卫，武小文放火用的汽油桶是马成群的，马成群闹事那天，他偷偷拿走的，所以，放火是他早有预谋，跟你没关系。卫峥嵘睁着眼，看着别处，像没听见。霍大队又说，你要是难受，就跟我回去工作吧，分分心。

卫峥嵘回了队里，什么都不干，只坐着，望着墙上的地图。布单画的地图换成了放大的纸质城市地图，现在一面墙都贴满了，覆盖了整个城市。陆行知小声叫他，师傅，查个人，跟我去吗？

卫峥嵘没吱声，目光不离地图。他目光聚焦的地方，是红星电影院。那天晚上白晓芙在电话里说，他们最后一次看电影，她想看《庐山恋》，自己要看《高山下的花环》，看完自己就去当兵了。那场《高山下的花环》就是在红星电影院看的。白晓芙那天晚上出事的情形，在他脑子里想象了千万遍，穿过袖子巷，过条马路就是红星。她是怎么被撞的呢？如果没喝酒，也许脚步能快点儿，如果不是想着《庐山恋》和《高山下的花环》，也许能看见开过来的夜班公交车。如果自己不去武家老院，也许能拦住她，听她把话说完。可是每个也许都不成立，白晓芙已经死了。卫峥嵘深吸了一口气，脸涨红了，好像犯了心绞痛。

卫峥嵘出了大队，走出分局，沿着大街一直走，不知走了多远，一切仿佛都没有了意义。他停下脚，站在路边，望着来来往往的行人和车辆。城市在运转，生活在继续，大人在奔忙，孩子在欢笑，一切都一如既往。只是他的生活残破了，永远也补不回来了。

第二天，分局来了几位领导，听霍队和姜队汇报工作。具体工作汇报完，姜队刚做了几句总结，说到虽然持久战打了这么多天，但霍队治军有方，大家的士气还是足的……突然会议室的门开了，卫峥嵘走进来，提着个纸袋子。他也不看其他人，径直把纸袋子放到霍大队面前。霍大队莫名其妙，打开一看，竟是叠好的绿色警服。

老霍头皮一紧，把袋子合上，打算先把卫峥嵘支出去。可卫峥嵘抬眼看了一圈说，正好，领导们都在，我辞职，不干了。刚刚说了士气足，就来了个打脸的，霍大队和姜队都有点儿尴尬。领导说，卫峥嵘，年前骂你几句，就受不了了？卫峥嵘说，不是，就是太累，干不动了。

霍大队试图给他找台阶，打圆场说，暂时的暂时的，老卫，你去休息几天再来。卫峥嵘说，休息是要休息，但不来了。霍大队有点儿着急了，说，这案子需要你！卫峥嵘说，别抬举我了，我就是个屁！放了吧。霍大队哭笑不得，说，这案子不破，你放得下吗？卫峥嵘说，有什么放不下的，大街上看看去，谁都过得好好的，晒着太阳逛着公园，谁管什么凶杀、什么犯罪、什么嫌疑人？都高高兴兴的，吃喝玩乐，为什么我不能过这种日子？霍大队吼了一声，你是警察！就因为你，他们才能过这种日子！卫峥嵘笑了，好像听了一个愚蠢的笑话，跟老霍说，你也太高看警察了吧？对不起，我要跳槽换阵营了，去老百姓那边儿，你就当我叛变了，这警察我是不当了！

卫峥嵘掏出证件，往桌上一扔，摔门而去。在座的各位望着桌子上的证件，表情各异。

卫峥嵘出了楼，穿过大院，往分局门口走。他脚步飞快，好像真的轻松了些。陆行知追了出来，叫道，师傅！别走，留下吧。卫峥嵘站住脚，望着他说，陆行知，你好好干，能有出息。我到头儿了。他没提破案的事儿，好像对他来说，真的到头儿了。陆行知看着卫峥嵘的脸，知道这话不是气话，劝不回了，只能说，那你有空回来看看。卫峥嵘却说，对了，跟你爸说一声对不起，我带不了你了。陆行知问，那……你打算干什么呢？

卫峥嵘笑而不答，转身离去。

6

1998 年初，卫峥嵘不再是警察了。他去了一趟出租汽车公司，开回来一辆出租车。老霍说得挺好，他们当警察的，开出租车上手就是快，熟悉城市道路，遵守交通规则。

从这天开始，出租车司机卫峥嵘每天开出租车上路，沿街拉活儿。他白天吃盒饭，喝瓶装水。周末接儿子上公园，下馆子吃肯德基麦当劳，让他吃个够。

然而，开着车，他并不快乐，脸上从没露出过笑容。

转眼出了冬，入了春，一跃到了夏初，天气暖了，树都绿油油的。卫峥嵘在路边小摊上买冰棍儿时手机响了，他新买了个诺基亚。来电的是个陌生的声音，说，您姓卫吗？

胡海霞在家里晕倒了，是糖尿病。卫峥嵘站在病房门口，儿子壮壮拉着他的手。医生说，你儿子真厉害，知道打 120，以后多注意着点儿。卫峥嵘心疼地拍拍儿子的脑袋，看看病房里的前妻，俯下身跟儿子说，儿子，爸爸去跟妈妈认错，只要她同意，以后我天天回家。壮壮高兴地搂住了他的脖子。卫峥嵘差点落泪。

卫峥嵘和胡海霞复合了。他白天出车，早晚都在家做饭干家务。他之前没下过厨房，起初刀法生疏，萝卜丝切得有粗有细，长长短短，慢慢地也就熟练了。

有一天，传呼机响了。陆行知发来消息说，“专案组撤了。案子没有再发，难道真是武小文？师傅你还好吗？”卫峥嵘把传呼机放下，没回。自从离开警队，他再没跟陆行知通过话，消息也从来不回。他把自己跟警队切割了，虽然疼，也要切个干净。过了会儿，他又拿起传呼机，把电池抠了，然后把传呼机放进抽屉。

直到1998年底，再没出现过相似的杀人案。凶手好像莫名其妙地突然停手了。专案组也再没有新的线索，只好撤掉。地图都取下了，墙上光秃秃的。各种案卷资料也被一一搬走，奔腾486也搬出去了，卫峥嵘暂借了一年多的大会议室终于腾出来了。陆行知站在空荡荡的会议室里，怅然若失。

出租车，卫峥嵘一开就是十二年。白天出车时，他眼看着老城区的平房一点点减少、消失，一座座楼房拔地而起，层层加高。

十二年白驹过隙，城市变了，卫峥嵘也老了。有那么几次，他开着车，不由自主就往警队去，好像自己还是警察，还在上班，什么都没变过。意识到走错的那一刻，他好像从一个绝好的梦里醒来。

2010年4月底那个平常的早晨，卫峥嵘在菜摊上买了一捆葱，尼龙绳系好，提了往家走。路上堵车了，堵成一条长龙。卫峥嵘观察着堵车的形势，看见堵车的源头是一辆大众辉腾。他本来没打算管，然而听到堵车的后方传来警笛的鸣响，他远远地瞭望一眼，就向辉腾走了过去。堵车的后方，陆行知坐在车里，看见前方的车流渐渐松动，又闭上了眼睛。

那个早晨，他们俩都不知道互相离得那么远，又这么近。

第八章 水上火

1

2010年6月7日晚，凶手用薛红的钥匙打开了柔柔美发店的门。

时间还不算太晚，店门玻璃映出路上的行人和汽车。附近有杂乱的人声、音乐声传过来，江阴南路上的很多店铺尚未关门。凶手推门进入，关上门，声音被屏蔽在外。他取出包着布的羊角铁锤提在手里，小心绕过地上的杂物，向后面走。

后面的房间里，一盏台灯下，齐莎莎正趴在床上玩手机。她正戴着耳机听音乐，对凶手的接近毫无察觉。凶手用羊角铁锤猛地击打了齐莎莎后脑，随后捡起手机，在手机进入黑屏之前消除了密码，然后放进背包。

凶手在事后回想时，对这次袭击很不满意，因心情急躁，自己没有细察齐莎莎的状况，没料到她会突然奋起反扑，将凶手推在梳妆台上。齐莎莎想要逃出时，凶手跟上打了第二锤，所幸血没有溅到身上。

凶手返回前厅时，透过店门玻璃，看见门外人行道边站立着几个年轻男子，正喝酒吃串，说笑谈天。凶手无奈，等了约一小时，待年轻男子们离开后，才得以脱身。

凶手骑电动车离开江阴南路后，肾上腺水平下降，才察觉到自己右手手掌有异样感。检查后，发现手套被什么东西刺破，出了一点血。凶手立即返回江阴南路，但到了距柔柔美发店约一百米时，他看到店前停着一辆车，车灯亮着。江北区刑侦大队长陆行知正在店门前，透过玻璃观察室内情况。凶手无奈，只好离开。

而陆行知对以上情况一无所知。他用工具打开美发店门锁，进了门，穿上鞋套向后面走去。走近了，他看到在手电光的照射下，白布帘上的血迹很清晰。陆行知戴着手套的手慢慢伸向布帘，手臂止不住地微微发着颤。他打开布帘，手电照到了趴在床上的齐莎莎。她上身俯卧在床上，腿垂在床边，脸朝下，脖子上缠着丝袜。房间里物品撒了一地，有搏斗过的痕迹。床单上、地上都有血迹。

陆行知走到齐莎莎身边，伸手摸了摸她的颈动脉，血管没有任何搏动。陆行知站在原地，喉咙里发出声响，好像一口气憋在了胸口，半晌才透过气来。他拿出手机，打回队里，说，江阴南路 79 号柔柔美发店，让老吕带队过来，有命案。

黎明前最黑暗的时候，柔柔美发店门前停满了警车。店里支起了大灯，照得满屋雪亮。

老吕带着法医队伍勘验现场，店里物品过于杂乱，勘验是个大工程。他们一直忙到太阳露头，指纹还没取完，物证还没装完。从这么多物证中寻找凶手的 DNA，如在树林中寻找一片树叶，还不一定找得到。老吕叹了口气说，这一周都别想睡觉了。助手小郑说，不是已经有凶手的 DNA 了吗？老吕问他，你怎么知道这起案子也是同一个凶手？小郑笑笑，觉得答案很明显。老吕敲打他说，你这不是法医的思维，还得学呀。每个现场都是从零开始，懂吗？除了证据，别的都不能指向结论。

陆行知坐在店门外的警车里，精神不振。霍局打开车门坐了进来，递给他一袋子小笼包，但陆行知毫无胃口。霍局打开袋子，自己捏着吃，知道他为什么懊恼，劝他说，算了，你也料不到的。陆行知说，我应该早点儿来。霍局说，到了这个阶段，谁都是顶着一口气坚持着，你可别让这根稻草压垮。陆行知淡淡地说，人命，不是稻草。我是打比方，霍局说，我知道这滋味儿，就像父母没抓牢孩子的手，孩子走丢了，父母想死的心都有。当年老卫也是，早点去见白晓芙，可能就……不说了，别过于自责。警察有时候就得铁石心肠，才能咬着牙继续干。陆行知不语，自责是别人的三言两语无法排解的。

老朱打开车门，也坐进来了，说，两头有两个监控，那边五金店门口一个，这边便民超市门口一个，我都要了。老朱顿了顿，从霍局手里捏了个包子吃，接着说，但是，看见没有，路两边儿小饭店，到了晚上都是烧烤摊，这条街太热闹了，找人不容易。陆行知望着两边的居民楼，都是二十年往上的老小区。陆行知说，那目击者也多，先去趟街道居委会吧。

他们从居委会请来了几个热心肠的大妈和一个大爷，带到警队监控室。监控视频用投影仪打到了墙上，图像放大了，便于老年人观看。老杜和老朱负责接待，一人端上一杯菊花茶。老杜说，先喝茶，放了蜂蜜，清热败火。大爷大妈觉悟都很高，说，先工作，先工作。老杜说，好，大哥大姐，我先介绍一下情况。首先，这个事儿要保密。大爷点头说，懂，懂！老杜接着说，好，等会儿我们放录像，你们就在里边儿找认识的人，看见一个就喊停，告诉我们他是谁，住哪儿，干什么的，好吗？大妈说，放吧，放吧。老朱跟技侦的小刘说，先放五金店的，从晚上八点钟开始。小刘点了播放，视频走起来了。五金店门口的监控对着大街，只见人来人往，人流量确实不小。刚走了几秒钟，大爷大妈同时说，停。老杜问，哪个？大爷大妈们都伸出手，但指的不是同一个人。他们互相看看，大爷说，你这个我也认识。大妈也说，你这个不是老刘他大儿子吗。

队里看着监控，陆行知和专案组刑警们则在江阴南路挨家走访。他们走访到一家卖麻辣烫的，店主是个大嫂，一脸惋惜地说，那个理发店的小姑娘吧，真是可惜了，她昨晚上还来吃麻辣烫了。终于有了点儿线索，陆行知精神一振，拿出齐莎莎的照片问，是她吗？大嫂说，就是她，要多放麻酱，两勺辣椒，口重。陆行知又问，她几点来的？大嫂说，九点多吧，有个台正放动画片，那个熊大熊二什么的，我儿子看，她也跟着看，一边看一边笑，笑得直咳嗽，看完了才走。唉，那就是个孩子呀。陆行知问，哪个台？大嫂拿起遥控器，对着电视换台，找着一个动画频道，陆行知在本子上记下，让人去查昨晚的节目单，把动画片播出时间搞准确。

旁边有俩吃早餐的小伙子，听见了他们的对话，凑了过来。一个小伙说，柔柔美发店死人了？怎么死的？是凶杀吗？另一个小伙见陆行知看他们眼色不善，忙解释道，我们昨晚上就站在美发店门口，聊了好半天呢。陆行知问，几点钟的事？先说话的小伙问同伴，你媳妇儿给你打电话是几点？小伙掏出手机找通话记录，说，十点四十。我要走，你们不让，拉着我就在那儿站着吹牛，我回到家都十二点半了，我女朋友非让我给她买双鞋赔罪。陆行知问，你们几点离开那儿的？小伙说，我回家得二十分钟，那就是十二点过十分吧。

陆行知回到警队，先去法医科找老吕。老吕正在做尸体检验，血淋淋的一样一样往外拿。助手小郑对这个场面还有些不大适应，在强撑着。陆行知问老吕，死亡时间确定了吗？老吕说，十点到十一点之间吧。陆行知说，我帮你再精确点儿，她应该是九点四十五左右吃完晚饭。老吕拿起一个玻璃瓶看了看里面的半瓶糊状物，很肯定地断言，十点三十，差不了几分钟，胃内容物还没怎么消化，吃的麻辣烫吧？陆行知脸色有点儿不好看，老吕以为他犯恶心，说，这还不习惯？陆行知说，凶手应该是十二点十分之后才离开的美发店，我是十二点四十到的，他最多刚刚离开半小时。

离开法医科，陆行知去监控室看情况。大爷大妈们还瞅着大屏幕，不住地喊停。看陆行知进来，老杜跟他汇报说，本来他们想先把认识的捋一遍，但不行，太多了。又改成找他们不认识的，结果发现更多。这几年小区里外地租房的比老住户还多，都是早上上班晚上回来，平时也不打招呼不串门，生人比熟人还多。老杜叹了口气，感慨道，咱们这儿倒是越来越像美国了，邻里邻居的，住了三年，姓什么都不知道。陆行知说，缩小时间段，从午夜十二点十分开始。老杜松了口气，欣喜道，太好了，半夜目标少。

视频快进到了十二点十分，开始播放，然后大家都蒙了。画面上人来人往，比刚才的人流还密集。老朱说，大半夜的这是闹什么呢？画面上都是青壮年男女，有的穿工厂制服，有的穿便服。大爷说，工人换班儿。大妈也补充说，江阴桥的厂，原来是造电视的，现在不是让外国人买走了嘛，改成造手机的了，就那个年轻人要死要活都得买一个的那个，效益挺好，我儿媳妇就在那儿上班。另一个大妈说，好些工人都住这几个小区，到了十二点，上夜班的下夜班的，得闹腾一阵子。警察们望着视频，有点儿气馁。老杜说，妈的，就算把神眼老刘找来也看不完。

陆行知眼前的景象突然发虚，摇晃起来，人像沉到了水底，脚也飘了，他栽了一下，一手抓住桌角稳住身形。老杜忙扶住他问，怎么了？陆行知说，没事儿。老杜看他脸色惨白，眼睛无神，像几天没睡，说，你太累了，歇会儿去。陆行知突然想起了什么，眼底有一点从绝望中燃起的火苗，说，我去想想办法。

他去了杨漫家，趁陆安宁不在，陆行知忍着头晕，试探性地说了自己的考虑。然而杨漫对陆行知提出的办法断然拒绝，斩钉截铁地说，不行，我不让安宁去！又指责陆行知说，你怎么想的？开始那几年她什么样你忘了吗？前一段时间还天天做噩梦，你也忘了？陆行知说，我没忘。杨漫说，再说你怎么知道她能认出来？她可能根本没看见凶手长什么样！你不是说过，凶手是戴面具的吗？陆行知说，我不知道她能不能认出来，也许根本认不出来，可她不是还记得那双鞋吗？说不定也看见了脸。只要有一点点可能，任何一点机会……杨漫打断他，喊道，那是你女儿！不是什么机会！你怎么跟卫峥嵘一样！

陆行知眼前发花，他努力维持着平衡，不让杨漫注意到，用尽全身的力气控制着身体和语气，说，她是我女儿，是我的宝贝。可被杀的两个女孩儿也是别人的女儿，也是别人的宝贝，她们比安宁大不了几岁。安宁是心理创伤，她们命都没了。这话朴素，却说尽了道理，父母的心都是连着的，杨漫听了有点儿心软。陆行知又说了一句，就算是为了杜梅吧。

门口响起开锁声，陆安宁开门进来了。她看见陆行知，有点儿不高兴，还记着上次的仇，抱怨说，爸，你真过分，查什么身份证啊！杨漫没听明白，陆行知勉强笑笑，没搭腔。陆安宁看着她爸说，你是不是来道歉的？不用了，下不为例。爸，你脸色好难看。

杨漫看看女儿，女孩长大了，像个大人了，警察的孩子，该比别人坚强些吧。她也是杜梅的女儿，为了亲生母亲，恐怕要委屈她再受一回苦。杨漫招呼女儿说，安宁，来坐下，妈妈跟你说件事。杨漫的语气有点儿过于郑重，陆安宁狐疑地看着她妈。忽然，只听旁边“扑通”一声，陆行知栽倒了。

2

这天早晨，天刚亮卫峥嵘就起床了，在厨房煎鸡蛋，做早餐。陆行知告知他获得凶手 DNA 的事儿，虽然离擒凶破案还差得远，但他觉得一直压在身上的重物像被揭去了一层，轻松多了，呼吸也顺畅了些。

儿子小卫光着膀子进了厨房，这个高三男生练了一身好肌肉。小卫看他心情不错，重提上次的话头说，爸，你怎么变卦了，为什么不同意我考警校。上次卫峥嵘说了那话之后，一直没跟儿子解释。卫峥嵘说，小声点儿。他关了火，把鸡蛋盛进盘子里，朝卧室望了望，确定胡海霞还没醒，才悄声跟小卫说，儿子，警察这工作，听上去挺刺激，破案、抓人，但是也危险——我知道你不怕危险，但是还有另一面，警察要面对很多很多阴暗的东西，是普通人想象不到的东西，也是你在电视、小说里看不到的东西，这些东西比身体上的危险还要折磨人。你做好这个准备了吗？小卫说，一边干一边准备嘛，你刚当警察的时候做好准备了吗？卫峥嵘一怔，感觉让儿子问住了。

吃完早饭，父子俩跟着胡海霞去搬店。胡海霞摆鞋摊的大市场，如今一个个店铺货摊都搬空了，这里要拆掉了。胡海霞借了辆小货车，卫峥嵘和小卫往车上搬运鞋盒。胡海霞也要一起搬，被父子俩坚决劝退了，只能在一边儿歇着。小卫跟他妈说，搬到新市场，租金还涨了五百，要不别干了，开淘宝店吧。胡海霞说，涨怕什么，那边人多，挣得也多，不会上网的人多着呢。她看着卫峥嵘又说，倒是你，一天比一天挣得少，现在家家户户都买车，谁还打出租车？卫峥嵘不想跟老婆抬杠，只管笑着当搬运工。他的手机响了，来电的是老杜，卫峥嵘走到一边儿接了。老杜在电话里说，陆行知晕倒住院了，你有空没有，来帮把手？卫峥嵘一愣，立刻答应了，行，我去。他挂了电话，跟胡海霞请假说，有点儿急事，得去一趟。胡海霞说，你能有什么急事儿？卫峥嵘一时编不出个理由，只好先搪塞道，回来再跟你说，壮壮，你辛苦点儿。见卫峥嵘真要走，胡海霞急了，嚷道，我们俩谁会开车？这车我就借了一天！小卫看他爸的神色，心领神会，劝他妈说，让我爸去吧，要不弄辆平板车，我给你拉！

陆行知在医院病床上醒来，第一眼看见了赵正明。赵正明头上缠着纱布，胳膊吊着绷带。赵正明贱笑着说，陆队，想我了吧，跟我做伴儿来了？陆行知恍惚了一阵儿，说，我睡了多长时间？赵正明郑重说道，现在已经2012年了。陆行知瞪他说，小明……赵正明忙说，您今天下午送进来的。一个年轻女护士走进来，训斥赵正明，乱跑什么？回去！赵正明做了个鬼脸，对陆行知说，陆队，这儿比咱队里管得还严，明天见。护士把赵正明撵出去了，发现陆行知醒了，有点儿意外。她查看了陆行知的点滴和心率监测，调了调滴药速度，说，别动，接着睡。

陆行知昏昏睡去，再次睁开眼睛时，窗外天是黑的，眼前坐着卫峥嵘。陆行知叫，老卫？卫峥嵘拿着手机正在看，闻听放下了，说，接着睡吧，你还没睡够数。陆行知说，睡够了。卫峥嵘便给陆行知垫了枕头，帮他坐起身来，说，叫护士？陆行知摇头说，我想到一件事儿，齐莎莎打电话给我，之后几个小时就被杀了。凶手这么快就能赶到美发店灭口，我想来想去，只能是……陆行知用两根手指敲了敲肩膀。卫峥嵘看懂了，扛肩章的，警察。陆行知接着说，她找不着我，电话都打到市局了，谁知道她之前还往哪儿打过电话。卫峥嵘说，你可别瞎猜。陆行知继续说，你想想，作案手法，一点证据不留，反侦察意识超强，这些谁能做到？当年那些物证，柳梦的头发，宁宁的玩具，又有谁能搞到？说不定就是凶手在现场顺手拿走的。咱们得再查查，当时出警的都有谁。

刚醒来就抛出这么一大堆想法，可见陆行知昏迷着也不踏实。悬案就是这样，无时无刻不吊着你的灵魂。卫峥嵘望着陆行知，这个老战友眼中闪着奇异的光芒，像有些走火入魔。卫峥嵘说，行知，别魔怔了。咱们有他的DNA，所有警察都采过样，要真是内部人员干的，早比对出来了。陆行知幡然醒悟，垂下了头。

卫峥嵘岔开话题说，你为什么让宁宁去看监控？陆行知想起自己晕倒之前跟杨漫的对话，深呼了一口气，说，我是没办法了。两人沉默了一会儿，卫峥嵘突然说，你还没告诉我，为什么离婚了？陆行知凝神想了半晌，他们是陆安宁十岁那年离的。他慢慢跟卫峥嵘讲，陆安宁六岁的时候，心理创伤其实已经快好了，他跟杨漫都觉得她可能已经把那件事忘了，不再怕黑夜，不再做噩梦，是个健健康康的小丫头了。可她再长大些，懂事了，就知道陆行知是干什么的了。那时候陆行知刚提了副队，办了几个大案，天天早出晚归。她一看见深夜归来的父亲，就有些紧张，好像知道他是去抓坏人的，坏人都干了可怕的事情。

一天晚上，陆行知半夜一点才回到家，没敢开灯，摸黑往卧室走。他经过陆安宁卧室，居然看见黑暗中八九岁的陆安宁坐在小床上，还没睡。陆行知问她怎么还没睡，陆安宁问他是不是去抓坏人了。陆行知说是。陆安宁又问，坏人是杀人了吗？陆行知一惊，让她别担心了，赶紧睡觉。杨漫被吵醒了，进来问什么事，陆安宁说，爸爸身上有味儿，外面的味儿。黑暗中，陆安宁的眼睛亮晶晶的，像猫的眼睛。那一刻，陆行知知道，陆安宁在他身上看到了那个夜晚。

陆行知跟卫峥嵘说，后来她天天晚上不睡觉，一定要等我回来，精神特别紧张，白天犯困，课都上不成。没办法，我也不可能不干警察。杨漫就提出，分开住吧。让她看不见你，也就不等你了。陆行知顿了顿，接着说，离婚是我提的。杨漫她妈知道我们分居之后，总是来闹别扭，不知道想让我们分还是合。我就想，干脆，离了吧。杨漫本来也是个散漫的人，烦不胜烦，就同意了。到今天，已经离了六年了。

卫峥嵘说，那你们都没再找别人？陆行知说，我没有，她……好像也没有。卫峥嵘说，那你对她还是……有感情的。卫峥嵘老派，不大好意思说出“爱”这个字。陆行知很自然地就说出来了，是啊，我爱她，不会爱别人了。

女护士探头看见陆行知和卫峥嵘说话，进来批评道，怎么又醒了？心里是有多大事儿？陆行知问，我能出院吗？护士说，开什么玩笑？她又对卫峥嵘说，你走吧，让他睡。陆行知说，我睡不着。护士说，那也得睡。护士把灯关了，房间里黑下来。

陆行知再次睁开眼睛，窗外已经是白天。这回床边是杨漫，她正蜷在椅子里打盹儿，陆行知一醒，她也醒了。陆行知马上问，你带安宁去队里了？这事儿是卫峥嵘告诉他的，昨天他入院以后，杨漫就带陆安宁去了刑警队。杨漫点点头。昨晚陆安宁去看监控，老霍听说了，一定要亲自陪着，坐在陆安宁身边安慰说，宁宁，别怕，我们就是门神，小鬼儿统统退散！来，吃个巧克力。陆安宁接过巧克力边吃边笑着说，霍伯伯，我不害怕，警察家属胆子哪能那么小啊。老杜也拿来三罐饮料给她喝。有警察们铁桶似的护着女儿，杨漫就来了医院。

杨漫又告诉陆行知，刚刚队里来了电话，老霍说，陆安宁认出来一个人。

半个小时之后，陆行知就出现在了分局监控室。昨晚上就在的霍局、老杜和老朱都没走，卫峥嵘居然也在。他们正在一个个地调路口的监控探头查看，看见陆行知来了，都有点儿激动。

卫峥嵘领着陆行知来到一台电脑前，屏幕上有一张监控视频截图。卫峥嵘手指戳着截图中的一个人，这人戴着宽边遮阳帽，脸基本都被挡住了，一身深色衣服，像某个单位的工作制服。周围还有下班的工人在走，这使他看起来并没有什么异样。卫峥嵘说，看鞋。图片放大，鞋被放大到屏幕正中，虽然不那么清晰，但陆行知立刻认出，那是一双鹰力鞋。陆行知和卫峥嵘对视一眼，都在对方的眼中看到了激动，这是他们第一次看见凶手的身形。

霍局跟陆行知说，昨晚陆安宁看了三个小时，反复寻找，终于发现了这个人。起初她不敢肯定，只说好像见过他，说完之后又有些慌张，不肯定了，说没见过这个人，好像是做梦梦见过。当时卫峥嵘已经来了，他知道，梦里的才是对的。陆安宁昨晚是在监控室沙发上睡着的，睡得很踏实，早上爬起来就上学去了，走时脚步轻快，如燕子一般。老霍说，这孩子心大，真坚强。

陆行知稍稍心安，看着他们利用调出来的监控，正在还原这个人的逃走路线，霍局让小刘把数十个监控探头的静止图像在投影的大屏幕上排列出来，说，这是目前找着的嫌疑人行走的路线，从江阴南路到经八路，再到纬五路，过了西水立交桥，走幸福大道……最后到了大学路。再往外探头少，范围太大，就不好找了。陆行知问，那附近有多少小区？老朱说，多了，都是老小区，还没改造呢。陆行知看看霍局。霍局说，刨地三尺，也得把他扒拉出来。

江北分局所有的警察、警车都出动了。刑警们身穿便装，在一个个目标小区出入，拿着照片请居民们辨认。陆行知、卫峥嵘一组，老杜、老朱一组，分头行动。

走访完一个小区，陆行知手机响了，他看了一眼就按掉了。卫峥嵘问，谁？陆行知说，医院。卫峥嵘又问，没批准你出院？陆行知说，回头再去请罪。

挨边儿的一个老小区里，老杜老朱拿着照片，问一个正在健身器材上扭腰的老太太。老太太看着照片上的人，说，脸都没有，谁认得出来？老杜说，穿这身衣服的呢，见过没有？老太太说，这人多大岁数？老杜说，四五十岁吧。老太太仰脸回忆着，说，以前倒是见过，最近没有了。老朱问，什么人？老太太说，大街上，手里提着棍儿，架着一个望远镜，到处瞄。老杜和老朱对视一眼，思索着老太太说的是什么职业。

陆行知和卫峥嵘接连走访了两个小区，天色将晚。陆行知手机又响了，这回来电的是霍局。霍局说，行知，先收队吧，老吕有重大发现。

3

老吕在凶手用来杀死齐莎莎的丝袜上提取到了DNA。老吕说，他的手可能被扎破了，留了一点点血在丝袜上。老吕接着说，检测之后，我们发现和莫兰案的DNA不匹配，就是说，这次的凶手不是13年前的凶手。专案组举座皆惊，好多眼珠子差点瞪出来，很多惊叹声涌到了嗓子眼儿，一大堆问题瞬间悬在了人们头顶，两个凶手？模仿作案？那柳梦的头发哪儿来的？这他妈到底是怎么回事？

然而老吕大喘气，跟着又来了一句，但是他们的DNA相似度很奇怪，我又做了针对性的检测，亲权系数达到了99.9%。霍局忙问，什么意思？老吕说，我很肯定，这个凶手是当年那个凶手的儿子。

老吕连丢几颗炸雷，炸得全场哑口无言。时间静止了几十秒，陆行知才问，就是说，现在这个凶手是个年轻人？老吕点头说，不超过二十五岁。陆行知消化着这个信息。大家也一时失了重心，好像屁股下的板凳被冷不丁抽掉了。老朱还难以置信，问，这玩意儿还遗传吗？真的假的？老吕沉静地说，DNA不说瞎话。老杜有些气馁，那这么多天白忙了吗？咱们这次的调查方向错了，但是不白忙，霍局指着堆成小山的嫌疑人材料说，当年这些嫌疑人里哪些有未成年子女的，重新排查一遍。卫峥嵘补了一句，现在能解释了，为什么凶手十二年没再作案。现在坐了牢的、丢了命的这些已经被排除的，也都得排查。

陆行知没说话，心里好像有个什么阴影，但一时抓捞不着。刑警们开始重新翻材料，打电话，忙起来了。老朱动作慢，一直发呆。老杜拍了他一下，发什么愣？老朱说，我在想啊，这次查案有没有遇见过什么可疑的年轻人，说不定眼睁睁就让我放过去了，以前根本没注意过这个年龄段儿！陆行知听见这话，突然一个念头如闪电划过他的脑海。他脸色阴了下来，放下材料，凑近卫峥嵘，低声说，老卫，跟我走一趟。

他们开车驶出分局，上了大路，卫峥嵘才问去哪儿。陆行知脸色冷峻，似乎在压制着极大的担忧，说，找杨漫。卫峥嵘不太明白。陆行知说，安宁最近认识一个年轻人，是杨漫夜校的学生，我那天接齐莎莎电话的时候，他就在旁边。卫峥嵘稍一琢磨，吓了一跳，知道如果真是他，对陆安宁意味着什么。

他们赶到夜校，急匆匆上楼，寻找杨漫的教室。陆行知一边走，一边摸了摸腰间的手铐，说，不管是不是，先带回去。卫峥嵘点头说，你堵门，我拿人。他们找到了杨漫的教室。门开着，学生们在答卷，杨漫在讲台上监考。陆行知扫了一眼教室，轻轻敲门。杨漫看见是他们，有些意外地走出来，问他们怎么来了。陆行知先问，安宁在哪儿？杨漫说，在家呢，吃了晚饭在家写作业，我来上课。

陆行知稍稍放了心，又看了一眼教室，没找着吴嘉，问杨漫，那个年轻人，安宁的朋友，没来？杨漫说，吴嘉？没来，也没请假，我还奇怪呢。你找他干什么？卫峥嵘插嘴问道，吴嘉是哪两个字？杨漫看了一眼卫峥嵘，有些疑惑，说，口天吴，嘉兴的嘉。陆行知接着问，你知道他家住哪儿吗？杨漫说，不知道，什么事儿啊？至于这么查人户口吗。陆行知说，没有，别的小事儿，了解一下情况，学校有他的资料吗？杨漫说，那得问教务处要，这会儿都下班了。陆行知说，帮我给负责老师打个电话，要一下吧。杨漫更奇怪了，说，到底怎么了，明天不行吗？陆行知语气尽量轻柔，不想惊着她，说，现在就打吧，行吗？

杨漫狐疑地走回教室，拿着手机出来，走到一边，小声打了个电话。打完她回到陆行知身前，说，教务处一会儿给我发邮件，收到了转给你。陆行行知点头，杨漫盯着他看，陆行知想假装轻松地笑笑，但笑不出来。杨漫太了解他了，马上问，陆行知，你给我说实话，到底什么事儿？陆行知说，你别担心，现在只是有些疑点，我们确认一下。杨漫追问，什么疑点？什么案子？陆行知迟疑了。卫峥嵘看看他俩，说，行知，安全要紧。又跟杨漫说，小杨，先下课吧，回去陪着安宁。别着急，我们调查清楚了马上给你解释。老卫开了口，杨漫便没再追问。

开车回警队的路上，陆行知说，我是不是想多了，因为安宁的关系，可能出现判断偏差。卫峥嵘说，查查也放心。这时，一辆车超过了他们，飞驰而去，车速明显过快。卫峥嵘盯了一眼。陆行知说，杨漫的车。

杨漫回到家，进门直奔陆安宁卧室。她推开门，发现卧室里没人。杨漫叫了一声也没人答应。她把家里找了一遍，确定陆安宁不在家后，杨漫有些慌了。客厅传来“叮咚”一响。杨漫才注意到，书桌上的笔记本电脑是开着的，只是屏幕休眠了。

陆行知和卫峥嵘回到大队，让技侦的小丁搜查全市的“吴嘉”。小丁很快查出，全市 22 岁到 24 岁的“吴嘉”有四个，其中有两个是“吴佳”。陆行知逐一查看他们的身份证照片，居然没有对得上。卫峥嵘猜测说，不是本市人？陆行知说，也可能是假名字，先扩大到全省搜。

卫峥嵘轻轻捅了一下陆行知，示意他向门口看。陆行知转头看去，发现杨漫正在门口张望着。她看起来神情紧张，脸色有些白。陆行知迎上去，杨漫急得嗓音都有点儿劈，说，安宁不在家！陆行知脸上的肌肉跳了跳，太多问题一下跳到了嘴边，但还是下意识安慰说，别慌，慢慢说。杨漫从挎包里掏出笔记本电脑，打开了放在桌子上。电脑桌面上是一个打开的文档，大号字留了一句话：“妈，我出去一下，尽早回家。别担心，我很安全。”

霍局掌握了情况，宽慰杨漫说，别担心，这丫头胆大、机灵，不会有事！他又看着陆行知，挥着大巴掌说，我看你是多疑了，这个吴嘉不像嘛，主动往警察身边儿靠，哪有这么胆大妄为的！陆行知强迫自己镇定下来，问杨漫，学校找到吴嘉的资料了吗？杨漫打开邮件给陆行知看，吴嘉的资料基本是一片空白，除了名字以外什么都没有。杨漫说，不知道被谁删掉了，我给他打了电话也不接，再打就关机了，他到底干了什么？跟安宁有什么关系？你们为什么调查他？杨漫的问题一个个砸过来，越来越急躁。卫峥嵘突然说，安宁没有手机吧？陆行知和杨漫都摇了摇头。卫峥嵘接着说，如果是吴嘉叫走了安宁，除了去家里，就只能用电脑联系，对吗？杨漫反应过来，说，对，QQ！

杨漫打开QQ，登录框上最后登录的头像是陆安宁的，ID叫serenity，宁静的意思，是杨漫给起的，可杨漫不知道她的密码。技侦小丁凑过来说，这个需要申请，走个流程。霍局从兜里掏出印章丢过去，说，拿着，自己盖！

陆行知注意到电脑桌面右侧有个孤零零的图标，看起来是个图片文件，文件名是“送给安宁”。他双击打开，是一张合成出来的图片。背景像是一张油画，有起伏不平的草地，有池塘，池塘正中有个上尖下圆的建筑，是一座粉红色的塔式喷泉，很华丽，明显是异国风情。池塘岸上有许多动物，有大象、野马、野猪，最显眼的是一头长颈鹿。陆安宁被合成到了画上，坐在池塘边的草地上。

陆行知问杨漫，这图是谁送给她的，是吴嘉吗？杨漫迟疑着点了点头说，吴嘉帮我做过一个课件，好像用过这张图。霍局看着图片说，这是个动物园？陆行知盯着那座粉红的塔，似乎有不好的预感渐渐袭来。他看看卫峥嵘，卫峥嵘也在盯着那座塔。杨漫说，这好像是一幅名画的一部分。她走到电脑前，打开百度，输入几个关键字，很快找到了，叫《人间乐园》，是荷兰画家博斯画于十五世纪末的作品，也是文艺复兴时期的名画。陆行知把笔记本电脑接上投影仪，将整张画投到大屏上。

霍局咳嗽了一声，说，这是古代人画的？我看像现代作品，科幻片嘛。

画上有太多的裸体了，虽然不是写实画风，裸体的轮廓间、人物的表情中都透着一种冷漠，甚至是反性感的，在公安局里展览这张画，还是有些碍眼。老霍虽是外行，但评价很实在，画面内容确实像科幻片。画分三联，分别描绘了天堂、人间与地狱。陆安宁 QQ 空间中那张图片的背景就来自“天堂”部分。画中场景光怪陆离，除了裸体男女，还有多种怪兽、鸟类、造型奇异的建筑、巨大的水果，画中人像被施了魔法，做出种种奇怪的动作。原作保存在西班牙马德里普拉多博物馆，是博斯巅峰时期的作品。画风极为超现实，领先了达利数百年。据说五百年前一名修道士在一位侯爵的城堡里第一次看到这幅画时，发出了不可思议的惊呼。它太超前了，就像老霍说的，很多现代科幻电影都能在这画中找到影子。

陆行知和卫峥嵘的目光牢牢盯在了画上，他们注意到了别的东西。霍局看着门口，唯恐引人围观，建议道，用电脑看吧。

陆行知突然走到画前，伸出手，指着画中一个人体，说，像吗？霍局一愣，定睛看去，不知陆行知说的是什么。陆行知说，柳梦。霍局突然醒悟过来，柳梦被杀时的姿势，和陆行知指着的这个女人一模一样。

陆行知又指向另一个女人，杜梅被杀时的样子无疑就是她的复刻。

而王楠楠的样子也找到了对应。

陆行知指着画上的粉红色建筑，说，家具市场门口的城堡，像吗？

他又指向画上一个抱着巨大草莓的女人，说，薛红。

卫峥嵘找到了猫头鹰。体型巨大的猫头鹰站在水里，冷酷狰狞，一个灰色的人乞怜似的搂着它，像信徒搂着魔鬼。

霍局目瞪口呆，说，这是谁画的来着？杨漫说，博斯。她把网页下拉，出现了博斯的全名，Hieronymus Bosch。陆行知盯着这个名字，轻轻吐出两个字母，HB。霍局从桌上笔筒里抽出一支铅笔，看着上面的 HB 字母，线索开始在脑中一点一点整合。

陆行知望着画，最后的疑虑在心里一点点消解。无法否认了，吴嘉就是凶手，而女儿现在和他在一起。杨漫大约听懂了大家说的是什么意思，然而不敢相信，哑着嗓子问陆行知，你们怀疑他？不可能的，他人很好的。陆行知看看杨漫，没有说话。杨漫明白了，再否认也是无用，她肩膀开始发抖，喃喃道，不可能的，他不像坏人，真的不像……陆行知深知她的惊恐，轻轻搂住了她的肩。

没有吴嘉的照片，霍局说，要不叫老贾来，先画一张肖像？陆行知突然想了起来，说，照片我去找。陆行知和卫峥嵘去了展览馆，找着负责人说明情况，到监控室调了前天的录像。陆行知问他，从展览馆到大门口，哪个探头最清楚？负责人说，主馆出口的吧。陆行知请他从五点半开始放，他和卫峥嵘盯着看。视频里人流如织，都是看完展览出去的人。

陆行知突然敲下了暂停键。卫峥嵘去看显示器，先看见了陆安宁，然后看到了走在陆安宁身边的那个年轻人。陆行知小心地继续逐格播放，等年轻人的脸处于一个最清晰的位置时按下了暂停。画面中，吴嘉稍稍抬起了脸，眼睛正望着摄像头。卫峥嵘望着吴嘉的脸，好似感到有一种来自遥远过去的情绪袭来，然而又不知是什么，辨认不清。

回到大队，他们将吴嘉的面部截图投到了大屏幕上。霍局像是自言自语，又像跟大家伙在商量地说，他爸是谁呢？像哪个嫌疑人？武小文有后代吗？陆行知摇摇头，武小文没有后代。霍局说，发通告吧，全市通缉。

卫峥嵘看着照片，吴嘉的眼神中似有一丝认真或执拗。卫峥嵘的表情突然有了变化，他辨认出来了，吴嘉脸上有些他极为熟悉的特征。那是十三年前，在白晓芙的实验室里，十岁的张山山望着他，就是这个眉眼。卫峥嵘咳嗽了一声，想驱散这个不能接受的联想。然而思绪是挡不住的，他想起在南大生化实验楼前第一次看见张山山坐在张司城自行车后座，然后，他坐在车里，看着张司城从车边路过。两个凶手是父子关系，那张司城会是十三年前的凶手吗？他第二次看见张司城，这个沉默的男人坐在路边，看了自己一眼。那个表情，现在想起，似乎有着别的意味。卫峥嵘有些慌，心开始突突跳，然而仍不愿接受这个可怕的、越来越近的真相。那个晚上，平房区的窄巷里，跟在他车后的车灯是来自张司城吗？后来的那个夜晚，他从阴影里跳出来，按住的人是他。还有那条传呼，“彼之蜜糖，我之毒药。你取不走，我终得到。”他说的是什么，是人命吗？卫峥嵘的呼吸变得粗重，现实一波一波向他进攻，让他不得不接受。他想起在医院走廊里最后一次看见他们时，张山山的哭声和张司城的冷眼。卫峥嵘放弃了抵抗。

卫峥嵘望着陆行知和霍局，有些绝望，从喉咙里挤出一句话，他有点儿像白晓芙的儿子。陆行知没有听清，问，谁？卫峥嵘说，白晓芙的儿子，叫张山山。所有人大吃一惊。霍局说，晓芙的儿子？不可能吧，她爱人是干什么的？她会没察觉？卫峥嵘神情异样，好像在忍受着极大的痛苦，慢慢地坐了下来。他没听见霍局的问题，白晓芙的话像幽灵一般进入了他的脑海。白晓芙说，“这些年我是怎么过的，没跟你说过，今天我想跟你聊聊……我结这个婚，不是你的错，是我自己做错了……原来两个人可以像两块冰一样，没有热度，也不融化，孤立地存在着。没有幸福，也没有伤害，甚至没有活力，生活就像一具尸体。”往事大浪一般冲刷着他的脑神经，卫峥嵘渐渐惊惧地意识到，白晓芙那些年过的是什么样的生活。

技侦小丁再次搜索了户籍资料，吴嘉的脸再次出现在大屏幕上，身份证上的名字，就是张山山。卫峥嵘看着身份证上的地址说，这是白晓芙以前的地址，那个房子早就换人了。早晨的第一缕阳光慢慢驱散黑暗，天要亮了，真相也是。

张山山的父亲，白晓芙的丈夫，名字是张司城。霍局拿到了张司城的资料，跟大家讲，张司城 1988 年到 2008 年在城建设计院工作，2008 年底病退，是癌症。老朱插嘴说，报应！老杜也说，还是太便宜他了。霍局接着说，现住址不详。问了他们单位，没人知道他住哪儿，平时跟谁也不打交道。

大家看着照片上张司城的脸，努力把他与追了十几年的真凶联系起来。老朱说，咱们追了多少年的凶手，就长这个样？哪配得上白晓芙？这话说出了很多人的心声。他太普通太平凡了，可能所有人都没想过凶手是这个样子。他看起来不凶，不狠，不冷酷不残忍，甚至有些懦弱。最不意外的是陆行知，张司城的样子、职业、性格都符合他对凶手的定位。卫峥嵘问，他具体做什么工作？霍局说，绘图，测绘，是个基层工作人员，连年评不上职称。老杜和老朱对视一眼，想起老太太的话，架着一个望远镜，大街上到处瞄。她说的是测绘员。

身穿便衣的警察们重访昨天的小区，拿着张司城的照片向居民询问。

老杜和老朱又找到了昨天那个老太太，她大清早仍在小区健身器材上扭腰。老太太看了一眼照片，说，不认得。老杜又拿出了张山山的照片。这回老太太看了一眼，从口袋里拿出花镜戴上再认了认，居然点了点头。老朱和老杜兴奋了。老朱忙问，您认识？老太太说，挺老实的人，平时不声不响的。昨晚上你们走了以后，我在这儿遛腿儿，看见他出小区了。老杜说，他住哪儿？老太太指着一栋居民楼说，那个楼，昨晚上他还拖着个大箱子呢。

十五分钟之后，大队人马来到，陆行知带队上了这栋楼。楼道里脏破不堪，墙上都是小广告。刑警们把住了 303 门口，陆行知待开锁技师打开防盗门锁后，悄悄拉开门，冲了进去。

刑警们随后进入，迅速将每个房间勘察一遍，并没有人。这是个两居室，格局不好，光线阴暗，摆设简单到极点。

陆行知走进一间卧室，桌椅、柜子和床都在，但没有任何生活用品，这间房应该没人住。卫峥嵘摸了摸墙，发现墙面上贴了一层软材料，窗户缝也封得严严实实。陆行知说，是隔音材料。但这隔音材料也极为破旧，不知道已经贴了多少年。这些年，这个房间里发生过什么呢？居然需要隔绝它的声响。

他们走进另一间卧室，这间应该是吴嘉的卧室，床上的被子叠得整整齐齐。床上放着一个帆布背包、一把羊角铁锤、几根HB铅笔和一张卷起来的白纸，像是一幅画。陆行知紧张地拿起铁锤查看，很干净，没有血迹。卫峥嵘打开那卷白纸，不出所料，就是《人间乐园》。画的右下角有一行小字“1995年南都市图书馆文艺复兴艺术展 复制品”。卫峥嵘说，他应该是那时候认识莫兰的。老杜和老朱走进来，看见了床上的东西。老朱说，老大姐说他拖着大箱子出去了，这是把箱子里的东西腾出来了吧，但箱子是装什么用呢？老杜赶紧碰了碰老朱。

陆行知脸色惨白，一言不发走了出去。

吴嘉不知去向，刑警们收了队，返回江北分局。霍局已经调查了小区周围所有的监控探头，也查到了吴嘉的工作单位。吴嘉是本地一家宽带公司的合同工，据他们讲，吴嘉昨天开走了公司的一辆面包车。霍局指着大屏幕上的监控视频，一辆车身印有“南江宽带”的面包车正在通过路口，时间是晚上9点35分。霍局说，他家小区周围三公里，就这个探头拍到了。行知，你看副驾驶好像有人，是不是安宁？陆行知盯着看，没说话。

通缉令已经发了，所有的人都调过去了，霍局走到地图前，指着一个路口指挥说，从这个路口开始，朝那个方向撒网，找这辆面包车，每条路都不放过。他顿了顿，看着陆行知说，会找着她的。陆行知望着城市地图，顺着霍局指出的方向看过去，路线向外发散，密如蛛网，通向城外，散入苍茫大地。他明白，这不是一场必胜的仗。

小丁走进来汇报，说，陆安宁的QQ密码有了。他在电脑上登录了陆安宁的QQ，投到大屏幕上。他点开了一个留言对话框，留言的人叫“人间乐园”，是吴嘉。吴嘉给陆安宁留了一条消息，是昨天白天发的。消息说，还记得我跟你说过，站在塔上能望见城外的村庄和池塘吗？那儿是我的第一个人间乐园。九岁的时候，母亲带我郊游，我在那儿度过了人生中最快乐的一天。真想带你去那儿看一看。可惜，乐园已经没有了。

霍局说，塔上？什么塔。陆行知望着城市地图，目光渐渐定在那栋明代古塔上。

古塔看门人是个老头，跟陆行知抱怨说，昨晚上，我听见上面有人拉二胡呢，吓得我没敢上去。陆行知问，二胡还是小提琴？老头说，差不多吧。陆行知问是几点钟，老头说，反正是前半夜的，你们赶紧查查去。

黑暗中，陆行知和卫峥嵘拾阶而上。推开小门后他们站在了最高层，阳光耀眼。卫峥嵘望着眼前高楼林立的城市，说，都挡住了。

陆行知注意到，靠着墙边，地上的灰尘中有些痕迹，是三个点状。陆安宁的琴盒如果侧放在地上，盒身有两个弧度，正好会三点触地。她来过这儿。

陆行知展开一张 20 世纪 90 年代的城市地图，抬头，极目远望。他在地图上找到拍到吴嘉驾驶面包车经过的路口，手指顺着远望的方向延伸。地图上显示，城外有多片绿色和蓝色色块，代表山林和水体。卫峥嵘展开现在的城市地图，对比着。很多绿色的地方变成了灰色，大多是新建的工厂、居民区。

陆行知手指在 2010 年的城市地图上点了点，那儿还有一片蓝，是个池塘。卫峥嵘点了点邻近的一个地方，那儿也有个池塘。

这两处将是他们寻找的目标，也许还是吴嘉心中的乐园。

4

天色阴沉着，四辆警车排成一列，沿着大路向城外飞驰。到了一个 Y

字分叉路口，四辆警车分成了两组，向两个方向开去。

陆行知望着车窗外，他们沿途路过了许多新建的工厂，有食品加工厂、牛奶加工厂、服装厂、电子产品加工厂和各类机械制造厂。厂区都很宽敞，车间从外表看都是高大整齐。

陆行知看看地图，他们正在向目标地点靠近。手机响了，陆行知接起来。来电的是老杜，他们已经到了另一处目标地点，那儿确实有个池塘，比洗澡池子大不了多少，也没有吴嘉的踪影。陆行知听到了老朱在背景里的咒骂。

现在目标地点只剩一处了。汽车驶过一片空地，面积有半个操场大小。那不是草地，地上露着黄土，散乱地堆着砂石。空地那头，有个池塘。池塘边，站着个身影。这身影穿着黑色雨披，从远看认不出那是不是吴嘉。陆行知和卫峥嵘悄悄下了车，都握紧手枪，向池塘靠近，其他刑警悄悄跟在后面。卫峥嵘低声和陆行知说，没看见面包车。陆行知点点头。

他们潜行到距离目标还有二三十米时，那人突然回过了头。陆行知和卫峥嵘停下脚步。只见那人戴着一个鸟头面具，面具上黑色的眼睛硕大，是张猫头鹰的脸。鸟面人身着黑色雨披，站在池塘边。池塘里的水是黑红色的，泛着油彩。池塘的另一侧还是空地，远远地散布着数棵掉光叶子的死树，昭示着那里曾经有个树林。空地旁边有个工厂，围墙线条整齐冰冷，不知道厂里在生产什么，隐约有机器的声音隆隆传来。鸟面人站在阴天的青灰色背景里，整个场景十分诡异。

陆行知问，吴嘉？

那人顿了顿，摘下了面具，脱下雨披，随手一抛。是吴嘉。

吴嘉说，你们来了。

陆行知和卫峥嵘看见面具落下的地方，那里有个以前的村民搭建的木头小平台，伸到水塘上三米远，有些地方有些发黑碳化，好像被烧过。现在平台上堆了些废木料，木料中间躺着一个黑色的大箱子，是一个装测绘设备的工具箱，很旧，四角包了铁皮，看起来很坚固。箱子上放着一身制服，一双鹰力鞋，旁边还扔着两桶助燃剂。

脱下了雨披，陆行知看到吴嘉身上穿着的还是自己上次见到他时的衣服，格子衬衣白 T 恤牛仔裤，他又像个和气的大男孩了。

陆行知又问，安宁呢？

吴嘉说，放心，她没死。

陆行知望向那个黑色箱子，心提到了嗓子眼儿。

吴嘉手里拿着个东西，刚才被雨披遮盖着，现在他们看见了，是一把点煤气炉用的打火枪。陆行知和卫峥嵘都把手枪举了起来。

吴嘉看看他们，面带微笑语气平常地说，放下吧。你们多长时间才练习一次打靶？打不死我，我就点火，这片水都会烧起来，谁也救不了，信不信？去年我第一次回来，就把水点着了，我想让它变回原来的颜色，但没用，过了两天，又是这样。放置箱子的那个木台上的烧焦痕迹，原来是他上次放火的结果。陆行知和卫峥嵘垂下了枪。吴嘉表情平静，说，听我把话说完。卫伯伯，陆叔叔，你们是警察，相信人类真的有恶魔基因吗？陆行知和卫峥嵘不知如何回答。

吴嘉笑了笑，说，你们已经发现我留下的东西了吧？卫峥嵘说，那是张司城的，不是你的，你把东西放下。吴嘉说，他是个怪人，我小的时候就怕他。虽然他很少说话，我妈在的时候，他也没打过我，但我就是怕他。后来我长大了，比他高，比他强壮，还是会怕，是一种骨子里的怕。去年他临死的时候，神志不清了，告诉我很多事情。开头是什么时候呢？对了，1995 年图书馆有个文艺复兴艺术展，他看见了那张画。恶人变成恶魔，总有个触发的机缘吧，他也许就是因为那张画。《人间乐园》，我查过，博斯本来是要警戒人世的贪婪和色欲，可他只看见了自己的幻想，本来在牢笼里的东西放出来了，他压抑不住地想犯罪，想杀人。莫兰是他的第一个猎物，可那次他好像留下了什么证据，担心会被查到头上，所以忍了两年。1997 年我妈跟他分居，离婚，他又开始了。他先后杀了柳梦和杜梅，你们查得紧，送到我妈那儿的线索越来越多，他怕有一天我妈终于怀疑到他头上。所以他常常去我和我妈的家，在楼下一站就是半夜。后来有天晚上，终于看见我妈深夜出门，他悄悄跟着，骑着摩托车追她，我妈跑到大路上，就被车撞了。卫峥嵘大惊，白晓芙原来是这么死的，他不由心如刀绞。吴嘉接着说，他摩托车翻了，也受了伤，一边胳膊不好用了，不能再去杀人。卫峥嵘想到在医院里看到的父子二人的背影，那时候却不知道孩子身边站着的是恶魔。吴嘉说，从那天开始，他就把所有恶毒的欲望都撒到我身上。这么多年，我都想不通我是怎么活下来的。陆行知想到了那个隔音的房间，有些不寒而栗。

可他死了以后，我发现了更可怕的事情。吴嘉停止了讲述，停了很久，才呼出一口气接着说，我也想杀人。特别是第一次回到这儿，发现这里变成了这个肮脏荒芜的样子，觉得这个世界也没什么值得怜悯的了。一到晚上，待在那个房间里，好像就有什么邪恶的东西把我控制住了，我找到了他的箱子，穿上他的衣服，戴上他的面具，好像就变成了另一个人。这个人跟我说，去杀吧，穿上他的衣服，你的恶念就是他的恶念，你的罪行就是他的罪行。你顶着他的样子出现，好让世界知道这个恶魔。

吴嘉眼睛里有奇异的光散射出来，似乎真的变成了另一个人。在那些夜晚，他在那个隔音的房间里，穿上制服，扣好扣子，戴上猫头鹰面具，望着镜子中的自己，和心里的欲望殊死搏斗，终于还是败了。在张司城的黑色箱子里，他还发现了作案工具、草莓娃娃、HB 铅笔，还有一个笔记本，一缕细绳扎住的头发夹在页间，夹着的那一页写着“柳梦”，记录了一些当年案件的调查线索。从这些线索中，他看到了姚乐，然后不费什么劲就找到了十三年后的姚铄。在金钟古城架设网络时，他又看到了与姚铄争吵的王楠楠。和柳梦一样，王楠楠也跳舞。杀戮便从她开始了。

吴嘉望着陆行知和卫峥嵘问，人类真的有恶魔基因吗？我查了很多书，美国人好像真的发现了杀手身上有共同的基因，MAOA暴力基因，你们听说过吗？我不想承认，我恨自己身上有他的基因，我恨不能换掉自己的血！可我……在那个时候，看着生命慢慢从她们眼睛里消失，我为什么会感到激动？为什么会觉得满足？

吴嘉的脸上，出现了一瞬失去理智的狰狞，仿佛回到了那些疯狂的时刻，然而他眼睛里的疯狂渐渐消失了，变成了绝望。他说，我骗不了自己的，穿着他的衣服，我还是我。我也是个恶魔，这是我的命，逃不掉的，是不是？

陆行知和卫峥嵘表情复杂，有些分不清他们面前的是恶魔，还是受害者。

吴嘉把目光聚向陆行知，说，我是有意接近你的家人的。先是杨老师，我知道你是刑警队长，接近她就更刺激，我也许也想杀了她吧。

陆行知握枪的手微微发抖。

后来认识了陆安宁，我的想法变了。吴嘉的表情有了变化，甚至出现了一丝温暖，语气也变得轻柔，接着说，我知道了她的身世，她太幸运了，遇到了你们。开始，我羡慕极了，也愤怒极了，为什么她能遇到天使一样的人，我却落到恶魔的手里？他死了之后，我改名叫吴嘉，因为我没有家，从十岁起就没有了。我带着怒气杀了薛红，可冷静下来之后，我后悔了，第一次感到那么强的内疚。我不想再干下去了，我想像陆安宁一样，慢慢愈合，治好心里的伤，去感受这世界上的好意，感受那些温暖，也许我就能有一个正常的人生呢。他顿了顿说，如果不是齐莎莎要告发我，我也许就此停手了。这次我太急了，留下了证据，吴嘉摩挲了一下被胸针刺破的手掌又说，我知道，这次恐怕跑不掉了。我只能先跟你赛跑，好找一个机会……

吴嘉突然沉默了。陆行知说，什么机会？跟安宁有什么关系？你先放她走！吴嘉喃喃地说，跟这个世界告别的机会？不是。我早就知道，乐园已经不存在了。吴嘉眼神虚了，思考着。卫峥嵘盯着他手里的打火枪，攥了攥手里的枪，跟陆行知低声说，人，我能打准。手，不敢保证。

陆行知的手机突然震动起来。看到来电的是霍局，他把手机按掉了。紧接着卫峥嵘的手机马上就震动起来，看来老霍真的有急事。卫峥嵘犹豫一下，左手按了免提。电话一通，霍局就急火火地说，找到面包车了，在东郊车站！你们找到人没有？

陆行知也听到了，两人都很意外。陆行知觉得这事儿的逻辑有些连不上，面包车为什么会在东郊车站，那吴嘉是怎么把这个箱子弄到这儿来的？陆行知疑惑地望着吴嘉背后那个黑色的箱子，陆安宁会在里面吗？突然他的手机再次震动起来，来电的是杨漫。陆行知下意识地接了电话，放到耳边。

吴嘉看见陆行知接电话，眼睛望着卫峥嵘，突然开口说，对，我想争取一个机会，好知道自己到底有没有死的勇气。

卫峥嵘盯着他，内心在撕扯，这个冷酷的杀人犯，也是昔日恋人的孩子。他不知道自己能不能开枪，向这个十几年前问他是不是大学教授的孩子，这个白晓芙留下的唯一骨血。卫峥嵘嗓音嘶哑，说，张山山，为了你妈妈，自首吧。

吴嘉突然按了一下打火枪的开关。

卫峥嵘马上开了一枪。抬手、瞄准、射击，只是电光石火的一瞬间。

枪声很响，在郊区的荒地上空回荡。

陆行知电话还夹在耳边，他像没反应过来似的，电话里杨漫刚刚告诉他，陆安宁在家，平安无事。杨漫从警队回来，进了家门，看见陆安宁的卧室房门开了条缝。她下意识地推开房门，发现陆安宁就在床上，脸朝里蜷着身子，和衣而睡。陆行知明白了，吴嘉把陆安宁送到了东郊车站，丢下面包车，自己回来了。

卫峥嵘呆呆地站着，举枪的手慢慢垂下来。

陆行知回到家时感到疲惫不堪。杨漫看看他，目光指指陆安宁的卧室。陆安宁抱膝坐在床上，看来杨漫已经告诉了她吴嘉的事情。她一时无法接受，那个喜欢的人不是她以为的样子。陆行知走到女儿身边坐下。杨漫说，告诉爸爸，都发生了什么吧。陆安宁咬着嘴唇摇摇头。陆行知说，不用说了，想说的时候再说。陆安宁伸开双臂，抱住了父亲。陆行知也回抱住女儿，就像抱住小时候的她。

卫峥嵘进了家门，儿子小卫从沙发上站起，一脸担忧。胡海霞从厨房走出来，端了一碗鸡蛋面，放到餐桌上，说，回来了，先吃一口。卫峥嵘说，我不饿。胡海霞说，你这些天干的事儿，我都知道了，壮壮想考警校也跟我说了。卫峥嵘看了儿子一眼，勉强笑了笑，没力气解释。胡海霞叹了口气，说，瞒着我干啥，你怎么知道我会生气，会不同意呢？卫峥嵘诧异地看了老婆一眼。胡海霞说，他爸，你是个好人，十几年前我就知道了，当不当警察都是好人。他想考警校、当警察，我不管，反正将来操心的是他老婆。卫峥嵘百感交集，到餐桌旁坐下，拿起筷子开始吃面。

两天后，专案组所有刑警在江北区公安分局聚齐，照了一张合影。陆行知穿着制服，打着领带。领带是杨漫给他系上的，红蓝相间，泛着廉价的光，这是他结婚照上那条，杨漫一直保存着。卫峥嵘也穿着一身深蓝色警服，是霍局特意寄给他的，肩上没有警衔。他在家里穿上时，望着镜中的自己，几欲落泪。

两个月后，卫峥嵘正坐在出租车里吃盒饭，手机收到一条短信，是陆行知发来的，说，“吴嘉明天执行。他有个遗愿，托你完成。”

他们去了那片池塘边的空地，找了一棵还有些活力的白杨树，在树下挖了个坑。卫峥嵘把吴嘉的骨灰倒进去，覆上土。这里还是两个月前的样子，荒地、工厂，枯树败草、污水池塘。

完成了吴嘉的遗愿，两人开车回城。卫峥嵘望着窗外，思绪万千，问陆行知，你说，吴嘉说的那个犯罪基因，真有吗？那怎么才能阻止他犯罪？要是当年晓芙没死，一直跟他生活，他长大之后，还会有那些念头吗？陆行知说，我最近也在想这些事情，看了一些资料。基因是个顽固的东西，但决定不了人生。几乎所有的连环凶手都有童年被虐待的经历，这是个最主要的诱因。但有些犯罪家庭的孩子，被幸福的家庭收养后，就过上了正常的人生。一个社会怎么才能杜绝下一个吴嘉，可能吗？想来想去，在最理想的情况下，让所有的孩子都能有个爱护他的家庭，可能就是最好的办法了。卫峥嵘说，所有的孩子，怎么可能呢？陆行知也说，抱着希望，尽最大的力量吧。

汽车向着城市驶去了。

5

十年过去，仍是这条路，一辆车从城市的方向驶来，在路边停了下来，陆行知一家三口下了车。陆安宁已经二十六岁了，研究生毕业，刚刚参加工作，她穿着休闲装，还有些孩子气。

他们望向路对面的那片空地。陆安宁眼睛睁圆了，说，好美！这片十年前荒芜败落的黄土地，现在绿草如茵。而那池塘里一方碧水，芦苇环绕，还有白色的水鸟浮在水上。远处，树林也活过来了，生机勃发。

他们走到池塘边站住。陆安宁望着水面，平滑如镜，水下还有鱼。她一时怅然，仿佛在这个时刻，终于做好了诉说的准备。她说，那天晚上，我不想回家。我们先偷偷上了古塔，他突然说，要带我去看看他小时候最喜欢的地方。

陆行知和杨漫有些意外，很快反应过来“他”是谁。他们没打断她，安静地听着她讲。陆安宁说，他开车带着我，先回了趟他家，拿了个大箱子下来，他不让我上去，让我在车里等着。后来，我们就来了这儿。天是黑的，看不清这是什么样子。我们就在车里等，等着黎明。天慢慢亮了，我看清了，地是荒的，水是黑的。这么难看，我失望极了。他情绪也不好，说还有事，不能送我回家了，就把我送到车站，看着我上车走了。我不知道他后来又回来了。陆安宁沉默了一会儿，说，听他说，他点着过这个池塘。火焰是蓝色的。

那个晚上，吴嘉站在池塘边，一点火光在池塘上燃起，蓝色的火焰渐渐扩大，覆盖了整个塘面。火焰一点都不猛，倒很温柔，像蓝色的莲花。火焰中有细小的闪电一般的细线，噼啪作响，像火的精灵们跳着电子乐伴奏的舞蹈，顽皮、灵动，诞生于水火之间，肮脏而又纯净。

吴嘉站在池塘边，呆呆望着这水上之火，好像被施了魔法。

蓝色的火焰渐渐熄灭，水变清了，天也亮起来。荒地被绿草覆盖，树木抽条发芽。吴嘉吃惊地望着自己在水中的倒影，倒影变成了孩子模样，九岁的张山山惊喜地在草地上奔跑、打滚，阳光照在他柔软的头发上，他快乐极了。他周围有草地，有鲜花，有树林，有池塘，草地上有羊，池塘里有鸭，他像田园风景画里的一个小人儿。

陆行知、杨漫和陆安宁好似都看见了草地上的孩子，出神地望着他。然而很快孩子消失了，只留下咯咯的笑声。

陆行知说，回去吧，今天霍伯伯请客。陆安宁问，他为什么请客？陆行知说，退休了，闲的吧。一家人吃饭，不需要理由。

请客的地点不是什么高档饭馆，装修没什么品位，简单朴素，价格十分亲民。老霍定的包间挺宽敞，里面一张大圆桌，酒菜都已备好，都是家常菜，鸡鸭鱼肉什么的。

老霍站在门口迎客。陆行知一家三口、卫峥嵘一家三口、老杜夫妻俩、老朱自己、赵正明也带着老婆——那位当年医院训斥过他的女护士，众人鱼贯进入，济济一堂。卫峥嵘的儿子小卫是其中唯一穿警服的。

所有人都老了。

老霍对老朱说，你家那口子呢？别给我省钱！老朱说，她在我放不开！你找这地方，敞开了造也吃不穷你。

大家入席，没什么开场，也不讲什么礼数，都伸筷子夹菜，端杯子喝酒，就像一家人吃家常饭，自然而然。

席间忽而他和她说话，忽而他和他碰杯，有时一起谈笑，有时各自闲聊。

杨漫胡海霞她们几个女人一起低声说笑着。陆安宁和小卫早已熟识，喝着啤酒，交换着手机里的什么新闻。

赵正明摸着老杜的手臂，好像在检查他当年骨折的恢复情况，又拉着老杜，非让他摸自己的胳膊。

老朱和老霍脸都喝红了。老霍抓出一把巧克力糖摆在桌子上，两人划着拳，谁输了谁吃糖。

陆行知和卫峥嵘没坐在一起。隔着桌子，陆行知端起一盅白酒，向卫峥嵘抬抬手。卫峥嵘端起面前的一杯茶，又放下，改拿起了酒盅。两人虚碰一下，各自干了。

图书在版编目（CIP）数据

黯夜之光 / 娄霄鹏著. -- 北京 : 中国工人出版社, 2020.9
ISBN 978-7-5008-7469-0

Ⅰ. ①黯… Ⅱ. ①娄… Ⅲ. ①长篇小说－中国－当代 Ⅳ. ①I247.5

中国版本图书馆CIP数据核字(2020)第161173号

黯夜之光

出 版 人	王娇萍
责任编辑	姚 宁
责任印制	黄 丽
出版发行	中国工人出版社
地　　址	北京市东城区鼓楼外大街45号　邮编：100120
网　　址	http://www.wp-china.com
电　　话	（010）62005043（总编室） （010）62005039（印制管理中心） （010）62379038（社科文艺分社）
发行热线	（010）82029051　62383056
经　　销	各地书店
印　　刷	北京市密东印刷有限公司
开　　本	880毫米×1230毫米　1/32
印　　张	8.25
字　　数	210千字
版　　次	2020年10月第1版　2022年10月第2次印刷
定　　价	40.00元